小書痴的下剋上

為了成為圖書管理員不擇手段！

第三部 領主的養女V

香月美夜——著
椎名優 繪 許金玉 譯

本好きの下剋上
司書になるためには
手段を選んでいられません
第三部 領主の養女V

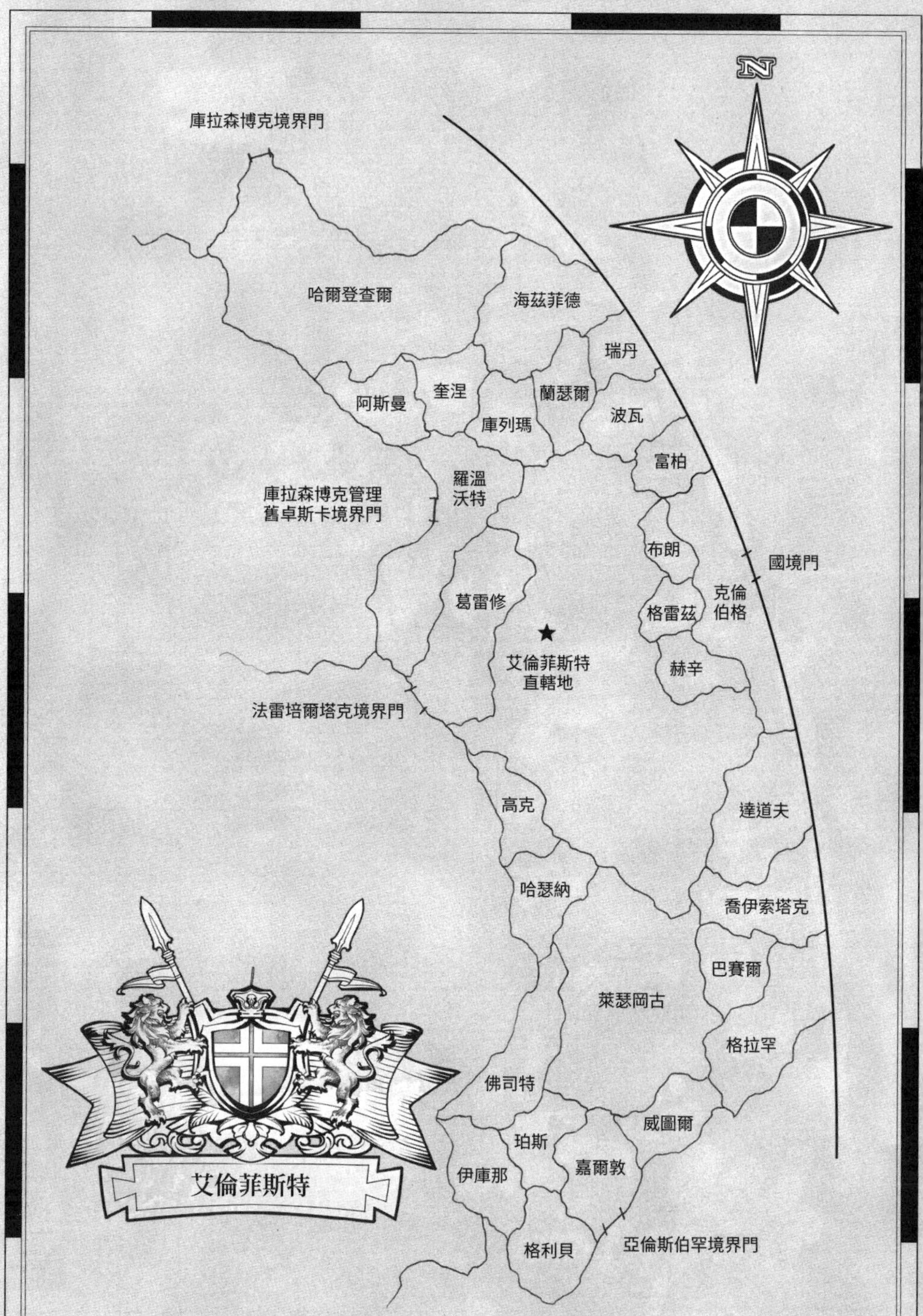
N
庫拉森博克境界門
哈爾登查爾
海茲菲德
瑞丹
阿斯曼
奎涅
蘭瑟爾
庫列瑪
波瓦
富柏
羅溫
沃特
庫拉森博克管理
舊卓斯卡境界門
布朗
國境門
克倫
伯格
格雷茲
葛雷修
艾倫菲斯特
直轄地
赫辛
法雷培爾塔克境界門
高克
達道夫
哈瑟納
喬伊索塔克
巴賽爾
萊瑟岡古
格拉罕
佛司特
威圖爾
珀斯
伊庫那
嘉爾敦
格利貝
亞倫斯伯罕境界門
艾倫菲斯特

· CONTENTS ·

第三部　領主的養女 V

登場人物

第二部劇情摘要

成為青衣見習巫女以後，梅茵在神殿成立了工坊，給予了饑腸轆轆的孤兒們工作與食物，又為了印刷技術反覆與古騰堡們摸索實驗，每天都過得無比忙碌。然而某一天，卻遭到了神殿長夥同他領貴族的襲擊。為了有能力可以保護家人和侍從們，梅茵決定成為上級貴族的女兒羅潔梅茵，更成為領主的養女。

領主一族

羅潔梅茵

本書主角。從士兵的女兒變成領主的養女，也改了名字，但內在還是沒有改變。為了看書，不擇手段。

斐迪南

齊爾維斯特的異母弟弟，是羅潔梅茵在神殿的監護人。

齊爾維斯特

收養羅潔梅茵的艾倫菲斯特領主，羅潔梅茵的養父。

芙蘿洛翠亞

齊爾維斯特的妻子，三個孩子的母親。羅潔梅茵的養母。

韋菲利特

齊爾維斯特的長男，現在成了羅潔梅茵的哥哥。

波尼法狄斯

齊爾維斯特的伯父，卡斯泰德的父親，羅潔梅茵的祖父。

夏綠蒂

齊爾維斯特的長女，現在成了羅潔梅茵的妹妹。

卡斯泰德

艾倫菲斯特的騎士團長，
羅潔梅茵的貴族父親。

艾薇拉

卡斯泰德的第一夫人，
羅潔梅茵的貴族母親。

騎士團長一家

艾克哈特

卡斯泰德的長男，
目前在騎士團工作。

蘭普雷特

卡斯泰德的次男，
韋菲利特的護衛
騎士。

柯尼留斯

卡斯泰德的三男，
羅潔梅茵的見習護
衛騎士。

羅潔梅茵的近侍

奧黛麗

侍從。上級貴族，艾薇拉的
朋友。

安潔莉卡

見習護衛騎士。中級貴
族，正在培育魔劍。

黎希達

首席侍從。熟知三名監護
人孩提時期的上級貴族。

布麗姬娣

護衛騎士。中級貴族，
基貝．伊庫那的妹妹。

達穆爾

護衛騎士。繼續擔任護
衛工作的下級貴族。

平民區的家人

昆特
梅茵的父親。

伊娃
梅茵的母親。

多莉
梅茵的姊姊。

加米爾
梅茵的弟弟。

平民區的商人

班諾 普朗坦商會的老闆。
馬克 班諾的得力助手。
路茲 都帕里學徒。
歐托 奇爾博塔商會的老闆。
珂琳娜 奇爾博塔商會的裁縫師。
達米安 商業公會長谷斯塔夫的孫子。

神殿的侍從

法藍 負責管理神殿長室。
薩姆 負責管理神殿長室。
吉魯 負責管理工坊。
弗利茲 負責管理工坊。
葳瑪 負責管理孤兒院。
莫妮卡 神殿長室與廚房的助手。
妮可拉 神殿長室與廚房的助手。

羅潔梅茵的專屬

艾拉 專屬廚師。
雨果 專屬廚師。
羅吉娜 專屬樂師。

古騰堡夥伴

英格 木工工坊的師傅。
薩克 鍛造工匠。負責研究構思。
約翰 鍛造工匠。負責提供技術。
海蒂 墨水工匠。約瑟夫的妻子。
約瑟夫 墨水工匠。海蒂的丈夫。

其他貴族

奧斯華德 韋菲利特的首席侍從。
尤修塔斯 黎希達的兒子。斐迪南的近侍。
基貝・伊庫那 布麗姬娣的哥哥。
喬琪娜 齊爾維斯特的姊姊，亞倫斯伯罕的第一夫人。
薇羅妮卡 齊爾維斯特的母親。現正遭到幽禁。
喬伊索塔克子爵 擄走夏綠蒂的犯人。
格拉罕子爵 擄走夏綠蒂的犯人（？）。

其他

坎菲爾 正接受神官長訓練的青衣神官。
法瑞塔克 正接受神官長訓練的青衣神官。
利希特 哈塞的新鎮長。
阿希姆 被派到哈塞的灰衣神官。
埃貢 被派到哈塞的灰衣神官。
沃克 想留在伊庫那生活的灰衣神官。
伽雅 想與沃克結婚的伊庫那居民。
戴爾克 被迫與賓德瓦德伯爵簽下主從契約的孤兒。
戴莉雅 青衣見習巫女時期的前侍從。
莉莉 懷孕後被趕回孤兒院的灰衣巫女。

第三部

領主的養女 V

序章

「那麼，我們換去那裡說話吧。」

羅潔梅茵的目光投向房門。這代表貴族那種拘謹的談話方式就此結束了。在法藍的帶領下，班諾與馬克一同走進孤兒院長室裡用魔力創造出的秘密房間。

在這個房間裡頭，不再是與「領主的養女羅潔梅茵」，而是與「梅茵」談話，所以能夠在場的護衛騎士與神殿侍從，都僅限於知道她平民時期的人。基於這個緣故，班諾基本上只能帶著馬克和路茲一起來神殿。達米安雖然勉強算是認識平民時期的她，但羅潔梅茵似乎對他感到棘手，因此班諾仍在審慎觀察，才能確定往後能否帶他過來。其他店家派來的都盧亞們，都對於在神殿談生意的時候不能一同出席感到不滿，但目前班諾皆以一句「我不是帶你們去了城堡的販售會嗎？」避重就輕帶過。

……如果能增加在城堡談生意的次數，也許可以消除都盧亞們的不滿吧。但那種滿是場面話與拍馬屁的對話，只怕最重要的那傢伙會讓事情往無法預料的方向發展。

在平民中又是貧民出身，後來還從青衣見習巫女變成了領主的養女，羅潔梅茵的常識在各個方面都與常人不同。若不安排講話可以不用咬文嚼字的場合，連有長年交情的班諾也不知道她會做出什麼脫序行為。更何況她現在還是領主的養女，就算只是沒有多想的臨時起意與幾句發言，也會造成莫大的影響。

「班諾先生，請坐。」

班諾往法藍指示的位置坐下，馬克站到他身後。依著貴族的規矩喝了口法藍泡的茶後，正式開始談話。自從吉魯去了伊庫那，換作法藍進入秘密房間，貴族的習慣也開始慢慢帶了進來。

……情況正在逐漸改變，究竟能在這裡談生意到什麼時候？

班諾忽然間有這種感覺。再不快點靠著貴族間的委婉說詞就能與羅潔梅茵溝通，往後恐怕就麻煩了。

「那麼，這次有什麼事情？我聽說做好了新紙張……」

班諾放下茶杯，直接切入正題。法藍拿出一封信與富有光澤的紙張，擺放在桌面上。羅潔梅茵不再刻意擺出正經八百的表情，一雙金色眼眸閃閃發亮，露出得意的笑容。

「班諾先生，這就是伊庫那送來的新紙張。請你交給墨水工坊的海蒂，讓她研究墨水吧。因為這款新紙的表面非常光滑，他們說想請她測試看看，能不能印上彩色墨水。」

「我知道了。」

儘管送了路茲他們前往伊庫那，但班諾本還心想，只要教居民們怎麼造紙就夠了，也沒想到竟然這麼快就做出了新的紙張。他拿起新紙張，手指撫過紙的表面，嘴角忍不住上揚。只要能夠順利印上墨水，就能開發各種新商品了。正想著這些事情的時候，他聽見羅潔梅茵低聲嘀咕說道：「我也好想一起研究喔。」

「每個人要各司其職。研究墨水不是領主養女該做的工作。妳得管理好自己的身體，別動不動就暈倒，也要增強自己在貴族社會的影響力。別讓貴族間的鬥爭徹底摧毀了印刷業。」

羅潔梅茵老是漫不經心就做出常識以外的行為，引起軒然大波，所以班諾都要預先提醒她，不要輕舉妄動，也不要插手別人分內的事情。雖然就算提醒過了，也很少能真的遏止羅潔梅茵的失控，但總比什麼也不做要好。

「比起和貴族往來，還是造紙比較開心呢。但既然開始推廣了，我當然要保護印刷業，所以我會加油的。」

羅潔梅茵「噗——」地鼓起腮幫子，一點也不可愛。但班諾也知道，她得付出常人難以想像的努力，才能維持住自己現在的地位。平民商人光是要進入城堡，就不知道得花上多少工夫，才能表現出得體的遣詞用字與儀態，何況她還是貧民的女兒，得以領主養女的身分，在貴族侍從的包圍下生活。這不是一時半刻的努力就能做到的事情。

「嗯，妳要保護好才行……話說回來，新的紙還真硬。這種紙能用來做什麼？」

班諾邊問邊拿著揮動後會發出啪叩啪叩聲響的紙張，把它捲起來，或迎著光線察看。羅潔梅茵回道：「我想做成撲克牌。使用起來會變得很方便。」看來她打算把目前用薄木板製作的玩具，改成用紙來做。

……每年製作木板的工作都是委託給英格工坊，再讓孤兒院的孩子們當作是冬天手工活，這樣一來等於會搶走英格工坊的工作，但她似乎沒有想到這一點。

班諾十分苦惱，究竟該提醒羅潔梅茵要考慮到英格，還是該讓她的思考不受常識束縛，盡情自由發揮。

「神官長好像很喜歡紙扇，但我一點也不想要他用來打我的頭呢。啊，班諾先生，你聽我說，神官長真的很過分……」

羅潔梅茵開始口沫橫飛地講述，剛收到伊庫那寄來的新紙張時，她和神官長一起做了什麼，神官長又有多過分。

……有、有夠無聊。

班諾不由得全身都沒了力氣。感覺得出身後的馬克也在苦笑，班諾突然覺得自己這麼認真煩惱實在很蠢。

……反正羅潔梅茵會接二連三地想要各種怪東西。只是少了樣工作，英格也不會馬上就坐困愁城吧。

除非沒了工作的英格跑來抗議，否則在那之前就先撒手不管吧。班諾得出了這個結論後，打斷羅潔梅茵激動的抱怨問：「那新紙張的售價妳打算定多少？」雖然被強制改變話題，但羅潔梅茵沒有表現出不滿的模樣，稍微沉思起來。

「我想等研究過墨水後再考慮定價吧。若是不能用，定了也沒意義。」

「……確實是該先送去墨水工坊進行研究。」

班諾說著，把新紙張和路茲寫的信都交給馬克，羅潔梅茵接著拿出寫字板。上頭大概寫了今天要討論的事情，她「嗯嗯」地輕輕點頭，低頭看著寫字板。

「請問要裝在哈塞的幫浦，現在怎麼樣了呢？」

「本要裝在約翰所屬工坊的試做品已經送去小神殿了。約翰還嘆著氣說，要裝在他們工坊的幫浦又飛走了。」

先是神殿的水井，然後是獻給領主的禮物，現在又被小神殿搶走了嗎……約翰對此垂頭喪氣。班諾轉告了這件事後，羅潔梅茵手托著臉頰歪過頭。

「看來約翰得盡快栽培可以製作零件的工匠才行呢。」

幫浦的部分零件太精密了，目前只有約翰做得出來。現狀是雖然有設計圖，卻沒有做得出全部零件的工匠。

「很快就會有工匠也做得出來吧。因為妳非常器重像約翰和薩克這樣剛成年的工匠，還栽培他們，所以聽說年輕人們也都在努力精進自己的技術。」

「噢，真的嗎？」

「嗯，是鍛造協會長告訴我的。還有，好像是薩克自己說溜嘴，所以妳之前想為薩克和約翰成立工坊這件事情，也在鍛造工匠間傳開了。現在對自己技術有信心的工匠們都在互相較量，想要成立自己的工坊。」

由於來自領主養女的訂單會一舉增加，現在又公開了幫浦的設計圖，鍛造工匠們無不摩拳擦掌。班諾說明了平民區的這種情況後，羅潔梅茵的金色雙眸燦然發亮，開心地綻放笑容。

「如果有工匠和約翰一樣擁有準確又細膩的技術，也和薩克一樣擁有豐富的想像力，那我當然歡迎更多的人加入古騰堡喔。請務必介紹給我。」

班諾的臉頰一陣抽搐。要是羅潔梅茵不斷招收培訓過的年輕工匠成為古騰堡，可以想見未來工匠們的常識將會變得亂七八糟。為了平民區的和平，班諾還是希望可以維持現狀。但儘管這樣心想，從他口中說出的回答，卻不是在勸戒羅潔梅茵。

「……我知道了，我會這樣轉告鍛造協會長。」

因為班諾同時也能預見，一旦製紙業與印刷業開始擴張，古騰堡們的負擔也會加重。所以他在瞬間衡量過利益得失後，認為還是該增加古騰堡的人手，才能減輕每個人的負擔。羅潔梅茵所構思的事物雖能帶來龐大的利益，卻也會帶來諸多麻煩。既然年輕工匠們願意主動上門來任她荼毒，對班諾來說也是好事一樁。

……這樣一來就不只有我們在受苦受難了。

「啊，對了。我今天回去前，可以去看看工坊的情形嗎？雖然會收到公事上的報告，但因為路茲與吉魯不在，所以比較少收到更詳細的消息。」

以往偶爾還會在工作期間獲取一些訊息，諸如：「工坊的灰衣神官來找我商量，希望可以改良這個地方。」「灰衣神官說過這樣的話，請問有可能開發成商品嗎？」但近來這方面的資訊完全斷絕。自從把路茲和吉魯等工坊裡的主要人手派往伊庫那之後，工坊內部是否起了什麼變化？對於把古騰堡們派往工坊，是否有哪裡不滿？班諾還是希望能親眼確認看看。

「我想班諾先生就算去了工坊，大概也沒辦法取得閒聊那方面的資訊喔。但如果要確認工坊的情形，當然沒問題。法藍，麻煩你通知弗利茲。」

「遵命。」

法藍走出秘密房間後，大概是該討論的事情都談完了，現場一陣靜默。羅潔梅茵轉動著目光尋找話題，然後「啊」地拍向手心。

「對了，班諾先生。多莉最近怎麼樣了？工作還順利嗎？年滿十歲以後，每天都要工作吧？她現在幾乎抽不出時間來孤兒院呢。」

羅潔梅茵垮著肩膀，詢問多莉的近況。如今因為路茲長期外派伊庫那，無法替她送信給平民區的家人，也無從得知近況，看來是讓她感到加倍寂寞。

「我雖然寫好了信，卻只能抱著送不出去的信件，每天都有氣無力。不能透過班諾先生，把信送給多莉嗎？」

「因為現在普朗坦商會和奇爾博塔商會已經分開來了……」

這陣子普朗坦商會正在搬遷。因為周遭還有來自其他店家的都盧亞，班諾心想直到完全搬好之前，最好還是避免接觸，所以很少出入奇爾博塔商會。若要由班諾或馬克把信交給多莉，恐怕太引人注目。

「雖然是能透過珂琳娜交給她，但最好還是避免被人看見。」

先前路茲在秘密房間收下信件以後，都是直接送到平民區的住處，所以沒有問題。但是，如果先由班諾交給珂琳娜，再由珂琳娜轉交給多莉，被他人看到信件的機率就會大幅提升。

「尤其是由珂琳娜交給多莉的話，那更引人側目。多莉才從貧民被提拔為都帕里學徒，大家一定會對她特別留意，想知道她拿到了什麼，信上又寫了什麼內容。別做這種可能會讓消息走漏的事。」

「……我想也是呢，只能忍耐到收穫祭了。好寂寞喔。」

羅潔梅茵嘆一口氣，把對家人的思念封印起來。班諾知道羅潔梅茵有多麼深愛著家人，所以這麼成熟又果斷的反應讓他有些不忍心。他一邊抓了抓頭，一邊思考著有沒有其他與她家人有關的話題。

「啊，對了。羅潔梅茵，今年的收穫祭呢？又會有神官要移動嗎？我是不是該幫妳準備馬車？」

「是的。會有神官要從艾倫菲斯特前往哈塞，也會從哈塞返回艾倫菲斯特，往返的馬車都要麻煩班諾先生了。」

班諾往後回頭，看見馬克立即往寫字板抄寫下來。馬克略微具有深意地看向班諾後，再看向羅潔梅茵。

「羅潔梅茵大人，馬車與食材會由我們準備，那能麻煩您再寫信去大門，委託士兵擔任護衛嗎？」

「交給我吧。」

多半想起了這是少數能見到昆特的機會，羅潔梅茵說著「得快點寫委託信給大門才行……」聲音恢復了些許活力。

「還有，孤兒院的過冬準備還是和去年一樣，與奇爾博塔商會一同進行吧。因為他們那邊還是想與羅潔梅茵工坊保有往來。」

「我明白了。啊，如果想要保有往來，可以讓多莉負責幫灰衣神官他們採買舊衣嗎？然後請告訴她，她也可以買件衣服，當作是酬勞。要是不這樣逼多莉去買衣服，就算衣服稍微變小件了，多莉還是照穿不誤吧？那樣子在珂琳娜夫人的工坊裡面一定很突兀。」

羅潔梅茵的預測非常正確。珂琳娜工坊底下的裁縫師們，多是來自富裕家庭。因為奇爾博塔商會本身是大店，又只雇用與商會有關係的人才，所以店裡的人必然多是來自富裕人家。在這種環境下，只有多莉一個人是貧民出身，還被拔擢為領主養女的髮飾工藝師。珂琳娜曾對班諾提起過，她和路茲一樣，看樣子是很難馬上融入。

「不過，多莉還有路茲這個前輩在，又懂得用自製絲髮精把自己梳洗乾淨，人也長得可愛，個性誠實又善良，還能靠著髮飾為營業額做出一定的貢獻，所以我想只要準備好體面的衣服，應該就不用擔心吧。這方面也請珂琳娜夫人與歐托先生多多為她留意了。」

先前路茲能夠融入奇爾博塔商會，如今又能成為帶領著普朗坦商會向前進的都帕里學徒，全是因為有羅潔梅茵的照應。這一番話讓班諾確信，這份聯繫從今往後也不會斷絕，就各方面而言都令他感到高興。

「知道了。但我還是得說，妳還真是喜歡多莉。」

「那當然，因為多莉是我的天使啊。」

羅潔梅茵得意地挺起胸膛說道。就在這時，已經作好參觀準備的法藍帶著弗利茲回來了。

在弗利茲的帶領下走進工坊，班諾與馬克環視了內部一圈。乍看起來，正在工作的灰衣神官們都沒有什麼異樣。

「班諾先生，您突然來訪，有什麼事情嗎？」

「我只是來看看工坊的情況。夏天的銷量很不錯，我想冬季尾聲的販售會應該也能賣出不少新書。現在路茲他們去了伊庫那，我很好奇這裡是否一切順利。」

「如同向您報告過的，工坊並沒有什麼大問題。」

察覺弗利茲的態度有些僵硬，馬克盡可能露出和善的笑容，同意說道：「我們當然也不認為會發生什麼大問題。」為了減輕對方的戒心，班諾也投以商業化的親切笑容。

「先前路茲若在工作期間聽到了什麼狀況，經常會來向我報告，但自從他去了伊庫那以後，我就再也收不到這方面的消息，所以才有些擔心而已。就算只是小事也無妨，有沒有什麼狀況？畢竟好幾個主要人手離開，我想不會完全沒有該改善的地方吧？」

馬克與班諾說完，弗利茲驚訝地瞠大深茶色眼睛。

「有好幾次都是路茲提出建議後，工坊的情況才漸漸有所改善，原來是因為與班諾先生有過這樣的溝通。吉魯他們剛走的時候，確實許多事情都感到不便，但是逐漸適應以後，我們也自己進行了細微的調整。關於細微的調整，往後也一併向您報告吧。」

路茲曾在報告時說過，弗利茲是可以穩住人心，不使工坊動盪不安的存在，路茲與吉魯持相反意見的時候，他也會跳出來幫忙調解。竟然單憑幾句對話，馬上就能察覺他們的要求，真是敏銳的洞察力。如果不是羅潔梅茵的侍從，真想挖到自己的店裡來——班諾一邊這樣心想著，一邊告訴弗利茲今後的展望。

「倘若這次長期外派伊庫那取得了成功，未來將在整個艾倫菲斯特擴展製紙業與印刷業吧。屆時路茲與吉魯也會和現在一樣，接連被派到各地。」

現在這樣的情況有可能變成常態，所以若有什麼不便之處或需要改動的地方，還請盡早告知。班諾說完，弗利茲思索了半晌後，露出微笑。

「在羅潔梅茵大人還是神殿長兼孤兒院長的期間，這點無須擔心。因為羅潔梅茵大人很願意傾聽我們的請求。」

聞言，這次換班諾心中一驚。他覺得弗利茲是在提醒自己，目前普朗坦商會該思考的，並不是灰衣神官們得長期外派，而是當羅潔梅茵不再是神殿長，無法像現在這樣在神殿的秘密房間裡溝通討論時，到那時候該怎麼辦。

「弗利茲，我就開門見山地問了。難道現在有羅潔梅茵要辭去神殿長的傳聞嗎？」

工坊內一陣譁然。受到眾人的注目，弗利茲帶有責怪之意地輕瞪班諾。

「並未有這樣的傳聞。只是一旦成年，羅潔梅茵大人身為領主的養女，便會舉行星結儀式，卸下神殿長一職。只要是神殿裡的人都明白這件事。因為待在神殿裡的人不能結婚。」

聽到明確的期限，班諾屏住呼吸。但灰衣神官們與他不同，聽見弗利茲這麼說，只是點了點頭像在同意說「原來如此」，又各自做起自己的工作。確認工坊又回到原樣後，弗利茲指著出入口，示意班諾與馬克從這邊離開。班諾邊勉勵附近的見習灰衣神官，邊往外走去。

「弗利茲，直到羅潔梅茵大人成年為止，一切真能平穩順遂嗎？」

「法藍曾說過，羅潔梅茵大人預計擔任神殿長到成年為止。但是，這也不代表往後都能像現在這樣，直接透過羅潔梅茵大人傳遞消息。早在成年之前，便有人會提醒羅潔梅茵大人，不該讓異性進入秘密房間，並且禁止她使用吧。因為秘密房間對貴族而言，是非常私密的空間。」

依據弗利茲這番話，班諾推測，原本秘密房間只有將來的伴侶才能進入。倘若這是貴族的常識，那麼平民商人與灰衣神官們根本不能進去。現在身為監護人的神官長之所以允許，只是因為羅潔梅茵才剛成為貴族，欠缺貴族方面的常識，也需要與平民保有聯繫來

可能遭到禁止。

讓精神狀態保持安定，再加上她現在外貌還很年幼。這樣想來，秘密房間的使用隨時都有

「……若由神殿裡的人來評估，大約到幾歲之前都還能使用秘密房間？」

「我無法提供給您明確的時間。但是，我想在前往貴族院就讀的十歲那年就會禁止了吧。即便想拉長期限，一旦訂下婚約就不可能再繼續。」

直到十歲為止──也就是只剩兩年左右嗎？雖然班諾早有這種預感，總有天無法再使用秘密房間，卻比他預期的要早得多。看著流露出焦急的班諾，弗利茲露出了同情的笑容，接著又說：

「我內心也感到有些焦急。我和吉魯等侍從們都曾接到指令，即使羅潔梅茵大人離開神殿，也要讓工坊維持運作，才能賺取金錢自力更生，不使孤兒們挨餓受凍。但是，吉魯恐怕很難想像得出，羅潔梅茵大人終有一天要離開神殿吧。既然如此，曾看著主人離開神殿的我，必須為即將到來的日子作好準備。」

即使不再透過羅潔梅茵，即使吉魯不在了，工坊也需要與普朗坦商會保持密切的往來，弗利茲說。儘管嘴上說著感到有些焦急，從弗利茲的態度卻完全感覺不出來。班諾在他沉穩的笑容中，感受到了內在的強韌，不禁眨了眨眼睛。明明至今已經聽他報告了好幾次，也討論過工作上的事情，班諾卻覺得自己是頭一次在與弗利茲對話。

「今後我打算盡量多去普朗坦商會走動。班諾先生，往後還請不吝賜教。」

「也還請你多多指教。」

要是吉魯與路茲經常因為長期外派而不在工坊，那必須與弗利茲建立起穩固的合作

關係才行。班諾與他對視後，互相握手。

班諾與馬克走出工坊，坐上馬車。身為神殿長的指定商人，來神殿的時候都得乘坐馬車，這點雖然有些麻煩，卻也無可奈何。車門關上後，馬車喀噠叩咚地開始前進，班諾吐出大氣。

「馬克，只剩大約兩年的時間了。就和過冬準備一樣，必須算好大概什麼時候無法再在秘密房間裡談話，作好準備。你想有解決辦法嗎？……我尤其擔心羅潔梅茵。」

班諾拿起路茲寫的信，腦海中浮現出了羅潔梅茵垂頭喪氣的模樣。不過是路茲不在了，要與平民區的家人往來信件就變得這麼困難。萬一再禁止進入秘密房間談話，她與多莉他們更是沒有接觸的機會。這在精神上會對羅潔梅茵造成非常大的衝擊吧。

「老爺，這方面的擔心已經超出了我們的能力所及。我們能為羅潔梅茵大人做的，就是維持現狀。繼續訓練多莉，讓她能以專屬工匠的身分提交髮飾；教育路茲，直到他能夠進入城堡；還有請昆特負責護送前往哈塞的隊伍。對於弗利茲提供給我們的寶貴建言，我們也只能盡可能地有效運用。」

就和以前一樣，馬克輕笑說道。聽了這麼具體的建議，班諾的心情也輕鬆了些。

「也對，再怎麼煩惱也無濟於事。況且我們準備得再周全，那丫頭也老是一下子就出乎我們的預料。」

班諾發出笑聲，這時馬車也來到了普朗坦商會門口。車夫為他們打開車門。走下馬車，讓人預感夏天即將結束，秋天接著到來的涼風迎面而過。

新孤兒與格林計畫

這天約好了下午要與哈塞的鎮長利希特會面，吃完午餐就要動身出發。同行的有我的兩名護衛騎士，還有侍從法藍和莫妮卡，以及斐迪南的護衛騎士艾克哈特，再加上文官代表尤修塔斯。

「我一直期待著可以乘坐大小姐的騎獸呢。」

「很可惜，尤修塔斯不能坐。」

「咦?!為什麼?!」

大概沒想到會被拒絕吧。但看著尤修塔斯大受打擊的表情，我才感到吃驚。我還忘不了上一次尤修塔斯乘坐時的情況有多麻煩。

「因為尤修塔斯會一直找我說話，非常礙事。」

「大小姐，妳的用詞好像有些太狠毒……」

「因為要是太委婉，尤修塔斯就會強迫我答應吧？我也學到教訓了。」

雖然尤修塔斯露出了受傷的表情，但明明是他就算我義正辭嚴也不聽。

「尤修塔斯，既然羅潔梅茵都拒絕了，你就死了心，騎乘自己的騎獸前往吧。」

「啊啊，虧我這麼期待……」

斐迪南都開口了，尤修塔斯卻還是依依不捨地注視著小熊貓巴士。斐迪南嘀咕說著

「蠢斃了」，很快變出自己的騎獸。

「尤修塔斯，看你要變出自己的騎獸還是回貴族區，都隨你高興。羅潔梅茵，準備好了就出發吧。」

騎乘騎獸，哈塞很快就到了。由於事前已經聯絡過，鎮長利希特與周遭農村的村長都跪在門前等候。再不久秋天的收穫祭就要開始了，現在一定很忙，真是辛苦大家了。

結束了冗長的寒暄後進入屋內，接待室裡有著淡淡的焚香氣味，裝飾著花朵，還周到地準備好了現榨的果汁。我喝了口法藍試過毒的果汁後，抬頭看向身旁同樣在喝著果汁的斐迪南。

……果然結尾那句「吾等將為諸神的使者獻上甘露與當季最美的花朵，準備布匹，焚香以示信仰之虔誠」，他們不知道實際上是什麼意思呢。

「利希特，今年的收成怎麼樣？沒能舉辦儀式，造成了很大的影響嗎？」

「是的，正如我們的預料，收成十分慘澹。真希望明年春天能夠舉辦祈福儀式……」

利希特垮著肩膀說，村長們也一樣垂著腦袋。再怎麼用心照料田地，沒有祝福的土地終究很難種植作物。但因為不能舉辦祈福儀式，我也無能為力。

「我今天過來，便是要告知神殿的決定。為了確認大家是否對領主再無反抗之心，也為了確認大家是否真的有反省之意，值得在春天為你們舉行祈福儀式，今年冬天會派兩名灰衣神官住在哈塞。」

利希特彈也似地抬起頭來，臉上表情明顯在說：「現在還不相信我們嗎？」畢竟整個城鎮已經團結一心努力了這麼久，我能明白他為什麼有這種反應，但他或許也該練習怎麼在貴族面前不表露出情緒。

「雖然說有確認的必要，但其實我另有真正的目的。」

「真正的目的嗎？」

利希特眨著眼睛。我邊與他對視，邊盡可能做出嚴肅的表情點頭。

「沒錯。灰衣神官們住在冬之館的時候，真正的目的，是教導哈塞居民如何正確地與貴族應對，以及如何書寫文件。大概是因為前任神殿長在位太久，你們在應對上有著相當嚴重的錯誤。」

「是嗎？請問究竟是什麼樣的錯誤？」

顯然不知道自己有哪裡誤會了意思，利希特的瞳孔無措地左右轉動。可能是想起了前鎮長也因為不知道「已登上通往遙遠高處的階梯」代表人已經去世，還依舊那麼目中無人吧。

「就是我每次收到的信，最後都會有一句問候語，你們並不知道是什麼意思吧？」

「意思……嗎？」利希特說，不安地來回看著我們。斐迪南緩緩地將目光投向房裡的花朵。利希特也跟著抬眼看去。

「你們在信中所用的結尾問候語，在貴族之間，意思是指會在神官來訪的時候，備好美酒、女人與值錢物品，希望神官能答應自己的請求。」

「什麼?!我、我不知道是這樣的意思……」

聽到真正的意思，利希特嚇得魂飛魄散，臉色慘白地想要辯解。這也難怪吧。知道了一直以來都當作是信末問候語的句子居然是這種意思，當然會嚇得六神無主。村長們也以為又做了什麼無禮的事情，瞪大了眼睛臉色丕變。在處罰好不容易要結束的時候，竟然又犯了過錯，大家都恐懼得全身發抖。見到眾人的反應，斐迪南嘆著氣慢慢搖手。

「隨著上位者不斷換人，這種原意漸漸無人知曉的情況本就很常見。看到房裡既沒準備美酒，也沒準備女人，就知道你們並不了解本來的意思，所以這次也不打算處罰你們。只不過，這下子你們也知道首次收到這種信的貴族，會如何解讀了吧？」

「是的，實在是萬分抱歉。」

利希特立刻低頭跪下來，村長們也跟著跪下。

「所以冬季期間，我才想派灰衣神官過來，由他們進行指導。要是不知道貴族間特有的措辭，今後肯定又會發生一樣的狀況吧。我不希望哈塞再因為理解上的錯誤，發生更多的不幸了。」

「感謝神殿長如此費心，請務必讓我們跟著灰衣神官學習。」

利希特與村長們都用感動不已的眼神看著我。他們似乎把我當成了慈悲為懷的聖女，但我並不是。也因為我不是聖女，所以我打算趁著大家深受感動的這時候，先說好該怎麼對待灰衣神官們。

「被派來這裡的灰衣神官，等同是我的代理人。如果有人輕視或嘲笑灰衣神官是孤兒，我會馬上讓他們回到小神殿。請務必讓所有居民都知道，無論是確認大家對領主的忠誠，還是教導貴族特有的用語，這些都是為了哈塞著想。」

都這麼嚴正警告了，被派來的灰衣神官應該不會當面碰到不愉快的事情吧。

「只要冬季期間沒有發生任何問題，我想春天就能舉行祈福儀式。還請不要鬆懈，再努力一段時間吧。」

「真是感激不盡。」

利希特放鬆了緊繃的肩膀，聚集來到冬之館的村長們也不再那麼緊張。

「那麼，說說利希特你們的請求吧。」

「是的。如同信上的請求，想請您買下幾名孤兒。老實說，今年要過冬已經十分艱難，現在又因為遭到領主大人責罰，沒有其他人願意買下。」

他說因為哈塞現在仍在接受領主的處罰，所以願意接近的人很少。而且這時候就算要賣，也能輕易想見對方也一定會狠狠殺價。雖然要被賣掉的孤兒令人同情，但這也算是為自己做過的事情收拾善後，所以我不介意把他們買下來。

「我不介意買下孤兒。只不過，一旦進入神殿的孤兒院，今後他們就是神官和巫女了，再也無法變回哈塞的居民。所以，我覺得年幼的孩子比較好。」

一旦進入神殿，要出去就難如登天。尤其在哈塞出生的孩子，如果能一直在鎮長宅邸裡的孤兒院待到成年，日後就能得到土地。但是進入神殿以後，一輩子就只能當神官和巫女，任由貴族擺布。

「您要選擇年幼的孩子嗎？」

利希特瞪大眼睛。因為一般年紀要夠大，才能做為勞動力，所以販賣孤兒的時候，通常不會選擇年幼的孩子。主要也是因為賣不出好價錢。

「因為快要成年的人，之後就能拿到土地自力更生，我不忍心摧毀他們的未來。而且年幼的孩子教起來吸收得很快，好像也更容易適應神殿的規矩。去年買下的諾拉大概就是因為快成年了，聽說她費了很多心力才習慣神殿的生活。」

「這樣子啊……」

於是十歲以下的孤兒們被帶了過來。大家雖然穿得破破爛爛，但看起來不像以前曾遭到體罰。這次我沒有再看到全身傷痕累累的孩子，所有人也都清洗得乾乾淨淨。眼見大家沒有遭到可怕的對待，我安心地吐了口氣，看向利希特。

「你希望我收養幾名孤兒呢？」

「如果可以，希望是四名左右。」

說好了由我買下四名受洗前後的孩子後，再由文官尤修塔斯撰寫文件，然後因為我還未成年，由斐迪南代替我結清。期間，我向已經確定要搬去小神殿，表情都流露出不安的孩子們微笑。

「放心吧。諾拉他們也在，也有你們認識的人喔。」

操控著小熊貓巴士，我載著新加入的孤兒們前往小神殿。諾拉他們立刻出來迎接，歡迎新來的孤兒們。由於事前已經通知過了，衣服和睡鋪等各種物品都已準備妥當。見到熟悉的臉孔，孩子們的表情也不再那麼僵硬，我暗暗鬆一口氣。

「各位，他們是新來的同伴。收穫祭之前都會住在這裡，讓他們習慣神殿的生活。冬天的時候你們會留在這裡，但他們因為年紀還小，所以收穫祭過後會移動到艾倫菲斯特。諾拉你們也可以回想自己當時有哪裡特別不習慣，為他們提供建議。」

「遵命。」

就這樣，哈塞的孤兒院又多了新成員。

夏季的成年禮與秋季的洗禮儀式結束後，就進入了忙著籌備收穫祭與準備過冬的時節。這段時間，我必須挑選出要派往哈塞的灰衣神官。首先，是兩名負責把貴族規矩教給利希特他們的灰衣神官，另外還要挑出四個人去小神殿交接。但雖說挑選，我其實並不清楚孤兒院裡所有人的個性與工作表現，所以決定把這件事全權交給平常了解他們的人，也就是負責管理孤兒院的葳瑪，和負責管理工坊的弗利茲。

「莫妮卡，麻煩妳先去通知一聲，我吃完午餐後會去工坊和孤兒院。」

「遵命。」

很高興能見到葳瑪的莫妮卡，踩著比平常更輕盈的步伐離開。看著她走出去以後，我再看向布麗姬娣。這也許是個好機會。

「布麗姬娣，我下午要前往工坊和孤兒院，能麻煩妳護衛嗎？」

至今考慮到生意上的利益得失與貴族間的牽制，去工坊時我都只請達穆爾擔任護衛騎士，防止額外的資訊洩漏。但是，如今伊庫那也有了製紙工坊，今後也將引進印刷業，就不需要再向布麗姬娣保密了。

「因為現在伊庫那也成立了工坊，沒有必要再保密，布麗姬娣又是基貝．伊庫那的妹妹，我想也讓妳觀摩一下比較好。」

我說完，布麗姬娣張大眼睛，隨後露出了開心的笑容跪下。

「羅潔梅茵大人，感謝您的費心，請務必讓我同行。」

吃完午餐，我在布麗姬娣的陪同下前往工坊。一般貴族都不喜歡走進有平民忙進忙出的底樓，但看過布麗姬娣在伊庫那生活的模樣，我想她應該不會感到厭惡。

「羅潔梅茵大人，恭候您的大駕。」

一進入工坊，所有人都已跪在地上等候。我的侍從弗利茲做為代表，說著對貴族該有的寒暄，我聽完點點頭。

「弗利茲，讓大家繼續工作吧。我想讓布麗姬娣看看，大家平常都是怎麼工作。現在吉魯和路茲不是去了伊庫那嗎？布麗姬娣就是那裡的千金。」

「遵命，大家繼續手上的工作吧。」

弗利茲說完，大家不約而同開始動作。有人負責抄紙，有人負責操作印刷機。印刷機的壓盤不斷地發出「咚！磅！」的巨響，中間還穿插著組排金屬活字的喀嚓喀嚓碰撞聲，聽來非常悅耳。

「弗利茲，等你工作告一段落，想麻煩你跟我一起去孤兒院……」

「知道羅潔梅茵大人要過來，工作早已告一段落。等布麗姬娣大人參觀完畢，隨時可以移動。」

弗利茲穩重地瞇起雙眼說。不愧是我的侍從，果然優秀。弗利茲先吩咐工坊裡的年幼孤兒去通知葳瑪，再對幾名灰衣神官下達指示。

「布麗姬娣，這邊正在做紙，那邊則是印刷。如今伊庫那也做出了新的紙張，希望以後也可以開始印刷呢。」

布麗姬娣聽著我的說明，興致勃勃地注視著灰衣神官擺動抄紙器抄紙的模樣，微笑著說：「伊庫那做出了新的紙張嗎……」

稍微參觀過工坊後，就要盡早撤退，以免影響到大家工作。

「布麗姬娣，我們該去孤兒院了。」

我出聲叫喚一臉捨不得走的布麗姬娣，大家又暫時停下手邊的工作，跪下來送我們離開。我環顧工坊一圈，對大家說了：

「很高興看到大家這麼認真工作，接下來也請繼續努力吧。」

在弗利茲的帶領下，我們從女舍的底樓前往孤兒院。見習灰衣巫女們立即停下煮湯的工作，靠到兩邊跪下。她們完全沒有表現出吃驚的樣子，是因為剛才有孩子來通知過了吧。

「多虧有妳們辛勤工作，孤兒院的大家才有熱湯可喝。要煮這麼多人份的食物一定很辛苦，還請加油喔。」

要是拖拖拉拉，害湯煮焦就不好了，所以我一說完鼓勵的話，立刻走上樓梯。上樓後進入食堂，葳瑪已經跪在地上等候了。

「莫妮卡已經告訴過我，您有話要說。」

我在葳瑪的招呼下坐往食堂的椅子，再抬頭看向葳瑪與弗利茲，拜託兩人挑選灰衣神官。

「我想請你們挑選兩名要派去哈塞冬之館的灰衣神官，再選出四個人去小神殿交接。派去冬之館的人，要教導鎮長他們怎麼寫信，和書寫文件時會用到的貴族用語。還請挑選具有侍從經驗、擅長教導他人，相處上也友好到可以互助合作的灰衣神官。」

因為整個冬天都要待在陌生的環境，面對陌生的風俗習慣，這樣就已經夠辛苦了，要是再派合不來的兩個人一起過去，肯定會更痛苦。

「至於派往小神殿的人，男女請各挑選兩個人。有見習生也沒關係，請挑選看來可以與諾拉他們好好相處的人吧。」

「遵命。」

談完事情以後，我回到神殿長室喝著妮可拉泡的茶，喚來布麗姬娣。

「布麗姬娣，參觀完工坊以後，妳有什麼感想呢？」

「我從沒想過紙是那樣子做出來的，非常吃驚。」

「……還有嗎？看到了在工坊工作的灰衣神官，有沒有其他感想呢？」

我再追問後，布麗姬娣板起正經的臉孔，以手托腮。

「他們工作時毫不交談，非常認真勤快。」

「是啊，工坊裡的人確實都很認真勤快。可是，我想讓布麗姬娣注意到的，不只有這件事情而已。」

我斂起笑意，重新面向布麗姬娣。

「布麗姬娣已經知道，我確定會在收穫祭的時候前往伊庫那，把普朗坦商會的人帶回來吧？到時候也確定神官長會一同前往。因為他是我的監護人，想親眼看看首次在貴族土地上成立的工坊及其成果。」

「這是我們的光榮。」

布麗姬娣微微一笑。有領主養女的我做為後盾，伊庫那搶在其他貴族前頭開始了製紙業。現在領主的異母弟弟斐迪南又將前往視察。從貴族的角度來看，確實是件光榮的事情吧。

「所以還請妳轉告基貝・伊庫那，神官長即將前往視察，要盡快教育領民。」

「……教育領民嗎？」

布麗姬娣感到意外地偏著頭。

「沒錯。布麗姬娣，伊庫那的居民與基貝等貴族之間，幾乎沒有距離吧？我雖然很喜歡氣氛和藹融洽的伊庫那，但恐怕神官長並不是。」

「因為伊庫那真的非常偏僻，根本不會有其他貴族來訪。或許會覺得有些太過親近，但是並無惡意……」

「這和有沒有惡意並沒關係吧？因為光是不了解面對貴族該有的禮儀，這個理由就足以毀滅一個城鎮……這是我在歷經哈塞一事後學到的教訓，難道不是嗎？」

身為我的護衛騎士，也親眼目睹了哈塞一事始末的布麗姬娣瞬間沒了血色。

至今布麗姬娣在旁觀看的時候，內心大概只是想著「離貴族區這麼近，又有貴族會頻繁來訪的地方還真辛苦呢」。但是，一旦貴族開始造訪伊庫那，伊庫那也會面臨相同的情況。不能只說一句「不知道」就搪塞帶過。

「以前從來沒有貴族會造訪伊庫那，所以現在這樣當然沒關係，但往後就不同了。因為伊庫那搶在其他土地之前，最先開始投入製紙業。將來有興趣的其他基貝都會前往伊庫那視察，想知道工坊是如何運作，又能有多少獲利。到時平民若貿然靠近貴族，或是做出了不合禮數的行為，那會怎麼樣呢？」

「可是，居然要我們教育所有人，這到底該怎麼做……」

要突然改變態度是很困難的事情。還得趕在收穫祭之前教育那麼多領民，更是難上加難吧。但是，如果想要保護領民，這件事非做不可。

「伊庫那是因為想要後盾，才開始了製紙業，如今已經不能回頭。為了避免觸怒貴族，你們只能教育領民。這樣子也才能夠保護他們。」

布麗姬娣臉色慘白地木然佇立，我輕輕握住她的手。

「我工坊裡的人，都知道面對貴族該有的禮儀吧？請把哈塞發生的事情告訴基貝，然後向灰衣神官們討教，至少在夏之館工作的人，和會近距離接觸到貴族的人，一定要接受教育。我不希望伊庫那也發生和哈塞一樣的事情。」

我一邊說著，一邊也想起了優遊自在的伊庫那。布麗姬娣一臉泫然欲泣地點頭。

「羅潔梅茵大人，非常感謝您寶貴的建言。我今晚立刻與兄長商量。」

近來布麗姬娣執行護衛任務的時候，總是帶著心事重重的嚴肅表情。與此同時，孤兒院那邊也挑好了人選，我委託普朗坦商會作好萬全的準備。至於收穫祭與瑠耶露果實的採集，也歷經了多次討論，時間以驚人的速度飛快流逝。

收穫祭近在眼前了。

弗利茲來向我通報，說被選上的灰衣神官們已經作好移動準備，我便前往孤兒院，要說幾句鼓勵的話。同行的有搬著大木箱的法藍和薩姆，還有抱著小木箱的莫妮卡。

將移動到哈塞的灰衣神官們，都已經在孤兒院的食堂裡集合。葳瑪一一為我介紹每個人，說完寒暄。

我先向要前往哈塞小神殿的兩名神官和兩名見習巫女開口。

「英格傳來消息，說小神殿那裡也裝好了印刷機。現在光靠哈塞那裡的人，人手還是不足，他們也不知道要怎麼印刷吧。我很期待你們的表現。」

這次是為了印刷增加的人手，希望他們好好加油。四個人朗聲應道：「是。」我看著他們點一點頭，再看向法藍。法藍打開自己懷中的木箱，把裡頭的東西發給每一個人。和上次一樣，是當作餞別禮物的寫字板。

「對於接下來要在哈塞努力的各位，這是我送給你們的禮物。我的侍從們都在使用寫字板，所以大家應該知道用法吧？這不是共用物品，而是你們自己個人的東西，所以別忘了寫上自己的名字喔。」

「感激不盡。」

神官們收下寫字板後，開心地瞇起眼睛，見習巫女也露出燦笑。看著他們，我再看向要前往哈塞冬之館的兩名神官。

「阿希姆、埃貢，這個寫字板也送給你們。你們兩人肯定最為辛苦，因為不是在神殿，而是要在冬之館這個截然不同的環境生活，但我相信你們一定可以順利完成任務。」

「羅潔梅茵大人……」

「你們有兩項任務。首先，是把這邊的內容教給鎮長他們。」

我說完，指向薩姆搬來的木箱。塞滿了箱子的木板上，有著我希望能教給哈塞居民的內容。不只是貴族都理所當然知道的書信寫法，還有貴族常用的各種措辭。順帶一提，這些都是法藍當初為了還是平民的我所準備的珍貴資料，等到日後價格壓低，平民也買得起書了，我打算整理後，出版成教養書籍。

「雖然我相信在冬之館不會發生任何問題，但灰衣神官畢竟是孤兒，難保不會受到輕視或侮辱。如果連擅長忍耐的你們都覺得無法忍受，可以立即回到小神殿尋求庇護，沒關係的。我已經向哈塞的鎮長等人吩咐過了。」

我接著看向莫妮卡。莫妮卡帶來的另一個木箱裡頭，放有撲克牌、歌牌和繪本等娛樂用品。

「我想冬之館應該沒有什麼娛樂，你們可以唸繪本給孩子們聽，教大人怎麼玩撲克牌，也許可以促進交流吧？……但因為書本的價格高昂，只能由你們唸給孩子們聽。畢竟萬一有任何損壞，哈塞賠償不起。」

「遵命。」

孤兒院會嚴格規定大家要小心對待物品，所以目前繪本還完全沒有損壞，但在哈塞大概一下子就支離破碎了。書的價格昂貴到連貴族在購買時都會猶豫，所以我不希望遭到粗魯的對待。用木片做的歌牌和撲克牌雖然不容易毀損，但書應該馬上就會破掉。可以肯定的是，大家若不愛惜書本，會比前鎮長的無禮更讓我生氣。

我再用眼神向莫妮卡示意，她從木箱裡頭拿出墨水，和用做失敗的白色紙張訂成的筆記本，交給阿希姆與埃貢。

「這是你們的第二項任務，就是向哈塞的居民蒐集故事。」

「蒐集故事嗎？」

「沒錯。貴族有騎士故事，神殿有神話，同樣地平民應該也有平民自己才知道的故事。說不定有在農村之間流傳的傳說，或是從旅人那裡聽來的軼聞。這些都是日後供我寫成書籍的材料，所以麻煩你們多問問大家，並且記錄下來吧。兩者比較起來，這項任務還更重要。」

這才是我真正的目的。我甚至沒向斐迪南，也沒向尊崇我為聖女、盛讚我慈悲為懷的利希特他們提起過。也就是收集民間流傳的故事，我還取了名稱叫作格林計畫。要網羅以口耳相傳的方式，存在於各地的佚事。

第一站是哈塞。要是取得了成果，就再以教導貴族用語為名義，派遣灰衣神官前往各地的冬之館。再來，是在印刷工坊拓展開來的過程中，在貴族管理的土地上蒐集故事。只要說好每蒐集到一個故事可以獲得多少報酬，在工坊工作的人一定會樂意幫我蒐集吧。最終我還想蒐集到艾倫菲斯特以外的其他領地的傳說。我的野心龐大又沒有止盡。

……真希望格林計畫可以順利成功。唔呵呵。

我還希望平民的識字率可以順便提升。但是最大的難關，在於書的價格仍然昂貴到平民根本買不起。

倘若體會到了閱讀的樂趣以後，卻沒有錢可以買書，肯定會有人和我一樣精神崩潰。那樣子就太可憐了。我打從心底殷切期盼著，希望書的價格可以快點降下來，才能夠出版冬之館文庫。

時間過得很快，轉眼也到了普朗坦商會備好馬車，要先一步出發前往哈塞收穫祭的日子。要前往小神殿的人正把生活用品搬上馬車，孤兒院的人也在幫忙。至於要去冬之館的灰衣神官，會與我一同前往哈塞的收穫祭，所以過幾天才移動。

「回來的時候搭乘人數還是不變，只是對象變成了哈塞的孤兒，又是受洗前的孩子，這部分還請小心留意。」

「遵命……啊，士兵們到了。」

放好行李，灰衣神官們也坐上馬車作著準備的時候，士兵們前來迎接普朗坦商會的馬車了。走在最前頭的人是父親。相隔許久見到父親精神抖擻的樣子，我不禁露出笑容。父親在視線與我對上後也開心地咧嘴一笑，在我面前跪下。

「昆特，感謝你特意前來，這次也要麻煩你了。」

「哪裡，只要神殿長吩咐，我即刻趕到。」

父親必恭必敬地正經說完，其他士兵也開朗地接著說道：

「我會比士長更快……用飛的過來。」

「我也會即刻趕來，請您呼喚我吧。」

「你們閉嘴，太無禮了。」

看見父親瞪了一眼讓大家閉上嘴巴，我輕笑起來。

「這次依舊有可靠的夥伴同行呢。多虧了你們，我才能放心送灰衣神官們離開。」

「請交給我們吧，期盼著幾天後能在小神殿與您相見。」

結束了短暫的對話後，目送馬車前往哈塞。

普朗坦商會一行人一走，接著要為自己打包行囊。今年的收穫祭我打算隨身帶幾本書。要是沒有書能讓我喘口氣，我實在無法連續多天面對那麼狂熱的祭典。

「大小姐，今年也麻煩妳了。」

「尤修塔斯，也麻煩你多多幫忙了。」

今年同行的徵稅官是尤修塔斯，護衛騎士則是艾克哈特與布麗姬娣。達穆爾是在斐迪南的指示下，換成了艾克哈特。因為尤修塔斯失去控制的時候，斐迪南擔心光靠達穆爾與布麗姬娣阻止不了他。

「艾克哈特，所有人就麻煩你了。之後在杜爾潘會合吧。」

「是！」艾克哈特對斐迪南簡短應道，再看向達穆爾。

「……達穆爾，直到杜爾潘為止，斐迪南大人就交由你護衛了。」

「遵命。」

聽完了斐迪南又長又囉嗦的注意事項以後，我總算坐上早已準備好的小熊貓巴士。除了預計留駐在冬之館的阿希姆與埃貢，車上還有神殿的侍從法藍、莫妮卡、妮可拉，以及專屬廚師雨果和專屬樂師羅吉娜。

艾拉這次在神殿留守。因為路途漫長，我決定帶比較有體力的雨果一起前往。艾拉負責為留在神殿的侍從和孤兒院的人烹煮三餐。留下來的侍從則有負責管理工坊的弗利茲，以及斐迪南把神殿事務全交由他管理的薩姆。真不知道在神殿留守和陪我們同行，哪邊比較辛苦呢。

「神官長，那我出發了，之後在杜爾潘集合吧。」

「切記別再惹出麻煩。」

「我知道。」

妳真的知道就好……斐迪南按著太陽穴說，我默默別開目光，用力握緊小熊貓巴士的方向盤。注入魔力後，踩下油門，小熊貓巴士蹬進空中。

收穫祭這漫長的旅程開始了。

哈塞與灰衣神官

「那麼，麻煩你們在這邊準備房間和餐點了。」

從空中到哈塞的路程很短。我先在小神殿降落，讓法藍以外的侍從與專屬們下車。小神殿要用的行李都搬下小巴士以後，立刻前往冬之館。

但才到冬之館的上空，我皺起眉頭。

……咦？怎麼一個人也沒有？是搞錯日期了嗎？

明明去年還在運動場般的廣場上準備著祭典，成千上百的人熱鬧非凡地擠在一起，等著我們到來，今年卻絲毫沒有在準備祭典的跡象，甚至不見半點人影。事前已經捎過通知說「我們會在這天來訪喔」，難道是寫錯日期了？還是他們看錯了？

在我前方騎著騎獸的布麗姬娣忽然指向下方，開始讓騎獸下降。冬之館的正門玄關前方有幾道人影。定睛一看，利希特與各農村的村長正跪在那裡。

「神殿長，竭誠歡迎您的到來。」

我聽著問候的時候，法藍、阿希姆與埃貢把裝滿東西的木箱從騎獸裡頭搬出來，堆放在地上。娛樂用品、兩人的生活用品和放有教學木板的箱子加起來，想不到行李還不少。

所有東西都搬出來後，我才收起騎獸，詢問利希特。

「利希特，你們看起來並沒有在準備收穫祭呢？」

「……如今領主大人正觀察著哈塞的一舉一動，我們才自我約束，沒有大規模地舉辦祭典。只要神殿長與文官能夠舉行儀式和徵稅即可……」

利希特說明，因為鄰近城鎮的居民與路過商人都會看到，所以很難厚著臉皮和往年一樣舉辦祭典。但是，因為洗禮儀式、成年禮和結婚儀式還是非得舉行不可，所以決定低調地在冬之館的大廳裡進行。

「……原來是這樣啊。」

都已經在沒有祝福的情況下忍耐了一年，如今又取消了居民一年一度最期待的祭典，整個冬天還要在代替神殿長的灰衣神官們監視下生活。我試想了居民此刻的心情後，不由得感到不安。

……現在大家心裡一定累積了很多不滿，讓兩人進入冬之館真的沒問題嗎？

我不自覺地看向阿希姆與埃貢，這時法藍向前一步，向利希特一行人介紹兩人。

「這兩名灰衣神官是阿希姆與埃貢，他們是冬季期間要住在這裡的神殿長代理人。」

阿希姆與埃貢在胸前交叉手臂，微微彎腰行禮。利希特他們看著兩人的表情變得緊張。雖然是灰衣神官，但畢竟是我的代理人，又身兼指導員。大概是內心都感到警戒，不曉得足以左右哈塞未來的灰衣神官是什麼樣子的人吧。

「利希特，請帶我們前往兩人的房間吧。如你所見，他們得放行李，我也想先看看他們的生活環境。」

「遵命，這邊請。」

一名村長在利希特的指示下快步跑開，多半是要去通知大家。利希特帶領著我走進冬之館，往阿希姆與埃貢要使用的房間移動。抱著木箱的侍從、護衛騎士與尤修塔斯也跟在我們身後。

走進屋內，感覺得出吵吵鬧鬧的說話聲與孩子們的歡笑聲漸漸靜了下來。

……雖然變安靜了，但還是感受得到來自四面八方的視線呢。

踩著嘰呀作響的樓梯上樓，進入居住區域以後，可以看見有孩子們躲在門後或是轉角後頭，偷偷看著這邊。視線對上的時候，我試著對他們微笑，他們卻露出受到驚嚇的表情，不然就是馬上躲了回去。看來是把我當成了非常可怕的人物。

……雖然最好是把貴族當成可怕的對象，這樣也算正確，但看到他們這種像是男孩子在試膽的接近方式，真教我不安得要命。

一路上有些房間開著房門或是小縫，所以可以看到裡面。看起來似乎都是一個家庭使用一個房間，房間的大小也不盡相同。有的房間和教室差不多大，十幾個人鋪著稻草當床在裡頭生活，也有房間雖然不大但有床鋪。整體感覺和我在平民區的老家很相似。而且是從前還沒徹底打掃乾淨時的老家。

「這裡便是兩人的房間。我準備了離我辦公室最近的房間……若是他們希望，就可以盡量避免與居民接觸。」

利希特帶我們走到了一間雙人房。房內有兩張床鋪，由此可知是準備了比較上等的房間。

法藍、阿希姆與埃貢放好木箱，環顧房間後，不約而同沉下了臉。

「很抱歉，我們想打掃房間，能告訴我們清潔工具與水井在哪裡嗎？」

每天都看著打掃乾淨的神殿與孤兒院的人很難忍受吧。住在平民區的老家時，身體一恢復活力，我做的第一件事也是打掃。看見一名村長驚慌失措地跑去向女性尋問清潔工具放在哪裡，我輕嘆口氣。

「阿希姆、埃貢，你們可以打掃這個房間，讓自己過得舒服一點。但至於房間以外的環境，不可以要求大家必須像神殿那樣喔。因為這裡不是神殿。」

「遵命。」

看到了村長帶過來的清潔工具，三人一致有話想說似地張開嘴巴，但又死了心地閉上。看來也該提供清潔工具做為生活必需品。

「阿希姆、埃貢，明天我會讓人從小神殿搬來一套打掃工具。如果還需要其他東西，請告訴法藍吧。」

「由衷感謝羅潔梅茵大人。」

兩人似乎決定今天先忍耐一晚，明天一大清早要進行大掃除。除了清潔工具以外，可能還需要淨身用的水盆；這裡有洗滌用的工具嗎？——看著他們一臉認真地討論這些事情，我覺得有些有趣。

「利希特，儀式已經準備好了嗎？」

「是的，羅潔梅茵大人。請往大廳移步。」

冬之館的大廳與城堡的大禮堂不同，天花板不高，大概也經常在這裡舉辦宴會，不知是什麼的湯汁與油漬，在牆壁還有地板上形成了各種紋路。整體髒兮兮的，還隱約有種奇怪的味道。

……不過，現在這樣恐怕也已經拚命打掃過了吧。

因為一般都是在戶外舉辦祭典，肯定從沒想過神官與徵稅官會進入冬之館。我雖然還能忍受，但艾克哈特的表情很陰沉。

大廳裡設置著舞臺，所以和去年的收穫祭一樣，我、徵稅官尤修塔斯、兩名護衛騎士和負責輔佐儀式的法藍一起站到臺上。

雖是在屋內舉行，但儀式本身還是和往年差不多。先讓受洗的孩子走上舞臺，拿著繪本對他們講述神話，給予祝福。成年禮與結婚儀式也一樣。只不過，明明迎來了人生的重要階段，大家的臉色卻很難看，整個大廳也是死氣沉沉。

「這一年來在沒有祝福的情況下，我想哈塞的所有居民都非常認真盡力。領主為了確認大家真的沒有反叛意圖，派遣了兩名灰衣神官，前來冬之館負責監督。這位是阿希姆，這位是埃貢。他們負責監督的同時，也是你們的老師。」

所有儀式都舉行完了以後，我請被派來冬之館的阿希姆與埃貢上臺，開始介紹兩人。聽到「老師」這兩個字，大廳陣陣嘈雜。

「前陣子與哈塞書信往來的時候，發現信中有非常不恰當的用詞。倘若寄給其他貴族，觸怒對方也是不足為奇。前鎮長之所以犯錯，正是因為不懂得如何與貴族往來，然而哈塞又險些在沒有惡意的情況下，犯下相同的錯誤。」

又惹怒貴族了嗎？鎮長到底在幹嘛？——大家發出了又驚又怒的叫喊，但我揮揮手制止大家。

「這次的過失並不會受到處罰。但是，為免又重蹈覆轍，我順勢利用了派人來監督這件事，命令熟知貴族規矩的灰衣神官，對鎮長他們進行指導。只要鎮長他們跟著阿希姆與埃貢認真學習，相信以後不會再犯下同樣的錯誤。」

表明這次沒有處罰，還給予了接受教育的機會以後，居民們的怒火很快消退。趁著他們安下心來的時候，必須接著嚴正警告。

「負責監督與指導的灰衣神官雖然是孤兒，但也是我神殿長的代理人。倘若發生了太過令人不快的情形，他們就會回到小神殿。如今懲罰即將結束，我相信哈塞的居民不會挑在這個時候做出不明智的行為，但面對兩人還請小心言行。」

站在舞臺上，可以清楚看見大廳裡的人們都沉著臉悶悶不樂，彷彿在說：「懲罰真有結束的一天嗎？」「到底要持續到什麼時候？」

……畢竟這一年來都沒有祝福，他們一直努力撐到了現在。應該讓他們有點娛樂比較好吧。

我噘起嘴唇思考，從舞臺中央回到艾克哈特他們正在待命的側邊。

「艾克哈特、尤修塔斯。」

「羅潔梅茵大人，有什麼吩咐嗎？」

「我可以下達許可讓居民玩玻爾非嗎？我覺得太過壓抑，會對心理造成不良影響。」

聽了我的提議，艾克哈特皺起臉龐說：「您若自作主張，只怕斐迪南大人又要生氣。」尤修塔斯卻露出了饒富興味的笑容。「適度的放鬆非常重要，況且居民如果知道是大小姐下達了許可，心情也會與現在大不相同吧。我覺得這主意不錯。」他一邊還說，一般貴族根本不會在意平民的感受。

我決定採用尤修塔斯的意見，帶著阿希姆與埃貢走向利希特。

「利希特，願意自我約束不辦祭典固然很好，但如果不讓大家抒發一點壓力，整個冬天都要待在屋子裡生活，應該會很難熬吧？」

我壓低音量詢問後，利希特的目光有些游移，肯定回道：「也許吧。」

「接下來換去會議室聽利希特報告吧。就算哈塞居民在外頭吵鬧，我肯定也不會發現。只要沒有看到，也就無從責怪，你不這麼認為嗎？」

看見利希特一臉為難，不知道該怎麼解讀我的意思，我看向阿希姆。

「阿希姆，馬上開始工作吧。把我剛才那些話的意思告訴利希特。」

阿希姆訝異地眨眨眼睛後，低喃說著：「剛才那樣無法聽懂嗎？」埃貢也驚訝地瞠大雙眼。

「我想是因為哈塞的居民好幾次都誤會了意思，才對於要如何解讀沒有信心。應該不是全然無法理解喔。」

「原來如此。利希特鎮長，羅潔梅茵大人的意思是，在會議室談話期間，眾人若在戶外吵鬧，她也會不予追究。」

「意思可以解讀為她允許了居民進行玻爾非比賽。」

阿希姆和埃貢說完，利希特高興得露出燦笑。

「實在感激不盡！因為血氣方剛的年輕人還不少，大家一定會很高興。」

利希特交由一名村長負責指揮玻爾非比賽後，帶著我們走出大廳，前往會議室。我們前腳剛出大廳，後頭就傳來了響亮的大吼。

「神殿長下達許可了！快去準備玻爾非！」

「噢噢噢噢噢噢！好耶——！」

壓抑許久的不滿與情緒一口氣爆發出來，形成了粗野狂放的吶喊。阿希姆與埃貢都嚇得肩膀一震，回頭看向大廳的方向。畢竟從沒在神殿聽過這種足以撼動建築物的嘶吼，想必嚇了很大一跳吧。

為了讓兩人接下來能在這裡過得和平安穩，希望哈塞的居民可以在外頭盡情活動身體，好好釋放內心的不滿。

到了會議室，我們開始討論今年的收成與稅額，還有要捐獻給我的作物數量。儘管哈塞今年的收成比周遭城鎮要少，但在沒有祝福的情況下，也努力達到了不錯的成果。

和去年一樣，明天早上尤修塔斯會將徵收到的農作物送回艾倫菲斯特的城堡，至於捐獻給我的那部分，我決定把其中一些分給兩名神官過冬，剩下的也不必送回城堡，而是搬去哈塞的小神殿，給大家當作是過冬食材。

外頭的玻爾非比賽好像也在會議期間結束了，熱鬧歡快的話聲與氣氛傳了進來。居民的聲音聽來很明亮，也都有些興奮雀躍，我覺得允許大家玩玻爾非真是做對了。

接下來聽說要在大廳吃晚餐。因為之前在伊庫那，我才目睹過灰衣神官們在面對截然不同的常識時，只會僵在原地呆若木雞，所以我決定和大家一起吃飯，以便提供建言給阿希姆與埃貢。

居民把木板搭在兩個木箱上形成矮桌，擺上菜餚，再把稻草鋪在地板上坐下來，隨心所欲地開始吃飯。菜餚旁邊雖然擺有切肉用的刀子，但其他餐具就只有像是木杓的湯匙，除了喝湯以外，大家都是直接用手抓東西吃。

不出所料，阿希姆與埃貢看著未曾見過的光景，都大受衝擊到一動也不動。兩人本來還在服侍艾克哈特與尤修塔斯用餐，此刻卻震驚得張著嘴巴，手也停下來了。然而，艾克哈特絲毫沒有察覺到兩人的異樣，顯然也同樣受到衝擊。因為以前都是坐在廣場的舞臺上，居民又離舞臺有一大段距離，還是在天色暗下後才開始端出菜餚，所以從未在近距離下看見居民吃飯的樣子吧。和神官長第一次看到哈塞孤兒們的吃相時一樣，艾克哈特的表情也非常難看。

「若是覺得不快，可以盡量別開眼睛不去看喔。因為他們平常都是這個樣子。」

我說完，服侍我用餐的法藍無奈地搖了搖頭說：「雖然可以不去看，卻阻隔不了聲音呢。」法藍因為一起去過伊庫那，也看過諾拉他們吃飯的樣子，所以看起來比較習以為常了。

「羅潔梅茵大人，請問我們稍後該在哪裡用餐才好？」

阿希姆與埃貢一臉不安地問我。現場雖然準備了桌椅供我們這些貴族就座，至於灰衣神官，居民多半是心想和他們一樣隨地坐著吃就好了吧。

「今天先和在神殿一樣，等我們吃完以後，你們也坐在這裡，吃分送下去的餐點吧。畢竟要馬上習慣這裡的風俗並不容易，我會拜託利希特在房間準備桌椅，讓你們能待在房裡用餐。吃飯的時候也會比較自在吧。」

「羅潔梅茵大人，真是感激不盡。」

阿希姆與埃貢撫胸鬆了口大氣。照這樣看來，就算我想為了格林計畫派遣灰衣神官前往各地的冬之館，恐怕也很難付諸實行。因為灰衣神官只在神殿生活過，若要為他們打理好生活環境，只怕得花不少工夫。

為了等一下要分送給阿希姆與埃貢，這頓飯我吃得十分節制，快要吃完之際，哈塞居民也因為喝了酒，變得比較暢所欲言。不知道是膽子變大了，還是因為我們坐在舞臺上沒有注意到，開始七嘴八舌地發起牢騷。

「我前幾天看到了被賣去神殿的孤兒，那些去了神殿的孤兒好像吃得比我們還好。氣色都很紅潤，還變得白白胖胖。」

「唉，真是有夠羨慕。要是可以填飽肚子，我也想去孤兒院。」

聽到這些話，法藍不悅地挑起眉毛，我卻期待得雙眼發亮，在胸前交握雙手。現在雖然多派了四個人去哈塞，但我還是希望能有更多人手來幫忙印刷。最近因為做好的書本在貴族間賣得很好，荷包非常充裕。由於一旦被當作是孤兒，就會成為遭到歧視的對象，所以一般正常人不可能自願進入孤兒院，但要是有人願意主動進來，我可是樂意之至。我興高采烈地在舞臺上力邀他們加入。

「歡迎，請各位一定要加入孤兒院！其實最近因為多了一臺印刷機，我正想要增加人手呢。」

大概沒想到神殿長會回應他們，聚在那裡說話的人們都愣愣地「咦？」了一聲。他們露出了瞬間清醒過來的表情，臉色也變得越來越蒼白，但我不以為意，口若懸河地宣傳孤兒院的好處。

「只要加入孤兒院，我們就會提供三餐，還會提供床鋪和衣服。教育方面也會徹底進行指導，所以遣詞用字與儀態會變得非常有氣質喔。如果是剛受洗過的小孩子，不出幾年還能夠服侍貴族呢。而且，在孤兒院長大的小孩子到了受洗的時候，識字率還高達百分之百！無論是誰都能讀寫文字，還會簡單的計算。為了幫助大家學會文字與計算，繪本、歌牌和撲克牌這些教材也是一應俱全。」

光聽這些描述，可能會覺得孤兒院的環境很好，但其實也有缺點。我不打算在邀請的時候刻意隱瞞。我希望在誠實地告訴大家事實以後，他們仍然願意加入孤兒院。

「當然缺點也不是沒有。進入孤兒院以後，世人會輕視你們是孤兒。而且一旦成為神官和巫女，隨時隨地都要留意貴族的舉動，在貴族的指示下生活。生活也和在農村完全不一樣，所以就連最先加入的哈塞孤兒們，現在也還在努力適應不同於以往的常識。」

「呃……那個，神殿長……？」

居民們一臉困惑，我思考著還有沒有忘記說的事情。

「還有我想想……對了。在神殿的孤兒院，就算成年了也拿不到田地，既不能結婚，土之日也不能休息，每天都要為貴族階級的青衣神官做事。要是某天突然被賣給不認識的貴族也是稀鬆平常，而且孤兒們也沒有拒絕的權利。」

我說得越多，大家的表情越是從困惑轉為恐懼。

「現在因為是由我兼任孤兒院長，所以會準備食物讓大家多少能填飽肚子。可是在我就任之前，情況可以說是慘不忍睹，所以神殿長一旦換人，未來的生活會如何我也無法保證。也因為孤兒院是這樣的地方，才沒有人願意進來。但如果有人自願，我們竭誠歡迎喔！快，來吧！我只差沒這麼說地張開雙臂，竭盡所能表現歡迎之意。然而，明明我完全沒有說謊造假，還一片至誠地提出邀約，那群居民卻極力拒絕。

「不、不了，我在哈塞已經有田地了。大家說對吧？」

「對啊，而且我明年就要結婚了，可不能讓那傢伙哭泣。」

「是、是啊，再怎麼說還是住習慣的土地最好了。」

我非常明白大家不想離開熟悉土地的心情。我也從來不想要離開平民區。再怎麼不方便又貧窮，就是有些事情讓你無法離開。

「我也能明白大家不想離開家鄉的心情。雖然無法加入孤兒院是有些遺憾，但這也無可奈何呢。」

我遺憾地就此作罷。在場的居民們互相對看後，表情明顯鬆了口氣，重新舉杯像是要轉換心情。

令貴族們大皺眉頭的宴會風景，卻讓我回想起了在平民區的生活。

……現在好想見到爸爸喔。

我揪緊衣袖。只要去小神殿，就能見到父親了。我走向利希特，向他表示告辭。

「利希特，我該回小神殿了。」

「本日真是非常感激。承蒙您下達許可舉辦玻爾非比賽，大家看來都很開心。」

還得在冬之館率領眾人的利希特，露出了安心的表情。

「看到氣氛變好，我也放心多了。對了對了，阿希姆與埃貢因為我囑咐的工作需要寫字，所以要有桌子和椅子，請在兩人的房裡作好準備。」

「遵命。」

「還有，就如同哈塞居民不懂貴族的規矩，在神殿這種封閉空間中長大的灰衣神官，也不懂得外面世界的規矩。無論吃飯還是打掃，都和你們平常習慣的做法完全不一樣，還請你多費心留意了。」

告辭來到屋外後，艾克哈特像對主人一般，在我身前跪下。

「前往小神殿這一路，就交由布麗姬娣護衛了。依照慣例，我和尤修塔斯會在這邊留宿，明天早上再請羅潔梅茵大人過來一趟，搬運捐獻給您的農作物。」

留下艾克哈特與尤修塔斯，我帶著法藍和布麗姬娣回到小神殿。

小神殿內的宴席也熱鬧非凡。我邊聽著食堂傳來的喧囂，邊走回自己的房間。法藍交由莫妮卡與妮可拉照顧我以後，離開去吃飯。看來是因為要在小神殿吃，他在冬之館那邊才一直忍著沒有進食。

我拿著筆和白紙裝訂而成的筆記本，走出房間前往食堂，然後要莫妮卡搬來椅子，放在士兵們的桌子旁邊。

「昆特，我現在正在蒐集故事做成書本。可以告訴我你們在平民區從小到大，都聽說過哪些故事嗎？」

雖然以前睡覺前聽母親講過不少故事，但我幾乎沒聽過父親講故事。

「故事嗎？……這麼說來，我小時候曾聽母親講過一則故事。」

父親思考了一會兒後，抬起頭來。

「曾經有個地方，有感情非常好的三姊弟。姊弟三人的名字分別是多莉、梅茵和加米爾……」

父親這樣起頭以後，開始講起故事。內容是多莉和加米爾兩姊弟，前去拯救被森林魔物擄走的梅茵。

「……最後，梅茵平安回到家人身邊，姊弟三人永遠和樂融融地生活在一起。」

「好感人的故事呢。」

我感動得眼眶泛淚，頻頻吸著鼻子把父親說的故事寫下來。其他士兵看了，也爭先恐後地告訴我他們知道的故事。所有故事我從來都沒聽說過，而且與貴族那種拐彎抹角的故事不同，非常淺顯易懂，很容易便能想像出畫面。

總共寫好了三則故事的時候，第七鐘也響了。我心滿意足地起身。

「各位晚安。」

「神殿長，晚安。祝您有個好夢……」

那天晚上我作了夢。夢裡的我變回梅茵，回到平民區的住家，和家人一起開懷大笑，是幸福無比的美夢。

再度挑戰瑠耶露

夢境太幸福了，早晨醒來，內心感到非常寂寞。

吃完早餐，交由哈塞的見習生與巫女們打掃小神殿，我指示法藍和小神殿裡已經成年的神官，把要送去冬之館的清掃工具、水盆、肥皂等生活必需品搬上小熊貓巴士。與此同時，法藍以外的我的侍從與專屬們也坐上馬車，裝好行李後，出發前往哈塞的冬之館。和去年一樣，他們會先和艾克哈特還有尤修塔斯的侍從們會合，再一起前往下個地方的冬之館。

將從哈塞移往神殿孤兒院的年幼孤兒們也坐上了普朗坦商會的馬車，我也在出發前給了負責護送的士兵們犒賞。與父親的短暫接觸就這麼宣告結束。

目送父親他們離開後，我們也坐上小熊貓巴士，前往冬之館。

「阿希姆、埃貢，這些夠嗎？如果還需要其他東西，儘管去小神殿拿喔。」

「羅潔梅茵大人，感激不盡。」

送來生活必需品後，兩人開心得用力點頭說：「這下子打掃起來就快多了。」還說接下來要努力把房間打掃乾淨。希望他們就盡情打掃到自己滿意為止吧。要是哈塞的居民看到以後，也願意更用心打掃的話就太好了。

「利希特，如同昨天說過的，這些是他們兩人的食材，也算是過冬準備的一部分，就交給你管理了。」

「遵命。」

我把捐獻的部分農作物分給阿希姆與埃貢過冬，交由利希特保管後，剩下的再請人搬到小熊貓巴士上。這些則要送去給小神殿過冬。

「尤修塔斯、艾克哈特，那我先回小神殿了。」

尤修塔斯還得轉移要繳納給城堡的農作物，艾克哈特負責在旁監督。我對兩人說完，把東西載回哈塞的小神殿。

……呼，一大早就是大量的體力勞動。

雖然只是操縱小熊貓巴士而已，我已經筋疲力竭。我回到小神殿的房間，喝著法藍泡的茶，與護衛騎士布麗姬娣一起稍做休息。

「本來我還有些擔心哈塞的過冬準備，但諾拉他們看來都已經知道流程，孤兒院的人也都是第三次準備過冬，多少也習慣了。一切進行得十分順利。」

聽完法藍的報告，我點點頭。現在小神殿的神官們正忙著把剛送到的捐獻作物搬進糧食庫，還要事先進行加工。我要是離開房間，他們就無法自由行動，所以最好還是乖乖待在房裡吧。

「法藍，在艾克哈特哥哥大人他們過來之前，我可以先看書嗎？」

「……實在非常抱歉。羅潔梅茵大人準備好用來消磨時間的書本已經打包成行李，和馬車一同出發了。」

「什麼！」

真是失算！不只城堡圖書室書籍的抄寫本，連下次打算要印製成書的騎士故事都先被載走了。我咳聲嘆氣，法藍一臉非常正經地說著：「您用來消磨時間的書籍太占空間，儀式期間實在無法一直拿在手上。」然後朝我遞來聖典繪本。

「目前只有儀式時唸給孩子們聽的繪本，假如您不嫌棄，請先看這個吧。」

「太棒了！法藍，謝謝你。」

我立刻打開繪本，目光追逐起文字。僅是這樣而已，心情就變得非常平靜。感覺也能夠順暢呼吸，不如說是能實際感覺到自己還活著。我真想向世人提倡，閱讀真的是人生不可或缺的活動。

我度過了一段幸福又放鬆的時光後，艾克哈特與尤修塔斯到了。

「大小姐究竟是為什麼想做這本書呢？」

尤修塔斯探頭看著我手上的聖典繪本問。雖然每個字我都聽得懂，卻不明白他這麼問的意思。

「我做書就是為了看書，除此之外沒有其他理由喔！」

「不，我不是這個意思，而是為什麼選擇做聖典繪本？」

也沒有為什麼，只是因為不光麗乃那時候，平民時期母親講過的也是，我所知道的故事，都與買書客群的基本常識正好牴觸。但這種話我說不出口。

「因為我沒看過聖典以外的書啊。如果能看到新的書，我應該也能做出新的繪本，所以我很樂意收到書當禮物喔。」

尤修塔斯是黎希達的兒子，又是上級貴族，喜歡蒐集情報的他看來就擁有許多有趣書籍。我用滿懷期待的雙眼抬頭看他，尤修塔斯卻露出了與黎希達神似的嚴肅表情，與我四目相對。

「大小姐，這種話妳千萬不能在他人面前說，會引來野心勃勃的貴族。」

……只要能得到書，就算是賄賂我也會開心收下來，但事後肯定會被神官長罵到臭頭吧。

很輕易就能想像到我歡欣鼓舞地撲向書本後，馬上被紙扇狠敲一記。

午餐吃完了雨果烤的麵包和灰衣巫女們煮的湯，我們騎著騎獸往下一處冬之館前進。和哈塞不一樣，祈福儀式時曾得到祝福的直轄地今年都是大豐收，所以不論到了哪裡的冬之館，我們都受到了甚至讓人卻步的熱烈歡迎。鎮長和村長們都向我懇求說：「明年春天請您務必再來……」我只好擠出客套的笑容回應：「只要我還是神殿長，便會由我前來。」這樣的對話重複出現。然後每次參加完熱鬧的祭典我都會病倒，吃了藥恢復體力後又是祭典，然後再次病倒，這趟旅程就在這樣反覆的循環下宣告結束。

結果，抵達與斐迪南約好的杜爾潘冬之館時，已經是舒翠莉婭之夜的前一天了。因為這趟旅程早就顧慮到了我的身體狀況，比較放慢速度，所以可說是驚險地趕上。

由於艾克哈特事先已經用奧多南茲與斐迪南聯繫過，所以早一步抵達的斐迪南便幫我主持了杜爾潘的收穫祭。聽說現在杜爾潘已經沒有了祭典的歡騰熱氣，回歸到了平靜的日常生活。

「羅潔梅茵，妳太慢了。我一直提心吊膽，擔心妳無法趕上。」

「神官長，讓你擔心了，也謝謝你先替我舉行了收穫祭。聽到祭典已經結束了，我真是鬆一口氣……」

我也一直擔心著能不能趕在舒翠莉婭之夜前抵達杜爾潘。能夠順利到達真是太好了——我正安心吐氣，斐迪南面色凝重地低頭看我，伸手就摸我的額頭和脖子。

「好冰！」

「這是因為妳的體溫升高了。脈搏也很快……法藍，藥水還夠嗎？」

「出發前準備的藥水已經喝完了一半。」

法藍想也不想回答，斐迪南立刻把目光投向房裡的木盒。

「那個盒子裡還有備用藥水，為了剩下的路程，拿去補充吧。羅潔梅茵，妳今天喝完藥就要上床歇息。明天要去採集。」

法藍安下心來地開始補充藥水時，斐迪南命令我趕快離開。我沒精打采地走進準備好的房間，讓莫妮卡與妮可拉為我換下衣服，再喝了法藍遞來的藥水，隨即上床睡覺。為了幫我採集材料，卡斯泰德還會特地從艾倫菲斯特趕過來，所以絕對不能因為身體不舒服而演變成要拖到明年。

……而且我也和路茲說好了，今年一定要採到！

早上神清氣爽地張眼醒來，我的護衛騎士已經從艾克哈特變回了達穆爾。

一段時間不見，達穆爾好像消瘦了不少，而且能夠換回來侍奉我，他也顯得如釋重負。說不定是斐迪南向他下達了什麼任務，對他進行了嚴格的訓練。我暗自想像那幅畫面，忍不住輕笑出聲，吃完了早餐。

「羅潔梅茵，既然傍晚要小睡一陣子，上午的時候多用點大腦更有助於睡眠吧。等一下來我房間，完成收穫祭的報告書。」

我本來還打算今天要以身體不適為由，躺在床上悠閒看書，現在上午卻要和斐迪南一起處理文書工作，那和在神殿根本沒有兩樣嘛。

「看妳的表情似乎很不情願，但這也是為了妳好。如果能先寫好報告書，也可以快一點開始製作尤列汾藥水。畢竟就算蒐集到了材料，也得先向領主報告收穫祭的情況，才能開始製作藥水。」

斐迪南既是我的專屬醫生也是藥師，他都這麼委婉地恫嚇我了，我實在說不出口「我想看書」。為了自己的健康，也只能加油了。

……我要盡快做好尤列汾藥水，等到恢復健康，就要看書看到倒下為止！

我頻頻回頭看向裝在木箱裡的書本，依依不捨地前往斐迪南的房間，發現不光是斐迪南本人，連陪同他前來收穫祭的侍從們，也和平常一樣在工作。艾克哈特也是。還有，聽說尤修塔斯和斐迪南的徵稅官也各自在自己的房間裡寫著報告。

絕不浪費半點時間的工作狂斐迪南，今天依然把所有人拖下水，火力全開。

眾人安靜地撰寫著文件，現場只有喀喀叩叩的聲響此起彼落，這時一隻奧多南茲拍著翅膀飛了進來。奧多南茲在房裡繞了一圈後，降落在斐迪南桌上，用卡斯泰德的聲音開始說話。

「我快到了，午餐麻煩你們準備。」

斐迪南回答「知道了」，便送出奧多南茲，看著窗外嘆一口氣。是看到什麼了嗎？我也跟著看向窗外。只見雖然還很小，但外形像是獅鷲，騎士團長所騎乘的騎獸正往這裡飛來。卡斯泰德真的馬上就要到了。

「工作到此結束。東西收起來，準備迎接。」

斐迪南一說完，大家整齊一致地收拾起工作用具。斐迪南的侍從們前往玄關準備迎接，我的侍從們忙著準備茶水與點心。大家的動作都非常慌亂，一點也不從容，與優雅沾不上邊。但在這種情況下，做事仍能面面俱到的侍從們實在太優秀了。卡斯泰德在帶領下走進來的時候，已經作好了完美的迎接準備。

「羅潔梅茵，妳看起來精神不錯。」

「因為喝了神官長給的藥水。」

雖然沒有明確說出「我昨天還累到無法動彈」，但卡斯泰德似乎仍聽出了我的言外之意。他的眼神游移，像在思考要怎麼回應，最後擠出一句：「能恢復到可以去採集就好。」

「卡斯泰德，那邊的情況如何？」

斐迪南招呼卡斯泰德坐下後，用閒話家常和寒暄般的口吻問道。平常卡斯泰德總會回答「沒什麼異狀」或是「一切都好」，這次卻稍微露出了沉思的表情，然後環顧房間。

「因為我已經收到指示，這件事得通知你和羅潔梅茵。羅潔梅茵，妳也留下來一起聽吧。除了護衛騎士以外，其他人都退下。」

命令所有侍從離開後，卡斯泰德拿出指定範圍用的防止竊聽魔導具，在操作後發動。斐迪南慢慢地吐一口氣。

「卡斯泰德，到底發生什麼事了？」

「並沒有發生什麼事，只是有些不太安分的動靜。」

在場眾人瞬間繃起表情。雖然現在還沒有發生任何事情，但聽到不太安分的動靜這幾個字，會提高警覺也很正常。卡斯泰德看向所有人，先是說了：「這是艾薇拉提供的消息。」然後開始說明。

「我想這件事之前已經對斐迪南說過了，自從喬琪娜大人來訪，舊薇羅妮卡派就有捲土重來的跡象，並且轉變為喬琪娜派。」

「嗯，這我已經聽說了。但是，她是亞倫斯伯罕的第一夫人吧？怎麼能夠擔任艾倫菲斯特派系的代表。」

從前任領主那時開始，薇羅妮卡長年來都以第一夫人的身分在艾倫菲斯特坐擁大權，即便芙蘿洛翠亞嫁了過來，也因為是由她撫養繼承人長大，所以先前薇羅妮卡派一直是勢力最大的派系。儘管齊爾維斯特繼任成為領主，芙蘿洛翠亞與艾薇拉的派系也稍微有所壯大，慢慢累積力量，但仍是薇羅妮卡派更有影響力。然而，薇羅妮卡卻仗著自己是領主的母親濫用權力，在犯下罪行後遭到幽禁，因而失勢垮臺。薇羅妮卡派中原本就偏向中立的人們，便在轉眼間倒戈向芙蘿洛翠亞派。

「沒錯，所以舊薇羅妮卡派似乎打算把韋菲利特大人推為代表。」

「韋菲利特？但他與這種女性的派系沒什麼往來吧？」

「並不是要邀請他參加茶會，只是為了率領一個派系，需要一個名字吧。因為韋菲利特大人是由薇羅妮卡大人撫養長大，他又違背了領主想與喬琪娜大人保持距離的指示，邀請了喬琪娜大人再次拜訪艾倫菲斯特。在舊薇羅妮卡派與喬琪娜派眼中，他似乎都是重整派系的絕佳代表人選。」

聽到卡斯泰德這麼說，我回想了與喬琪娜道別時的寒暄。

「……可是，韋菲利特哥哥大人並不是想違背養父大人的意思吧？他只是不會察言觀色而已。」

「是啊，實際上他什麼也沒在想。但是……關鍵就在於旁人怎麼看。」

卡斯泰德說完，斐迪南用指尖敲著太陽穴說：「看來事態麻煩了。」他眯起眼睛，開始動起腦筋思索，但我不知道他在想什麼。卡斯泰德對著這樣的斐迪南繼續提供消息。

「韋菲利特大人因為與喬琪娜大人關係密切，又很有可能成為下任領主，所以聽說私底下到處都有人在說，他很適合成為新的代表。」

卡斯泰德說女性茶會上的話題，正經由下級貴族間的聯絡網流傳開來。因為下級貴族必須選擇對自己有利的陣營依附，所以多屬於中立，情報也因此比較容易互相流通。

「也就是說，好不容易現在以芙蘿洛翠亞大人與羅潔梅茵為中心，韋菲利特的教養權也從祖母回到了母親手中，領主一家正要開始團結一心……卻又要爆發激烈的派系鬥爭了嗎？」

斐迪南用力蹙眉。聽說艾薇拉一直在暗中打點，想以領主的第一夫人芙蘿洛翠亞為中心統一成最大派系，如今她的苦心可能都將化為泡影。我現在才知道，原來艾薇拉並不只是單純地高興於能蒐集到斐迪南的資訊而已。

「表面上還沒有發生任何事情。狩獵大賽上也只有謠言和消息在流傳而已。因為喬琪娜大人並不在這裡，近侍們也監督著韋菲利特大人的行動。只要沒有發生任何事情，這點謠言會慢慢被人們淡忘吧。但是，偏偏喬琪娜大人明年夏天還會再度來訪，所以恐怕不會完全沉寂。面對動作頻頻的貴族們，最好提高警覺。」

「父親大人！我有問題。具體而言，該怎麼提高警覺才好呢？」

我高舉起手發問，卡斯泰德、斐迪南、艾克哈特與尤修塔斯異口同聲地回答了：

「妳在做任何事之前，都要先與斐迪南商量。」

「總之妳別輕舉妄動。」

「不可以隨便接近陌生人。」

「就算有人拿書賄賂妳也不能接受。」

面對集中砲火般的諸多提醒，我只能有氣無力回答：「……是。」

……大家真的很不相信我呢。

吃完午餐，也召開了會議，討論要如何確實地採到瑠耶露果實。經過去年的舒翠莉娅之夜，今年已經知道該如何應對。再由騎士團長卡斯泰德、斐迪南與艾克哈特這麼強大的組合聯手出擊，更是幾乎不用擔心。

「魔物的數量雖多，但都不足為懼。最好是準備可以大範圍消滅魔物的武器。」

「魔物都是在瑠耶露的花朵凋謝以後才出現，出發時間要不要稍微往後延？」

「這個主意不錯。還有，羅潔梅茵大人的小睡時間可能要比去年再久一點。因為去年在戰鬥期間，還得設法趕跑她的睡意。」

「等一下，尤修塔斯！我那是因為花了很長時間在壓制戈爾契！如果只是採集而已，小睡時間和去年一樣就好了。」

大家各自提出意見，決定了行動內容。以瑠耶露為中心，也分配好了騎士的位置與負責範圍。今年尤修塔斯也是戰鬥人員，會和去年一樣坐在騎獸上，負責消滅從樹枝爬上來的魔獸。

「尤修塔斯明明是文官，也懂得怎麼戰鬥嗎？」

「因為採集材料的時候也需要戰鬥，我多少有些經驗。至少懂得如何防身……」

「而且他去年採到了大量的瑠耶露，今年把他列為戰鬥人員也沒問題。」

如果是從未採集過的材料，聽說尤修塔斯就會變得眼中只有材料，根本靠不住，但面對已有的材料則會失去興趣，所以這次才能列為戰鬥人員。

決定好了出發時間、大致上的人員配置，也了解了會出現哪幾種魔獸後，我從傍晚開始午睡。多虧了斐迪南整個上午都在使喚我做事，我覺得自己睡得很沉。但是，我一點也不感激他。

月亮綻放著紫色光輝的舒翠莉婭之夜，我們在說好的時間出發，和去年一樣騎著騎獸一路直奔瑠耶露樹所在的地方。

我們抵達的時候，月亮已經幾乎高掛在正上方，瑠耶露的花蕾也變得碩圓飽滿。如今葉子稀疏，質感像是金屬的光滑樹枝上，豎立著幾十朵形狀如同白木蓮的花朵，散發出馥郁的芬芳。

「花瓣應該很快就要凋謝了，趁現在清理一下障礙物吧。」

斐迪南取出思達普唸著「里左荷爾」，思達普便變成了發光的巨大鐮刀。看起來就像死神一樣，非常非常適合斐迪南。雖然這裡的人應該不知道什麼是死神，但就算能明白我的意思，感覺斐迪南也會大發雷霆，所以無論如何我都要閉緊嘴巴。

「喝！」

斐迪南將鐮刀拋往上空，開始劈砍瑠耶露四周的樹木枝椏。見狀，卡斯泰德低聲說著：「原來如此。先砍下四周的樹枝，就能減少從旁邊飛往瑠耶露的魔獸吧。」接著他也將思達普變作巨鐮，砍伐起周遭的樹枝。聽了卡斯泰德的解釋，我好想當場跪下來向斐迪南道歉。

……我居然還覺得神官長很像是死神，實在是罪該萬死。謝謝神官長。

「對了，尤修塔斯去年採集的瑠耶露花朵，有沒有用來做什麼呢？」

「我只是喜歡蒐集，這種事請去問斐迪南大人吧。」

尤修塔斯說他只要留一朵在手邊就夠了，剩下的相同材料都給了斐迪南。還說因為至今給斐迪南添了不少麻煩，也希望他往後繼續多加關照，所以算是聊表心意。

尤修塔斯至今到底為神官長造成了多少麻煩啊？——我才剛納悶地偏過頭，內心馬上一驚。

……難、難不成我也該支付慰問金給神官長？

但我一時間想不到斐迪南可能想要的東西，正煩惱著「乾脆支付魔力好了？」時，瑠耶露的花瓣開始凋謝。

如同去年那般，花瓣一片又一片被剝下般翩然地落進空中，隨風飛揚起舞。和櫻花瓣不一樣，是形似白木蓮的大片花瓣。看起來就好像是白鳥的羽毛被風吹得搖搖晃晃，在空中不停迴旋，緩緩飄落。花瓣一落到地面上，就與土壤同化消失無蹤。那幅景象有著難以形容的夢幻與唯美。

「羅潔梅茵，趁現在先給大家祝福吧。」

我依著斐迪南的指示，向英勇之神安格利夫獻上祈禱，給予眾人祝福。然後，我操縱著騎獸飛到瑠耶露旁邊，確保能夠採到果實，並且在原位待命，直到長出果實為止。我坐在騎獸裡頭，低頭看著大家。

「……來了。」

五名騎士在瑠耶露樹四周圍成一圈，各自拿著武器。大家的武器都不一樣，這點相當有趣。艾克哈特是長槍，布麗姬娣和去年一樣是類似長刀的武器，達穆爾是用慣的劍，卡斯泰德依然是剛才用來砍下樹枝的巨鐮。但是，從我這裡看不見斐迪南手上拿著什麼武器。至少不是巨鐮。

……神官長是什麼武器呢？

在我這麼心想的時候，踩過草叢的喀沙喀沙腳步聲正由遠而近傳來。而且聽起來不只有一、兩隻，而是好幾十隻。現在不光是看得見，我也已經知道，接下來還會有更多魔獸被花香吸引而來。

黑暗中，體型還不及達穆爾膝蓋的魔獸從草叢裡接連衝出，有外形像貓的薩契，也有外形像松鼠的亞焚特，雙眼都閃爍著教人發毛的紅光。

「分開來看每隻都不強，一定要確實消滅。」

「可能得耗上不少時間。達穆爾，你要留意魔力的分配。」

「是！」

位在卡斯泰德與斐迪南之間的達穆爾使力握好長劍。

達穆爾的成長

直到瑠耶露果實變大為止，我都坐在騎獸裡頭注視著大家的奮戰。

騎士們形成一圈圍住瑠耶露，而達穆爾分配到的位置又落在斐迪南與卡斯泰德可以支援的範圍內。雖然達穆爾的負責範圍在眾人中是最小的，但要是被攻破就功虧一簣，所以這樣的配置也是理所當然吧。

小型魔獸從四面八方不斷竄出。由於為了採集每個季節的材料，去過各式各樣的地方，也與不少魔物戰鬥過，我多少也能看出魔物的強弱了。現在正朝我們衝過來的薩契、亞梵特，還有體型比薩契大一些的弗爾契等魔獸都不算強大。只是數量多，覺得源源不絕而已。去年因為騎士人數不多，龐大的數量才構成了威脅，但今年有魔力豐富的斐迪南和卡斯泰德在，看起來應付得很輕鬆。

「上吧！」

艾克哈特打頭陣往前衝。他往前疾奔數步後，壓低身子迅猛地刺出長槍。伴隨著劃穿空氣的高亢聲響，槍尖在月光下反射著紫色冷光。一個眨眼，魔石遭到貫穿的魔獸便融化般失去形體。僅只一記攻擊，好幾隻魔獸就消失了。

「喝！」

艾克哈特緊接著大力揮動長槍，劈向周遭的魔獸。被長槍擊中或被槍尖劃開的魔獸一一不支倒地。見狀，四周的魔獸沒有撲向艾克哈特，反而是撲向無力抵抗的魔獸，把牠們吃進肚子裡。藉由吃掉魔石，讓自己變得更加強大。

艾克哈特的藍色雙眼瞪著成群聚集的魔獸，重新握好長槍，朝著牠們接連突刺。高速刺出的長槍發出了劃破空氣的聲響，接二連三地擊滅魔獸。

……噢噢噢噢，艾克哈特哥哥大人太帥了。是繼爸爸之後再之後的……再之後的帥！我低頭看著艾克哈特的攻擊，忍不住發出讚嘆。因為平常只看過他協助斐迪南處理公務的樣子，現在看到他以騎士的身分驍勇戰鬥，老實說真的魄力十足。

我在心裡頭大力稱讚艾克哈特的英姿時，接著聽見了布麗姬娣「哈！」的高聲吶喊。我稍微移動騎獸的位置，轉頭看向布麗姬娣。

「喝啊啊啊啊！」

布麗姬娣大聲吆喝，同時用力點地，大幅度地揮下形似長刀的武器。長刀「嗡！」的一聲橫劈過空氣，刀身可及範圍內的魔獸全在剎那間灰飛煙滅。

「再來！」

布麗姬娣甚也不看一眼消失的魔獸，紫水晶般的雙眼迅速鎖定了新目標，維持著壓低身子的姿勢向後扭腰，裙襬隨之飛揚。布麗姬娣轉動腰部後，手中的武器也跟著她的動作由後往前甩出。微彎的偏長刀刃從她身前劃過時，又有好幾隻魔獸潰散消失。每當布麗姬娣的武器反射出光芒，刀刃便劃破空氣，一口氣劈裂撲上來的魔獸們。她毫無間斷地揮舞著武器，那副模樣威風凜凜，同時也有著颯爽迷人的美麗。

……呼，好棒喔。嗚嗚，我也好想變強。

我知道自己不可能變得像布麗姬娣一樣，但也好想要有那種凜然的魄力。我要努力成為迷人又可靠的大姊姊。

……對了，那父親大人又是怎麼戰鬥的呢？

青衣見習巫女時期在祈福儀式途中遇襲時，還有討伐冬之主司涅圖姆的時候，我都曾見過卡斯泰德戰鬥的模樣。可是，兩次我都是在遠處觀看，遇襲那時候還是放出一記大絕招就結束了。討伐司涅圖姆時則是騎士人數太多，再加上遠得看不清楚卡斯泰德在哪裡，所以無從得知卡斯泰德的戰鬥方式。我有些期待地尋找起卡斯泰德的蹤影。

只見卡斯泰德正看似十分隨意地揮舞著比自己還巨大的鐮刀，而且好像根本沒出什麼力。他彷彿邊走路邊在割草一樣，輕輕鬆鬆地揮著巨鐮，接二連三消滅魔獸。

……噢噢噢噢噢噢，父親大人好強！不愧是騎士團長！

但儘管看來沒有使出多少力氣，巨鐮擺動的速度卻快得驚人，劃破空氣的「嗡！嗡！」一聲也非常響亮。卡斯泰德只是揮了下鐮刀，大量魔獸便在彈指間消失無蹤，艾克哈特與布麗姬娣根本望塵莫及。每揮一次，至少都有十隻以上的魔獸消失吧？卡斯泰德負責的範圍分明很廣，但他前方的魔獸數量看來卻不多，我想並不是我的錯覺。

……畢竟為了幫我採集，還專程從艾倫菲斯特來到這裡嘛。排在爸爸之後，第二帥氣的人就決定是父親大人了！

我拍著大腿讚揚卡斯泰德時，無預警地傳來了「咚！」的爆炸聲。

「呀嗚?!」

其實爆炸聲不大，但因為出乎預料，我嚇得縮起身體，下意識摀住耳朵。發生什麼

事了？我東張西望，試圖尋找聲音來源。

……是神官長。

在斐迪南的負責範圍中，有一整片的魔獸徹底消失了。就只有那個地帶絲毫不見魔獸的蹤影。錯不了，剛才的爆炸聲一定是斐迪南做的好事。到底是做了什麼事情，才能讓那裡的魔獸悉數消失？實在太不可思議了，我不自覺注視起斐迪南的行動。

其他魔獸很快地又跑進被掃蕩一空的那片地帶。光是看到站在原地的斐迪南一派從容，我真想對魔獸們大喊：「現在馬上向後轉快逃！」難道就只有我這麼想嗎？

斐迪南平靜地望著跑過來的魔獸們，丟出了某樣東西。那樣東西僅一瞬間在空中發出光芒，隨後擴散開來。下一秒像是消失在了空氣裡，無法再用肉眼辨識。

……是網子嗎？

在我看來像是網子的那樣東西並不是消失了，原來是罩住了魔獸。一整片的魔獸都在網中拚命掙扎，互相推擠。斐迪南緊盯著被困在透明網中的魔獸們，跪下來用掌心貼著地面。

「消失吧。」

他發出冷靜話聲的同時，我看見了魔力呈網狀向外流去。魔力的光芒使得網子的形狀瞬間變得清晰，但緊接著傳來了和剛才一樣的「咚！」爆炸聲，網中的魔獸就如同斐迪南所說的，悉數消失殆盡。

……好恐怖。真的很恐怖。

我想只有擁有壓倒性魔力的斐迪南才能使出這種攻擊。要一口氣釋出那麼大範圍的魔力，不只需要龐大的魔力量，也要很擅長操控魔力才能辦到。

面對相差這般懸殊的強大，比起讚嘆我更感到戰慄，從斐迪南身上稍微別開目光，看向在卡斯泰德與斐迪南之間奮戰著的達穆爾。

相較於其他人，達穆爾的戰鬥方式非常樸素。他只是用自己手上的劍，一隻一隻地確實消滅魔獸，一點也不起眼。但是，和去年不一樣，他的確有所成長。他不再捨不得使用魔力，只靠著蠻力與體力打倒魔獸，結果上氣不接下氣；也不再不安地來回張望四周，而是直視著前方迎戰。

看來他很坦率地接納了我的意見，努力訓練自己，操控起魔力已經懂得因應對手改變魔力的用量。面對較大的弗爾契這類魔獸，他會使出較多的魔力；面對較小的魔獸，就會使出較少的魔力。

「達穆爾，你該後退喝藥了。」

「不，卡斯泰德大人，我還可以。」

達穆爾搖了搖頭，舉劍砍向薩契。可能也是因為左右兩個人都很強大吧。但是，達穆爾沒有像去年那樣胡亂揮舞武器，今年都能確實地擊斃魔獸。

「達穆爾，你別逞強。」

「我真的沒問題。」

達穆爾沒有從魔獸身上移開目光，平靜說完揮下長劍。

達穆爾又揮劍戰鬥了一會兒後，才主動說道：「請恕我暫時後退。」然後把自己的負責範圍交給卡斯泰德與斐迪南，靠在瑠耶露的樹幹上喝了回復藥水。直到藥水發揮作用前，達穆爾有短暫的休息時間。

「達穆爾，你變得很強呢。」

我在騎獸裡頭往外傾身說。達穆爾嚇了一跳似的揚起頭，目光和我對上後，說著「感激不盡」輕笑起來。

接著達穆爾閉上眼睛。只見他慢慢吐氣，像在確認自己體內的魔力。再一次抬起頭時，他的灰色雙眼已注視著魔獸，握著思達普變成的長劍，重新投入戰場。發現自己又突破了自己的極限，顯然是信心大增，戰鬥的樣子看起來比剛才更遊刃有餘。

……達穆爾一定非常賣力地進行了訓練吧。

我知道達穆爾一直想要變強，所以親眼看到他的努力有了成果，我高興得好像是自己獲得了成功。他最近的進步，也讓我感嘆戀愛的力量果然很偉大。我邊為別人的愛情故事嘻嘻竊笑，邊為達穆爾的成長感到感動時，尤修塔斯出聲呼喚我。

「大小姐，差不多了。快為瑠耶露果實注入魔力！」

我深深吸一口氣，從騎獸裡頭探出身子，朝著外形很像紫水晶的瑠耶露果實伸出手。要讓瑠耶露果實染上自己的魔力並不容易。所有生物似乎都有著抗拒他人魔力的本能，所以若要染上自己的魔力，會出現非常劇烈的排斥反應。我把堅硬又光滑的瑠耶露果實緊緊握在掌心裡，一鼓作氣注入魔力，想要瓦解瑠耶露的抵抗。感覺今年的抗拒程度沒有去年強烈，是因為我也稍微有進步了嗎？

我瞪著掌心裡的瑠耶露果實，不斷地注入大量魔力，壓過瑠耶露的抵抗。透明的紫色瑠耶露果實很快地變成了淡黃色。去年還有種魔力被彈回來的感覺，今年倒是完全沒有，魔力順利地往果實內部傾注。

「尤修塔斯，這樣可以了嗎？」

我環顧周遭，尤修塔斯正在攻擊朝瑠耶露飛撲而來的亞獒特。消滅了敵人後，尤修塔斯邊警戒著四周邊朝我靠近。

「……大小姐速度真快呢。這樣可以了。採下來後請立刻收進皮袋裡。」

我繼續用左手緊握著已經完全變色的瑠耶露果實，右手拿出小刀魔導具砍斷樹枝。迅速砍下多餘的枝條後，把瑠耶露果實放進皮袋裡。因為是可以阻隔魔力的皮袋，應該不會再被魔獸搶走了。

「大小姐採集完畢！」

尤修塔斯揚聲報告，卡斯泰德重重點頭。

「好，撤退！」

「還不行！請等一下，讓達穆爾也採集瑠耶露吧！」

「咚！」地一聲消滅了周圍的魔獸，斐迪南仰頭看我。

「羅潔梅茵，妳在想什麼?!」

「因為如果想在夏天求婚，不是需要求婚用的魔石嗎？達穆爾一直在擔任我的護衛，根本沒時間去採魔石，那在這裡採集就好了啊。」

我在看騎士故事的時候也學到了這些唷──我挺起胸膛說，監護人們卻用溫暖的眼神朝我看來。怎麼覺得他們的視線好像在說：「真是個分不清現實與故事的小孩子。」我眨了眨眼睛。

「……難道、不是這樣子嗎？」

「確實是如此沒錯……」

斐迪南略帶顧忌地瞥向布麗姬娣的方向。他這樣一瞥，我明白了。求婚用的魔石本來應該要偷偷準備才對，不能當著求婚對象的面。

……啊啊啊啊啊，虧我還以為自己很貼心，結果徹底失敗了嗎?!

我「噫噫噫」地抱頭哀嚎，卡斯泰德動作俐落地消滅著魔獸說：

「達穆爾，去吧。能取得這麼高品質魔石的機會可不多，用來求婚更是再完美不過。」

卡斯泰德嘻嘻賊笑著，繼續剷除魔物。「而且艾薇拉也很期待後續啊。」至於這一句話，就當作是我幻聽吧。

騎士團長卡斯泰德下達了許可後，這件事也就拍板定案，艾克哈特與斐迪南也說著「快去拿吧」，催促達穆爾採集魔石。

我偷偷觀察布麗姬娣的反應，只見她堅決不肯轉頭看這邊，不吭一聲地繼續殲滅魔獸。因為距離遠，黑暗中又看不清楚，但她的耳朵好像有點紅。

……對不起喔，布麗姬娣。讓妳這麼難為情，真的很對不起。

得到許可的達穆爾騎著騎獸挨近瑠耶露果實，唸著「密撒」讓思達普變作小刀。我雖然需要染上自己魔力的高品質魔石，但達穆爾和我不一樣，是要拿來求婚用的，所以不需要當場染上自己的魔力。

達穆爾迅速地砍斷樹枝，採集了兩顆手邊的瑠耶露果實。一顆是求婚用，一顆是自己要用的吧。達穆爾高興得瞇起灰色眼睛，小心翼翼地把果實收進自己的皮袋裡。

「我還是第一次取得這麼高品質的魔石。之後再花時間慢慢染上魔力。」

回到杜爾潘的冬之館，我懷抱著收集到了所有材料的成就感與滿足感，沉沉地墜入夢鄉。

隔天早上，我踩著雀躍的步伐前往斐迪南的房間。因為他要我吃完早餐過去一趟。是要接著做昨天的工作吧。為了可以盡快開始製作藥水，我打算卯足全力幫忙。

……可以變成活蹦亂跳的健康寶寶了。要變成普通的女孩子了。唔呵呵、呵呵呵。

由於達穆爾已經先去了斐迪南那裡，所以我帶著布麗姬娣和法藍，意氣風發地前往斐迪南的房間。在門外等候著的侍從為我開門，我走進房內。

「神官長早安！今天要幫什麼忙呢？」

我的開朗寒暄明顯與現場氣氛格格不入。房間內充滿了彷彿一觸即發的緊張氣氛，我趕緊閉上嘴巴。現在斐迪南的房間裡，沒有半個人在工作。而且似乎除了在門口待命的侍從以外，所有人都被摒退，所以房內沒有任何人在工作。只有臉色凝重的卡斯泰德、斐迪南和艾克哈特，還有一臉不爭氣的達穆爾，求救似的低喊：「羅潔梅茵大人。」

……慢著，達穆爾。你到底做了什麼好事？

「布麗姬娣、法藍，退下吧。」

布麗姬娣與法藍快步離開房間，我抱著想向兩人求救的心情，不明所以地眨眼睛。斐迪南目光兇惡地瞪向我。

「羅潔梅茵，妳應該猜到我為何叫妳過來了吧？妳到底對達穆爾做了什麼？」

我不記得自己對他做過什麼啊。達穆爾好像惹了這三個人生氣，所以我身為他的主人，才會受牽連跟著挨罵嗎？我拚命回想自己做過哪些事情。

「呃、呃……我對達穆爾做了什麼嗎？是指我昨晚勸他採集瑠耶露果實這件事嗎？還是說，是指我前陣子在護衛任務期間，偷偷塞了點心給他這件事？可是，點心我也有給布麗姬娣……」

「不對！完全錯了。我是指達穆爾的魔力出現了不自然的增長，這是不是妳做的好事？」

「魔力能有成長，是達穆爾自己的努力喔……我確實是有些多管閒事，給了點建議，但本人如果不努力和進行訓練，也沒辦法成長啊。」

看來是與達穆爾的魔力成長了這件事有關。還以為會挨罵呢。我正鬆一口氣，卡斯泰德面色嚴峻地低頭看我。

「羅潔梅茵，妳到底給了他什麼建議？他成長的幅度太不合常理了。達穆爾是下級貴族，又幾乎已經過了成長期，他的魔力本不可能有如此顯著的成長。」

「達穆爾曾利用加芬納協助安潔莉卡了解兵法，所以我只是像他那樣，用視覺效果加以呈現，把我壓縮魔力的方法教給他而已。」

不同於蹙眉的卡斯泰德和艾克哈特，斐迪南立即眉毛倒豎。

「妳壓縮魔力的方法？我怎麼從來沒聽說。」

「咦？雖然神官長這麼說，但你從來沒問過我有關魔力壓縮的方法吧……而且，因為這是我自己想出來的方法，我也不知道正不正確。說不定達穆爾只是剛好成功實踐了而已。」

我側過頭說，達穆爾卻緩緩搖頭，否定了我的想法。

「若能知道羅潔梅茵大人的魔力壓縮方式，我想處在成長期的人，都能有飛躍性的成長。我因為好不容易魔力成長了，很擔心又被拉到平均以下，才沒能向幾位報告。實在非常抱歉。」

因為無論再怎麼努力提升魔力，要是其他人知道了方法也有所成長，屆時魔力的平均值便會拉高，達穆爾又會降到平均以下。

「畢竟能讓魔力有飛躍性的成長，完全足以當作是個人抑或一族的不傳之秘了。我能明白達穆爾不想告訴他人的心情。」

照艾克哈特這麼說，如果不是因為隱瞞這件事而挨罵的話，那到底找我有什麼事呢？我轉頭看向斐迪南，他正用淡金色的雙眸靜靜看我。

「羅潔梅茵，妳與達穆爾不同，從沒想過要刻意隱瞞吧？那麼，妳為何從沒考慮過，要讓這個方法在魔力不足的艾倫菲斯特流傳開來？」

「為什麼嗎……」

艾倫菲斯特現在確實處於魔力不足的情況，會聯想到要提升所有人的魔力，或許也是理所當然吧。可是，我雖然想讓書本流傳開來，卻從沒想過要傳播增加魔力的方法。

「因為我通常都是徘徊在死亡邊緣時，為了活下去才進行魔力壓縮。我一直以為這個方法不能教給擁有魔導具的貴族，而且如果這個方法很危險，也搞不好會害人喪命。所以這麼危險的事情，我沒辦法進行推廣。」

卡斯泰德聽了表示可以理解，斐迪南卻無法明白地按著太陽穴說：「那麼，妳為何要教給達穆爾？」

「因為達穆爾知道我的真實身分，也能明白我所謂的徘徊在死亡邊緣是什麼意思與嚴重性。」

在場所有人都知道我真實的身分。全員一致地沉下了臉。

「原來如此，我明白妳的想法了。也明白妳無意傳開……但是，我還是想拜託妳。我希望妳能把壓縮魔力的方式，也教給艾倫菲斯特的其他貴族。如今魔力不足是迫切待解的課題。今後將承擔艾倫菲斯特未來的孩子們若能增加魔力，我們是求之不得。」

斐迪南的表情流露出了些許焦急。這兩年來因為有我前往祈福儀式給予祝福，土地充滿魔力，收穫量也增加了。如果是想讓可以幫忙的青衣神官增加魔力量，這我還可以理解，但不懂為什麼要盡快讓貴族們增加魔力。

「神官長似乎很著急呢，有什麼理由嗎？」

「也稱不上是理由，算是一種準備。倘若喬琪娜利用亞倫斯伯罕第一夫人的身分展開行動，屆時我們才有辦法應對。我希望能提升貴族整體的魔力。」

既然斐迪南都說這是一種準備了，那我也應該提供協助。但是，關於壓縮魔力的方法，有很多事情都令我感到不安。我不想隨隨便便就教給別人。

「為了領地，要教給別人是沒有問題。但是，我有條件。」

魔力壓縮的條件

卡斯泰德與艾克哈特聞言都倒吸口氣，斐迪南卻是饒富興味地勾起嘴角，催促我說下去。「說吧。」

「首先，教導的對象僅限在貴族院學習過如何壓縮魔力的人。要是還不懂得如何自己壓縮魔力，我一點也不打算教他。因為會有生命危險。」

斐迪南慢慢點頭。卡斯泰德與艾克哈特也點頭同意說：「這當然。」只有達穆爾無所適從地杵在原地，更正確地說，他的表情很明顯在擔心自己會遭到什麼處置。

「還有，也僅限於我所屬派系的人。我才不想幫助與我們為敵的人，讓他們的魔力量增加。」

原本我只是一介平民，是因為魔力量才破例成為青衣見習巫女，又變成了領主的養女。在魔力量上我還是希望能保有優勢，而且雖然別人常說我做事不經大腦、不懂得提防戒備，但讓有可能敵對的人增加魔力量，這種事連我也不想做。

「一旦只限隸屬於芙蘿洛翠亞派的人，這也有助於削弱喬琪娜派的勢力吧？而且我想這樣一來，想讓韋菲利特哥哥大人成為下任領主的養父大人，無論如何一定會想辦法讓所有人都知道，韋菲利特哥哥大人屬於芙蘿洛翠亞派。」

喬琪娜派再怎麼想籠絡韋菲利特，只要本人與領主加以否定，並明確表示他隸屬於芙蘿洛翠亞派，令人惶惶不安的謠言也會平息下來吧。現在是因為韋菲利特受到的教育還不夠充分，不知道他日後會怎麼發展，才讓大家感到不安，但只要強化他與父母間的羈絆就好了。

「這樣一來，是要由妳挑選對象嗎？交給妳來挑選還真教人不安。」

「不曉得貴族之間有什麼關聯的我也同樣不安喔。」

貴族的誰與誰在哪方面有怎樣的關聯，我幾乎都不知道。現在頂多記住了親戚那邊的名字，還有藉由前任神殿長的往來書信所做成的黑名單。可是，那些親戚與黑名單上的貴族們也不是絕對忠誠，很可能為了利益就翻臉跟翻書一樣快，所以我根本不知道哪些貴族可以信任，交給我來選擇只會一個頭兩個大。

「所以可以知道方法的人，得經過六個人的許可。首先是艾倫菲斯特的最高掌權者領主夫婦，再來是不會夾帶私情、評判公正而且情報豐富的斐迪南大人，還有可說是軍事統帥的騎士團長父親大人、芙蘿洛翠亞派實質上的領導人母親大人，最後是負責提供知識的我……必須得到這六個人的許可才行。」

現在列出的人選基本上都是我的監護人。因為必須得到所有人的許可，我想對方與我為敵的可能性也會顯著降低。這算是我保護自己的方式。

「哦？人數比我預期的還多，難道光領主夫婦還不夠嗎？」

斐迪南覺得有趣地彎起嘴角。

「既然魔力壓縮對貴族來說是很有利的資訊，那麼不論韋菲利特哥哥大人被拉攏到哪個派系，養父大人都有可能優先考慮父子之情，把方法教給他吧。芙蘿洛翠亞大人也可能在親情的攻勢下，決心產生動搖。」

聞言，卡斯泰德露出了非常為難的表情，難以啟齒似的開口說了。

「羅潔梅茵，妳……不相信領主夫婦嗎？」

「我相信喔。但是，我認為所謂的親情，就是無論如何都把孩子放在第一順位。因為我……我以前的爸爸和媽媽就是這樣。」

因為見過我的父母吧。斐迪南似乎馬上就明白了我心目中所謂的親情，露出了懷念又苦澀的複雜表情。

「妳還用以前的標準在看待親情嗎……在貴族社會不能套用。」

「每個人對親情的看法都不一樣，所以能不能套用並無所謂。」

我所知道的親情，是麗乃那時候會毫不吝嗇地為我提供書本，還有平民時期為了保護孩子不惜反抗貴族的父母。

「還有，再怎麼嚴格篩選對象，萬一壓縮方法流傳到其他領地也沒意義吧？我希望可以用魔法契約規定，不能把方法傳授給他人，但有這種不只在艾倫菲斯特，也能在其他領地發揮作用的魔法契約嗎？」

「……有。只是價格高得驚人。」

連大金幣都覺得是小錢的斐迪南居然這麼說，那價格到底有多昂貴？我一點也不想聽到具體的金額。但是，如果不簽訂魔法契約，恐怕很難只有艾倫菲斯特提升魔力吧。

「請問錢和魔力壓縮法，哪邊比較重要呢？我打算把這個方法當作是艾倫菲斯特的不傳之秘，如果拿不出錢簽訂魔法契約，我想還是放棄比較好喔。」

「沒問題，這值得艾倫菲斯特編列預算。」

斐迪南儘管露出了像在思考要怎麼籌錢的凝重表情，但也緩緩點頭。

「神官長，那個魔法契約還能規定即便是親子和兄弟之間，也不能互相傳授嗎？」

「因為是與個人簽訂契約，當然可以，但這是為何？」

「最主要是因為我不希望有人擅自流傳出去。記得斐迪南大人曾對我說過，壓縮魔力是件非常危險的事情，就連在貴族院，也得在有多名教師在場的情況下教授。而且就算想好了對策確保安全，還是有可能發生意外……」

靠著自己想出的方法成功壓縮了魔力的小孩子非常罕見，我至今還忘不了斐迪南曾問我：「妳為什麼還活著？」我不希望沒有任何的限制，就讓這麼危險的方法傳開。

「我的壓縮方法讓我從神殿的青衣見習巫女，變成了領主的養女。要是有年幼孩子的魔力量正好不上不下，不知道該不該送往神殿，說不定會有父母逼著他們壓縮魔力，試圖讓魔力量增加。因為魔力要是增加了，也許就不用送往神殿。我想防止會這樣強迫孩子的父母親。」

在貴族社會，魔力低下不符合家族地位的孩子，會被送往地位較低的貴族家當養子，不然就是送去神殿。萬一有父母不想這麼做，強迫孩子壓縮魔力，那受洗前孩童的死亡率有可能急遽攀升。

「……只是稍微勉強受洗前的孩子罷了，反正他們還不被視為人。」

「這方面是執政者的規定，但就算還沒受洗的幼童不被視為人，他們也確實活在這個世界上。我不認為只因為還不算是一分子，就強迫他們冒著生命危險也無所謂。我無法接受。這點我絕不退讓。」

我表達自己的主張後，斐迪南緊皺著眉頭垂下目光。再次抬起頭時，他淡金色的雙眼中有著絕不容許搪塞與天真想法的凌厲。

「即便在妳這樣篩選過後，原本能成為貴族的孩子最後得進入神殿也是嗎？」

斐迪南的嗓音比平常還要低沉，目光銳利得彷彿能貫穿身體，但我筆直回視。

「與其死了十個人只有一人能當上貴族，我寧願保持現狀，讓十一個人都成為青衣神官。」

我知道進入神殿以後，與貴族的生活有著天壤之別，但我還是無法退讓。斐迪南看著我的眼神不再那麼凌厲，「嗯」地用手支著下巴。

「妳的要求還是老樣子，看起來對妳沒有任何好處，真讓人無法理解，但我明白妳的要求了。就照著妳開的條件篩選對象吧。妳提出的魔力壓縮法，會簽訂個人的魔法契約，即便親子與兄弟之間也不能互相傳授。還有其他條件嗎？」

「傳授給他人的時候，我要收取費用。既然你們都說這是貴重的知識，這也是當然的吧？」

「……嗯。這點我也想過，但這樣一來，下級貴族們就無法提升魔力了吧？」

斐迪南輕敲著太陽穴，喃喃唸著：「費用要多少才算合理……」我在眼角餘光中看見達穆爾面如死灰。

「如果目的在於提升整體貴族的魔力，我想下級貴族的費用就算便宜一點，地位越高的貴族費用則越高，這樣子如何呢？因為上級貴族的魔力量本來就很豐富，靠著自己努力也能想出辦法。讓覺得值得的人花錢購買就好了。」

才看到達穆爾臉上恢復了血色，這次換卡斯泰德臉色慘白。他扳著手指，抱頭呻吟。看來也許需要提供親人優惠。

「我們就答應妳的條件吧……那麼，羅潔梅茵，該怎麼做才能壓縮魔力？」

斐迪南邪邪地勾起嘴角問。我微微一笑，搖了搖頭。

「神官長，這得等到準備好魔法契約和費用以後再說喔。」

「看來妳也稍微變得老謀深算了。」

「看到神官長用那種像在打什麼主意的壞人表情對我說話，任誰都猜得到。」

我說完，斐迪南哼了聲看向達穆爾。看得出來斐迪南在無聲問我：「那傢伙要怎麼處置？」我轉向儼然像是被告在等著判決的達穆爾。

「達穆爾是我自己要教他的，所以不必支付費用。可是，你也要和其他人一樣，簽訂不能洩露出去的魔法契約，這樣可以嗎？」

「當然。」

不用付錢真是太好了——達穆爾安心的表情很明顯在這麼說。

「能夠這麼坦誠相對地與斐迪南大人討論，看來是不用擔心了。」

討論完了有關魔力壓縮的事情以後，卡斯泰德一臉安心地說道，騎著騎獸返回了艾倫菲斯特。

……看在父親大人眼裡，居然覺得這樣是坦誠相對，到底是貴族社會太爾虞我詐了？還是神官長身邊的人都太城府深沉？真不想去思考。

目送卡斯泰德離開後，我們先在原地休息一天，隔天出發前往伊庫那。從杜爾潘去伊庫那比較近。

「羅潔梅茵，既然我會一同前往伊庫那，就用我身邊的徵稅官吧。我先讓尤修塔斯回去艾倫菲斯特，沒問題嗎？」

「好的。」

斐迪南打算讓尤修塔斯回去蒐集消息，打聽卡斯泰德所謂不安分的動靜吧。不只要蒐集有關喬琪娜派的情報，還要為魔力壓縮一事進行準備，肯定得安排不少事情。而且尤修塔斯原本就是向斐迪南效忠的近侍，不趁著這個機會好好活用他的能力，就太大材小用了。

「羅潔梅茵，今天我還有很多事情要忙，但也不能任妳在冬之館裡走動，又惹出什麼麻煩來。所以今天一天，妳就待在房裡看這些資料吧。」

「遵命！我今天一整天都不會踏出房間！」

……萬歲！可以閱讀文字一整天了！

我接過斐迪南遞來的冊子，寶貝地捧在懷裡，興匆匆回到房間。往法藍為我拉開的椅子坐下後，心跳加速地翻開冊子。

原來是喬琪娜派的名單。上頭列出了出席喬琪娜派茶會的貴婦人們的名字，而且還加了備註，指出哪些下級貴族與其他派系也保有友好往來，立場偏向中立。再往後翻頁，還列出了名單上的貴婦人們的所屬家族。

最後一頁除了「希望能夠幫上斐迪南大人的忙」，還有一句話寫著：「羅潔梅茵就麻煩您多照顧了。」

「……母親大人。」

看來是艾薇拉為了通知我們有危險，好迴避不尋常的動靜，才寫了這份名單，讓卡斯泰德帶過來。感受到了隱含在其中的親情，我眼眶一陣發熱。

我得全部看完，牢牢記下來才行……

我全神貫注地看起名單。果然有不少人也出現在與前任神殿長友好的黑名單上，半數以上的名字我都認識。此外，貴族間錯綜複雜的親戚關係也讓我好想抱頭吶喊。

伊庫那的收穫祭

我「嗯……」地瞪著名單，大感苦惱的時候，忽然聽見了奧多南茲的振翅聲。奧多南茲咻地飛進房間，停在布麗姬娣的手臂上。

「所以是明天傍晚抵達吧？收到。關於菜單，我也會和他們商量後再決定。請幫我轉告羅潔梅茵大人，收穫祭預計在後天舉行。還有，上次提過的事情，麻煩妳一定要向羅潔梅茵大人確認清楚。拜託了。」

基貝．伊庫那的聲音重複說了三次以後，奧多南茲變回黃色魔石。布麗姬娣看向我，垂下眉尾說道：

「羅潔梅茵大人，真是抱歉。我剛才向兄長告知了明天的行程，沒想到他會在執勤期間捎來回覆……」

「與基貝聯絡也算是工作的一環，所以沒關係的。伊庫那的情形如何呢？」

現在採集已經平安結束，接下來該擔心的就是伊庫那。由於斐迪南也會一同前往，他們正十萬火急地教育居民，不知道明天能否一切順利。

「聽說現在稍微有模有樣了，灰衣神官們非常認真地進行指導。」

「是嘛，那太好了……對不起喔。直到神官長提醒之前，我都沒有注意到。」

我安心地吁口氣後，向布麗姬娣道歉，她一臉詫異。

「羅潔梅茵大人？」

「我因為很喜歡伊庫那那種大家沒有距離的感覺，也心想今後只要由我處理與伊庫那有關的事情，應該就不會有問題。但是，沒想到神官長居然要親自前往，其他貴族也可能會前往視察。」

今後要擴展製紙業和印刷業的時候，也都會在城堡與基貝們進行討論，我才心想不需要特地跑到遠方的伊庫那，在神殿的羅潔梅茵工坊參觀和視察就夠了。

然而站在貴族的立場，他們才不屑來神殿參觀。直到斐迪南提醒我說：「怎麼可能有貴族願意來神殿。」「神殿的工坊是由領主一族在經營，人事費用與預算編列都屬於特殊狀況，基貝們根本無法做為參考。」我聽完臉色都發白了。

「請您不用放在心上。其實早在羅潔梅茵大人與斐迪南大人提醒之前，我們自己就應該要發現。」

布麗姬娣接著露出了有些遲疑的神色後，開口說了。

「羅潔梅茵大人，我有事想請教您，能占用您一點時間嗎？」

「我今天一整天都要在房間待命，所以沒問題喔。真難得布麗姬娣主動找我討論事情呢。」

布麗姬娣先向達穆爾表示要暫時卸下護衛工作，然後重新轉向我。大概是剛才奧多南茲傳話時說的，「上次提過的事情」吧。究竟是什麼事呢？我挺直了背，注視布麗姬娣。布麗姬娣紫水晶般的雙眼裡有著猶豫，像是不知道該不該發問，垂下眼簾。

「……羅潔梅茵大人，您在哈塞曾說過，灰衣神官不被允許結婚，這是真的嗎？」

「對，是真的喔。灰衣神官並不被允許結婚。」

果然嗎……布麗姬娣喃喃說著，表情明顯非常失望。可是，明明是灰衣神官不被允許結婚，我不懂為什麼布麗姬娣這麼沮喪。

……為什麼灰衣神官不能結婚，布麗姬娣要這麼沮喪？咦？難不成布麗姬娣……等一下，達穆爾！居然出現了作夢也想不到的伏兵！

「呃，布麗姬娣，難道是妳在灰衣神官中有喜歡的人嗎？」

我膽戰心驚地問，達穆爾與布麗姬娣一致「咦?!」地瞠大了眼睛。看見達穆爾一臉愕然，布麗姬娣忙不迭搖頭。

「不是的！並不是我！羅潔梅茵大人，您在說什麼啊?!」

看到布麗姬娣極力否認，我和達穆爾都鬆了口氣。

「因為聽到灰衣神官不能結婚，妳好像很失望，我才以為是不是這樣。」

「單從身分和魔力量來看，灰衣神官絕對不可能。我是指伊庫那的居民。」

布麗姬娣輕睨了我一眼後，再次遺憾嘆氣說：「果然沒辦法結婚嗎？」看她這個樣子，伊庫那的居民與貴族之間依然沒有什麼隔閡，我既感到安心，也覺得有些不安，再回想了灰衣神官的待遇。

「其實並不是完全沒有辦法。只要基貝．伊庫那買下那名灰衣神官，他就再也不在神殿的管轄之下，然後由身為主人的基貝下達許可，便可以結婚。」

我雖然至今還無法習慣這種買賣，但灰衣神官被貴族買走是很平常的事情。貴族會買走灰衣神官和灰衣巫女，當作是僕役或幫忙做事的人手。如果被買走以後，可以結婚並過上幸福快樂的生活，我當然樂於送灰衣神官離開，也打算利用神殿長的權限，提供給對方工作至今應得的報酬與結婚賀禮。

「羅潔梅茵大人，我能通知兄長這件事情嗎？呃，因為如果能將他買下來，他冬天就會繼續留在伊庫那，那最好讓兩人參加結婚儀式。」

「……我先問問神官長。因為我不能自作主張。」

我請法藍去向斐迪南請求會面，結果法藍帶回了斐迪南的訓斥：「我說過了，妳一整天都得待在房裡看書。」無可奈何下，我再請法藍這麼轉告：「因為我想在前往伊庫那之前給出回覆，還是說我可以自作主張呢？」

最終臉色臭得要命的斐迪南答應了在下午與我會面，我與他討論了灰衣神官要結婚的事情後，斐迪南的答案也和我一樣。

「只要基貝・伊庫那買下他就沒有問題。但若想趕在收穫祭的時候結婚，就得盡快作好準備。由我準備文書……不，妳等一下自己做吧。我只幫妳準備登記證。」

很快地討論完後，斐迪南揮了揮手，要我快點離開。

回到房間，我在法藍的指導下，寫起購買灰衣神官所需的相關書面資料。至今灰衣神官的買賣都是由斐迪南負責，我還是第一次參與，所以心情五味雜陳。既鬱悶，但又覺得要是確定能結婚、可以得到幸福，那得為他好好慶祝才行。

「法藍，結婚如果要慶祝，該做什麼才好呢？」

「我不知道。因為就我所知，從沒有灰衣神官結過婚。」

法藍冷淡地說完，又靜靜垂下眼瞼說：「抱歉。」看得出來他的心情十分複雜，我用手托腮。

「……法藍想結婚嗎？」

「不。我對現在的生活十分滿足……再者，我也不知道什麼是結婚。倘若發展成了不得不結婚的事態，我也會非常困擾。」

聽到法藍這種只了解神殿世界的回答，我忽然間感到擔心。

「伊庫那的居民似乎想要結婚，那灰衣神官是否也這麼希望呢？」

「只要基貝想買，灰衣神官自然要賣給他，您無須顧慮此事。」

法藍的表情像是在說「您一樣這麼天真」。的確，只要貴族想買，那灰衣神官當然就要賣給他。可是，我還是希望灰衣神官能夠得到幸福，也忍不住心想，希望他不是遭到了基貝．伊庫那的利用。

懷抱著各種不安，我們抵達了伊庫那。和上次來訪時不同，這次居民們沒有再大力揮手迎接布麗姬娣，降落時也沒有整群人圍上來。以基貝．伊庫那為首，大家都跪地迎接。雖然有部分人的動作還有些僵硬，但也在可以容忍的範圍內，當作是「畢竟是鄉下地方，這也沒辦法」就好了。一眼便能看出灰衣神官們非常盡力在教育居民，伊庫那的居民也拚了命努力學習。

「各位長途跋涉，想必累了吧。有話待晚餐時再敘，請先好好歇息。」

結束了貴族間冗長的寒暄，基貝．伊庫那這麼說道。

坐馬車先行抵達的侍從們正在準備房間，所以我和斐迪南各自被帶往落腳的房間。

「等換好衣服我要去一趟別館。法藍，請幫我召集所有灰衣神官。」

對法藍下完指示，我在莫妮卡與妮可拉的協助下急忙更衣。換上了可以出席晚餐會的服裝後，我讓莫妮卡留在房間，帶著妮可拉火速前往別館。

……在與基貝談話之前，得先確認清楚才行。明明我身為孤兒院長，應該要更了解灰衣神官的情況有多麼特殊……

我完全沒有想到過，灰衣神官有可能是被基貝與伊庫那的居民逼著結婚。因為葳瑪發生過那種事情，我一直絞盡腦汁，想避免灰衣巫女被要求捧花，卻沒有考慮到灰衣神官。直到詢問法藍對結婚有什麼想法之前，我都沒意識到灰衣神官們根本不明白結婚是什麼，此刻內心盤踞著難以形容的焦躁。

「羅潔梅茵大人，這邊請。」

進入別館，法藍正站在青衣神官所用的一間房門前。他以恭謹的動作開門，吉魯和四名灰衣神官都已經跪在裡頭了。

「吉魯、諾德、塞利姆、沃克、巴茲，好久不見了，這段時間你們非常盡心盡力。透過基貝．伊庫那與布麗姬娣，看得出來各位有多麼努力。」

「這是我們的光榮。」

往準備好的椅子坐下，我看了一圈跪在地上的灰衣神官們。

「由於時間緊急，我就直接進入正題了……昨天基貝．伊庫那捎來奧多南茲，表示有灰衣神官與伊庫那的居民想要結婚。倘若真的想要結婚，確實是有方法。想結婚的是哪一位呢？」

所有人的目光都集中在一個人身上。沃克在注視下臉色蒼白，低垂著頭。

「沃克，是你想要結婚嗎？」

「實在非常抱歉，羅潔梅茵大人。」

「這件事你不需要道歉。只是法藍說過，他因為不明白什麼是結婚，若有人逼他結婚會非常困擾。灰衣神官的身分低微，也太過習慣有人強迫，就會全盤接受。所以，我才想先確認沃克本人的意願。並不是基貝．伊庫那和對方強迫你結婚吧？」

沃克猛然抬起臉龐，左右搖頭說：「絕無此事。」看樣子沒有發生我預想中最糟糕的事態，我鬆一口氣。

「那麼，是你自己想結婚囉？你已經作好覺悟，要離開神殿，在伊庫那生活一輩子了嗎？對方不再是只相處一個季節的客人，而是要一輩子一起生活，在生活習慣與觀念上，想必會出現許多差異吧。往後要建立的也不是主僕關係，而是夫妻關係，很多事情都會讓你感到困惑。即便如此，你還是想留在這裡嗎？」

沉默了一會兒後，沃克緩緩張開嘴巴，擠出聲音般地低聲說了。

「……我確實十分不安。我也和法藍一樣，不明白什麼是結婚。但是……縱然如此，我還是想與她一起生活。」

「聽起來並不是有人強迫你，那我就放心了。因為維持著灰衣神官的身分無法結婚，我會與基貝．伊庫那簽訂你的買賣契約，這樣可以嗎？」

「麻煩羅潔梅茵大人了。」

是灰衣神官中的某個人想結婚嗎？真的是本人的意願嗎？能夠確認這兩件事情，我如釋重負，放鬆了緊繃的肩膀。

「晚餐後還要與基貝討論事情，所以我先趕快回房了。與工坊成果有關的報告，明天之後再慢慢告訴我吧。」

離開別館，我盡可能快步返回房間。本打算確認過灰衣神官的意願以後，再若無其事地回房，但世事果然不如人意。

「羅潔梅茵大人！神官長找您。」

莫妮卡從夏之館的方向跑來。她說是斐迪南派來了侍從，有急事要討論。一想到被斐迪南發現我不在房間，全身的血液都在逆流。

「……法藍，神官長會生氣嗎？」

「您在還必須用藥水調理身體的情況下擅自行動，恐怕……」

我讓法藍把我抱起來，立刻趕往斐迪南的房間。果不其然，一進房間斐迪南就用銳利的眼神瞪過來。

「羅潔梅茵，妳在隨時有可能病倒的情況下，跑到哪裡去了？」

「因為有急事要討論，我去了一趟別館。我有話想問灰衣神官。」

「……我這邊也是十萬火急。在與基貝．伊庫那簽訂買賣契約之前，妳先填寫這邊的資料吧。」

遞來的紙上處處有斐迪南更改過的痕跡，是我之前在法藍的指導下寫好的契約書。上頭補充了沃克具備的能力，斐迪南要我再寫上與工坊有關的工作技能。

「沃克有製紙業方面的知識，可以教給大家；也有印刷業方面的知識，具有印刷經驗。還有……」

我把腦海中想到的，沃克能做的事情一一寫下來。看著我寫好的文件，斐迪南沉著臉眉頭深鎖，計算我總共寫了多少。

「羅潔梅茵，妳與基貝・伊庫那討論過金額了嗎？」

「還沒有，因為是透過布麗姬娣用奧多南茲往來，所以並沒有討論得太深入。我才在想是不是要今天討論……」

聽說居民也是幾天前才跑去找基貝・伊庫那商量，表示「無論如何都不想分開」，所以他同樣感到青天霹靂。至於我，還是去了一趟別館以後，才知道是想與灰衣神官中的哪一個人結婚。

透過奧多南茲的往來，基貝・伊庫那說過他已經準備好了一筆錢，而且在買賣灰衣神官上，我也不清楚價格該怎麼訂定，所以暫時都沒有提及。

「灰衣神官平均是五枚小金幣左右，但也依據每個人的能力而有所不同。必須根據這份清單，把灰衣神官的能力換算成金額……價格恐怕不低。」

「沃克原本就是侍從，已經受過教育，又具備不少關於製紙業和印刷業的知識，還是被派來外地做出成績的主要人手之一。價格昂貴也是當然的嘛。」

我手下的灰衣神官可是優秀到十項全能，絕不可能便宜。昂貴是必然的，而且要是賣得太便宜，結果不斷被其他貴族買走，到時候反而沒有人手可以支撐神殿的工坊，那問題可就大了。

「妳明白就好。不要因為心軟而壓低價格。還有，簽訂神官的買賣契約是神官長的職務。這次妳只需要表示首肯，不能插嘴。」

「可是，我記得上次戴爾克被賣掉的時候，是前任神殿長自行簽約……」

聽到我這麼說，斐迪南不悅地皺起臉龐。

「所以我才提醒妳。神殿長是神官長的上司，要簽約還是有辦法。但是，這本來是神官長的工作。前任神殿長雖然是事後告知，但還是拿了契約書來讓我過目。儘管旁人都以為妳只是裝飾性質的神殿長，但仍然是我的上司，所以我不希望妳在簽約途中想到什麼就脫口而出。若對沃克的契約有任何意見，現在先提出來。」

「我已經確認過沃克本人的意願了，所以沒有意見。」

與斐迪南討論完後，接著是與基貝・伊庫那一同用晚餐。這次是在貴族的宅邸裡用餐，而不是在居民的環繞下吃烤肉。似乎只有湯是雨果做的，使用了大量伊庫那特有的食材。斐迪南也喝得心滿意足，基貝・伊庫那則是放鬆下來，露出了笑容。

「今天的湯特別美味，不愧是羅潔梅茵大人的專屬廚師。」

「很高興能得到您的讚美，我會轉告廚師。」

吃完晚餐，往基貝的辦公室移動，簽訂買賣契約。

在神殿侍從的陪同下進入辦公室，只見當事人沃克，與一名看來誠實有禮的年輕女子依偎著站在一起。應該就是想結婚的那個對象吧。見到兩人，基貝．伊庫那露出了與布麗姬娣相似的溫柔微笑。明顯看得出來他對兩人抱以祝福，我悄悄鬆了口氣。姑且不論沃克的意願，我本來還擔心他會被基貝．伊庫那利用，看來是我想太多了。

「神殿長，那關於沃克的買賣契約……」

基貝．伊庫那坐下後切入正題，我一邊說明「神官的異動是神官長的職務範圍」，一邊看向坐在旁邊的斐迪南。斐迪南從侍從手中接過文件，攤開放在桌上，推向基貝．伊庫那。

「這便是沃克的買賣契約書，請確認。」

基貝．伊庫那很快地看過一遍，隨即瞠大雙眼，一臉愕然。他不斷來回看向契約書、我和斐迪南，再看向沃克與他身邊的女性，用力閉起眼睛。

「……金額、這麼高昂嗎？家父生前購買的灰衣神官並不是這個金額。我記得當時是一枚小金幣……」

「那是只會打雜的見習灰衣神官的金額。灰衣神官的價值，取決於他個人擁有多少能力。沃克原是青衣神官的侍從，受過足以侍奉貴族的教育。再加上他也非常了解羅潔梅茵指揮下的製紙業與印刷業，價格當然不菲。」

沃克與那名女性的臉龐都僵住了，朝基貝．伊庫那投去哀求的眼光。感受到兩人的視線，基貝注視著契約書，表情非常為難地低下頭去。

「金額遠遠超出我的預期……實在是無法支付。」

基貝．伊庫那這麼說完，我聽見那名女性喃喃喊著：「怎麼會……」

「請問您預計的金額是多少呢？」

如果參考了當初父親購買灰衣神官的金額，假定沃克大約是幾枚小金幣，那確實是完全無法負擔。因為沃克是兩枚大金幣和兩枚小金幣。

「……因為沃克十分有能，我猜想一定不便宜，但也以為大約是五、六枚小金幣。」

「倘若他沒有參與印刷業，確實差不多是這樣的金額，然而現在，是沃克的附加價值更為珍貴。」

斐迪南盤起手臂說。沃克被買走以後，印刷業與製紙業的相關知識就會流入主人手中。考慮到附加價值，實在很難壓低價格。

「……羅潔梅茵大人。」

大概是覺得我比斐迪南更好說話，基貝．伊庫那轉頭看我。但很遺憾，經過班諾的訓練後，在價格的談判上反而是我更嚴格。

當然，我心裡也很想成全兩人的戀愛。儘管懷抱著許多不安，沃克仍希望能與對方在一起，我也想支持他。但是，現在一旦退讓，未來其他貴族在交涉的時候也很可能要求我降價。屆時可能會有人說我只偏袒伊庫那，抑或是發生假結婚的情況。班諾教導過我，對方要求降價的時候，要慎重考慮到往後的情況，再決定當下是否值得讓步，所以我只能夠搖頭。

「這次的談判算是破裂了呢，畢竟我們實在無法以六枚小金幣的價格賣出。」

我這麼回答，基貝．伊庫那一臉絕望地看向挨在一起的兩人。

「可是，羅潔梅茵大人，沃克與伽雅兩人彼此相愛，所以……」

「基貝．伊庫那，雖然不知你有什麼誤解，但灰衣神官本就不被允許結婚。既然你無法出錢買下，這便不是你能插嘴干涉的事。這件事到此為止。」

「……真是、萬分抱歉。」

基貝．伊庫那的表情像是吞下了非常苦澀的東西，在斐迪南面前跪下。同時，伽雅口中逸出了再也按捺不住的嗚咽聲。

現場的氣氛讓人心痛又尷尬，我忍不住拉拉斐迪南的袖子，喊道：「神官長……」斐迪南不快地哼了一聲。

「該想辦法的人可不是我。錢不夠的時候，換作是妳會怎麼做？」

「我會去賺錢。」我立即回答，然後拍向掌心。為了想要的東西賺錢，可以說是天經地義。不如就採取預訂的方式，確保沃克不會被賣給其他人吧。

「基貝．伊庫那，我會把沃克的優先購買權保留給您，您就趁著這一年的時間賺到這筆金額，這樣子如何呢？」

我提議後，基貝．伊庫那說著「這不是我們能在一年內賺到的金額」，絕望得頹然垂下腦袋。

「這件事很簡單，只要籌到必要金額即可。羅潔梅茵，回去吧。」

斐迪南起身離開，我也跟著一起走出房間。稍微回頭瞥了一眼，只見基貝．伊庫那正抱著腦袋，伽雅則是泣不成聲。沃克也快哭出來地扭曲著臉龐。

……我倒覺得只要接下來這一年卯足全力，就籌得出這筆錢呢。

伊庫那已經與以往不同，剛發明出了新紙張。只要能因應新紙張的特性，想出獨特的使用方式，再推銷販售，這筆金額應該不難達成。事實上我和路茲靠著初期製作的紙張，就賺了一大筆錢。應該要趁著誰也模仿不來的時候拚命賺錢才對，機會只有現在。

「基貝·伊庫那是不是不擅長談生意呢？」

「在我看來，他交涉本身就不在行。」

「……這對貴族來說是致命性的缺點吧？」

事前協商與交涉都是貴族該有的本事。向我灌輸了這個觀念的斐迪南點頭說道：「沒錯。」然後，他神情複雜地按著太陽穴，嘀咕說著：「雖然妳做生意的方式在貴族中算是異類……」同時低頭看向我。

「關於怎麼賺錢，妳可以為他提供建言。妳也是班諾一手栽培的吧？」

……咦咦?!神官長居然會同情別人，太難得了！

我震驚地抬頭看向斐迪南，他瞪著我說：「全寫在妳臉上了。」用手指狠狠彈向我的額頭。

……好痛！

隔天就是收穫祭。上午伊庫那的居民全體動員進行準備，祭典從下午開始。由於我通常都是在收穫祭的準備已經結束後才抵達，所以從未感受過準備階段的喧騰吵鬧。大家高漲的亢奮心情也傳染給了我，很有參加祭典的感覺，我跟著感到雀躍。這天我讓布麗姬娣休息不用工作。因為還有斐迪南在，不能太肆無忌憚，但我希望布麗姬娣也可以久違地好好享受故鄉的收穫祭。

歡騰的氣氛下，我帶著法藍和達穆爾前往別館。伊庫那的收穫祭會由斐迪南帶來的徵稅官負責協助，所以洗禮儀式等儀式也是由斐迪南主持。現在尤修塔斯已經回去了，這次的我就只是客人。

走進別館裡準備好的房間，吉魯、路茲和達米安都已經在等我了，手上還各自捧著報告要用的木板和寫字板。

「吉魯，真高興看到你這麼有活力。路茲，這次辛苦你了。還有達米安，謝謝你願意這麼長時間過來這裡。那麼，請告訴我做好了什麼樣的紙張吧。」

我先慰勞三人，再詢問在伊庫那努力的成果，吉魯最先往前一站。

「從結論來說，我們總共做出了三種新紙張。新紙張的原料分別是苓梵夷，還有魔樹南娑扶和亞樊。香索拉因為和這裡能採到的黏著劑笛葛剌瓦做不成紙張，所以預計要做成白色樹皮帶回艾倫菲斯特，再搭配斯拉姆蟲和耶蒂露試試看。」

「成功做出了三種新紙張嗎？太棒了。」

我稱讚以後，吉魯露出開心的笑容。

「和陀龍布紙有不怕火的特性一樣，說不定從魔樹做成的南娑扶紙和亞樊紙也具有某種特性，但目前尚未發現。」

「這部分只能在使用的過程中慢慢摸索了呢。吉魯，謝謝你。」

吉魯報告完，路茲開始向我說明名為突倫佩魯的果實。

「突倫佩魯就是這種白色果實。初秋在伊庫那經常可以採到，但因為味道太苦，無法食用。搗碎後做成的汁液，可以用來做出表面光滑又偏硬的紙張，所以我們想購買這種果實，帶回艾倫菲斯特，也搭配其他樹木做嘗試。」

路茲說只要以突倫佩魯做為黏著劑，基本上都能做出表面光滑又偏硬的紙張。

「看來加了突倫佩魯的紙張，有機會成為伊庫那的特產呢。」

與剛來這邊時相比，達米安曬黑了不少，我再與他一起討論售價。不能讓普朗坦商會訂定太高的價格，又要考慮到與其他紙張的平衡，最後終於談好了價格。

「那麼，我現在就依照談好的內容去撰寫契約書。」

為了撰寫契約書，達米安暫時告退離開，吉魯和路茲留了下來。我環顧房內一圈，只見房裡還有站著的法藍和達穆爾，「呵呵」一笑。

「法藍，能請你去門外幫我守著嗎？」

「……還請您小心，音量不要太大。」

法藍無奈地嘆口氣後，走出去關上房門。

「都沒有人肯抱抱我，也沒辦法送信給家人，我好寂寞喔。」

我立刻撲向路茲。路茲沒有隱藏臉上「真受不了妳」的表情，將我抱在懷裡。自己得到了療癒以後，我也摸了摸吉魯的頭，稱讚他說：「吉魯和路茲都很厲害喔，你們很努力。」

「……那妳採集材料的事情怎麼樣了？」

「唔呵呵，我採到藥水需要的所有材料了喔。」

我挺起胸膛說：「我也很努力吧？」後頭卻傳來了達穆爾的小聲嘀咕：「努力的是

護衛騎士才對吧。」路茲和吉魯笑了出來。我故意不高興地鼓起臉頰，試著抗議說：「我明明也很努力啊！」但看到大家都在笑，我也忍不住跟著笑了。

「路茲、路茲，這下子我終於可以變成普通的女孩子了。」

我再也不會跑一跑就暈倒，一興奮就失去意識，可以像普通人一樣活動了。聽了我興高采烈的發言，路茲卻一臉懷疑，皺著眉環抱手臂，「嗯……」地沉吟。

「……藥水做好以後，妳確實可以擁有健康的身體，但要變成普通的女孩子還是不可能吧？」

「路茲，你是什麼意思？」

「意思就是擁有健康的身體以後，更沒有人阻止得了妳，妳那些奇言怪行可能會更引人注目。」

「好過分！」我忍不住反駁，吉魯和達穆爾卻咕噥說著「的確」，贊成路茲的意見。與大家這麼輕鬆自由地閒聊後，我吁一口氣，路茲看著我說：

「欸，沃克看起來意志非常消沉，真的沒有辦法了嗎？」

「……嗯，談判破裂了。基貝．伊庫那準備不出可以買下沃克的錢。因為沃克擁有很多能力，價格昂貴，但考慮到以後的情況，很難壓低價格吧？」

在普朗坦商會飽經歷練，路茲已經比我還要像個商人。他翡翠色的雙眼變得嚴肅，計算起腦內的計算機。

「他原本是侍從，又擁有印刷方面的知識，光憑這些條件，價格應該就很高了吧？……而且印刷業接下來又會繼續擴張，價格絕不可能壓低……嗯，這也沒辦法。」

「但我也說了會保留優先購買權，等他們一年的時間。畢竟開發了這麼多種新紙張，只要接下來一年努力造紙販售，你不覺得就有辦法賺到兩枚大金幣嗎？」

我說完，路茲聳聳肩說：「有一年的時間，應該籌得出來吧……只不過，沃克得留在伊庫那活動才行。」

「羅潔梅茵大人，這些話我可以轉告給沃克嗎？就是他可以怎麼賺錢，還有這筆錢並不是沒有辦法籌到……虧他昨天還那麼高興，說可以和伽雅結婚了，今天早上整個人卻變得毫無生氣。」

我不忍心看到沃克那個樣子——吉魯低聲說。我用力點頭。

「當然可以啊。畢竟我沒有機會直接找他說話，也在煩惱該怎麼辦呢。請沃克和吉魯向基貝報告這件事，然後讓基貝．伊庫那向我提出請求，我再把沃克借給他，這對我來說是最好的解決方式吧。」

「我會告訴他們。」

收穫祭開始了。因為負責管理工坊，經常是在神殿留守的吉魯；即使代表普朗坦商會前往哈塞，也都待在小神殿裡度過的路茲；還有從未離開過艾倫菲斯特的灰衣神官與達米安，全是第一次看到收穫祭。他們的雙眼都閃閃發亮，看得入迷。

「居然一次舉行完所有儀式，太有趣了。」

「因為艾倫菲斯特的人數太多，沒辦法這麼做呢。」

這天我沒有坐在舞臺上，而是與普朗坦商會的人還有灰衣神官們一起坐在賓客席。

斐迪南儀表堂堂地站在舞臺上，用清亮的聲音給予祝福。我一邊看著他，一邊心想著不知道我看起來是不是也像他那樣。

……畢竟還有臺階，應該不至於看不見我吧。

儀式結束後，就是玻爾非比賽。初次看到的路茲和達米安都興奮得在旁邊大聲加油，而在神殿長大的灰衣神官們看見居民們粗魯得彷彿完全無視規則，都嚇得臉色發白。

我對兩種截然不同的反應露出苦笑時，視野中發現沃克一臉欲言又止。我稍微環顧四周，確認大家的注意力都放在玻爾非比賽上，現場非常吵鬧後，招手叫沃克過來。

「沃克，雖然談判破裂，我也很同情你，但這件事情我無法退讓。考慮到往後也有其他灰衣神官要與貴族簽約，我不能夠輕易降價。」

沃克緩慢點頭。他用力咬了下牙關後，看向我說：

「羅潔梅茵大人，吉魯告訴我了……您真的認為靠一年的時間，存得到這筆錢嗎？」

「當然還是需要努力，但如今伊庫那已經成功做出了三種新紙張，只要你留在這裡與伽雅齊心協力，我想應該不難。事實上我和路茲在剛開始做植物紙的時候，大約半年的時間就賺到了這筆錢。」

沃克彈也似地抬頭。不同於負責計算利益的吉魯與路茲，只是在工坊內聽令行事的沃克，並不知道植物紙與繪本確切的獲利吧。

「只要拿出你工作至今的酬勞，就能把你借給基貝・伊庫那。聽說這裡到了冬天河水也不會結冰，你要不要試著在這裡努力一年看看呢？」

「羅潔梅茵大人……」

「老實說，對於灰衣神官要結婚，我現在還是非常擔心。就連住在相同的地方、階級相同的兩個人生活在一起，要磨合價值觀都有困難了。你們又分別是伊庫那的居民與神殿的灰衣神官，在常識、生活習慣與價值觀上，所有想法都不一樣吧？」

似乎是想到了不少事情，沃克微微垂下目光。然後，他慢慢地轉頭看向人潮擁擠的某個角落。在他的視線前方，肯定有我認不出來的伽雅吧。

「接下來一年的時間，請你們一起努力製作新紙張，一邊存錢，一邊適應在伊庫那的生活吧。看過了不同於灰衣神官的生活方式，也看過了家人與夫妻間各式各樣的相處模式，希望你們能夠努力了解彼此。不只是把沃克讓給伊庫那而已，我也希望不會單方面造成伽雅的負擔。我會祈禱你們往後都能同甘共苦，相互珍重。」

收穫祭過後，基貝．伊庫那與普朗坦商會簽訂契約，我再依據那份契約，提供了些許生意上的建言，也說好了接下來一年的時間把沃克借給他們。

所有事情都討論完後，我讓來到伊庫那的所有人都坐上小熊貓巴士，返回艾倫菲斯特。啟程時，沃克與伽雅只是靠著彼此靜靜跪地，直到最後都沒有抬起頭來。

第一個妹妹

回到艾倫菲斯特以後，從各地收穫祭返回的青衣神官們帶回了小聖杯交給我，也向我報告了今年的收穫量與各地的情況。等整理好了青衣神官們的報告，我也必須前往城堡向領主報告結果。

……等這件事結束，就可以製作尤列汾藥水了。我要加油！

抵達城堡，我與斐迪南暫時道別，和黎希達一同走向北邊別館的房間。

「今天向奧伯．艾倫菲斯特報告完畢後，夏綠蒂大小姐要向您問候。」

「……夏綠蒂？她是韋菲利特哥哥大人的妹妹吧？」

「是的。今年冬天就要舉行洗禮儀式，此刻正在整理房間，進行各種準備。」

這麼說來，當初為了能在洗禮儀式之後住進來，是在艾薇拉的主導下幫我整理好了房間。當時我因為還在接受貴族教育，沒有多餘心力參與房間的籌備，但聽說夏綠蒂為了整頓自己的房間，正在練習如何發號施令、分配工作。

嗯……怎麼光聽這些說明，好像比韋菲利特哥哥大人還要優秀。

我一邊這樣想著一邊踏進北邊別館，走上樓梯。只見隔壁房間的房門正敞開著，家具一一被搬了進去。在現場監督的，是一個看來和我差不多高，或者只比我矮一點的小女孩。大概是聽到了我們上樓的聲響，她一骨碌轉過身來。一頭接近銀色的金色大捲髮輕柔晃動，外型可愛得宛如是等身大的洋娃娃，綻放著靈動光彩的藍色眼眸不停地眨呀眨。視線與我對上後，夏綠蒂露出開心的笑容，與自己的近侍朝我走來。

「羅潔梅茵姊姊大人！」

……噢噢，她叫了我姊姊大人！

可愛的笑容再加上「姊姊大人」這聲呼喊，我的心臟彷彿被一箭刺穿，感動得渾身發抖。有這句話就夠了。不需要再有其他的理由，我就是夏綠蒂的姊姊。

「因為我尚未舉行洗禮儀式，其實還無法獻上祝福，但能容許我向您問候嗎？」

「好的，當然。」

夏綠蒂稍微仰起小臉，像在確認祈禱文，然後當場低頭跪下來。

「在這風之女神舒翠莉婭護佑的結果之日，得以在諸神的引導下與您會面，願能為您獻上祝福。」

「准許妳。」

「願風之女神舒翠莉婭的祝福與羅潔梅茵姊姊大人同在……我是夏綠蒂，奧伯・艾倫菲斯特之女。往後還請多多指教。」

夏綠蒂儘管還無法給予祝福，但一字一句毫無錯誤地說出了祈禱文。我完全能理解第一次問候的時候會有多緊張。當初我首次問候的對象是艾薇拉，那時候心臟也是跳得飛快，很擔心自己會不會說錯。看著還跪在地上的夏綠蒂，我回想了自己第一次問候時，艾薇拉對我說過的話。

「夏綠蒂，歡迎妳的到來。我是妳的姊姊。」

我說完，夏綠蒂露出鬆了口氣的笑容抬起小臉。我也跟著微微一笑說：「妳的問候說得很好呢。」

「謝謝姊姊大人。我因為只有哥哥大人和弟弟，一直很想要有姊姊大人，所以非常高興呢。」

「我也是……我也一直想要有個妹妹。」

「希望今後能與姊姊大人好好相處。」

……夏綠蒂真是太可愛了。說不定是繼多莉之後的我的天使。

我感動得吐著大氣時，夏綠蒂微微偏過腦袋瓜。

「羅潔梅茵姊姊大人是神殿長吧？到時我的洗禮儀式，會由姊姊大人給予祝福嗎？」

從她那雙充滿期待的藍色眼眸來看，這絕對是在向我撒嬌。

……嚇！生平頭一次有人向我撒嬌！這一定要實現才行！沒錯，我可是姊姊呢！

「畢竟是為了可愛的妹妹嘛。只要斐迪南大人答應，就由我給予祝福吧……由身為姊姊的我。」

「那我期待姊姊大人的好消息。」

看著笑容燦爛的夏綠蒂，我大力點頭。黎希達往前站了一步。

「大小姐，該前去報告了。等您回來，要不要舉辦茶會呢？夏綠蒂大小姐想必也非常喜愛點心。」

聽了要與妹妹舉辦茶會這麼美好的建議，我偷偷瞄向夏綠蒂，只見她露出了和韋菲利特看見點心時一樣的笑容看著我。但當然是夏綠蒂比較可愛。

「那等我報告完後，第五鐘的時候舉辦茶會吧。奧黛麗，麻煩妳去吩咐艾拉準備點心。」

「遵命。」

與夏綠蒂約好了要舉辦茶會的我，急忙走進自己的房間更衣。在黎希達的催促下，我稍微加快速度，駕駛著騎獸前往領主的辦公室。辦公室裡斐迪南已經到了，文官們也做好萬全的準備。齊爾維斯特挺直腰桿，看著我說道：

「那麼，開始報告吧。」

「我覺得夏綠蒂真是非常可愛。」

我忍不住把心裡面覺得今天最該報告的事情脫口而出，齊爾維斯特也重重點頭同意：「嗯，這倒沒錯。」

「我還說好了要為夏綠蒂舉行洗禮儀式。」

「笨蛋！妳現在該做的事是報告收穫祭的結果！」

被斐迪南喝斥後，我正經八百地報告起收穫祭的結果。除了哈塞以外，直轄地的收穫量比起去年都有增加，顯見是我在新福儀式時去了所有直轄地的效果。

「看來明年春天還是得拜託妳。」

坦白說，要跑遍所有直轄地會對我的身體造成很大的負擔，但我想到了明年春天，應該就擁有健康的身體了，所以不會有問題吧。我輕輕點頭表示應允。

「卡斯泰德、斐迪南和羅潔梅茵留下，其他人退下吧。」

本來打算報告完後，要馬上撤退回房間，發現居然還要繼續討論事情，我不禁失望得垂下腦袋。比起在監護人們的包圍下討論事情，我寧願和可愛的妹妹舉辦茶會。

文官和侍從都離開以後，齊爾維斯特嘰嘰咯咯地轉動脖子，以公私來區分的話，現在是表現出了私底下的樣貌。

「啊～羅潔梅茵，兩人已經告訴了我有關魔力壓縮的方法，那該不會對大人也有效吧？即使魔力的容器已經停止成長，只要利用妳那個壓縮的方法，也能增加內部可容納的魔力量吧？」

「……因為我還不是大人，所以這點我不清楚。但我想養父大人說得很有道理，實驗看看不就知道了嗎？」

我說完，齊爾維斯特雙眼發亮地往前傾身。很明顯想要自己進行實驗。

「好，就按照妳提出的條件，對象必須是已經學過如何壓縮魔力的人，而且屬於芙蘿洛翠亞派，還要取得我們六人的同意。那先從妳的監護人和家人開始如何？」

具體來說，就是領主夫婦、斐迪南，還有卡斯泰德一家人。他說之後還會把範圍擴大到護衛騎士與侍從。齊爾維斯特說得好像這些事已經確定了，所以我想他腦海中應該已經規劃好了初步階段。

「如果對大人也有效的話，金額可能要稍微重新訂定。」

在我心裡面，一直把魔力壓縮法當成是對孩子的投資，但如果大人也能使用，可利用者就會增加。這樣一來，會對家計造成很大的負擔。我不想招來無謂的怨恨。必須訂定一個更適當的價格，讓大部分人都能購買，同時也能意識到這個方法具有的價值。

「同個家族的人，第二個人開始就算半價，這樣子如何呢？即便是上級貴族，包含大人在內，總共有五個人還是很吃力吧，父親大人？」

「那真是得救了。」卡斯泰德摸著鬍子，用充滿感激的語氣說。這次參加人數最多的，就是卡斯泰德一家。

「羅潔梅茵，能否增加魔力，對貴族來說是很重要的事情。我打算冬季的社交界上，不經意地散播出有關魔力壓縮法的消息，所以希望能盡快開始實驗……」

不光往前傾身的齊爾維斯特，不知是否多心，卡斯泰德和斐迪南好像也顯得躍躍欲試。齊爾維斯特的雙眼在說著「來，快點開始吧」，但如果要集結所有人準備魔法契約，可以預見會花上不少時間。

「我今天已經約好了要和夏綠蒂舉辦茶會。如果要召集所有人，準備魔法契約，得花上不少時間吧？還請改天吧。」

「什麼?!羅潔梅茵，比起我這個養父，妳更重視夏綠蒂嗎?!」

「因為夏綠蒂比較可愛啊。」

我斬釘截鐵回答，齊爾維斯特也抱頭呻吟說：「的確，我雖然英俊瀟灑，但在可愛度上贏不了夏綠蒂。」英俊瀟灑嗎？我腦海裡冒出一堆問號，但對此決定保持沉默。

「而且對我來說，比起推廣魔力壓縮的方法，製作自己的藥水更重要，所以等做好尤列汾以後再教大家吧。」

好不容易蒐集到所有材料了，斐迪南卻說「等報告完再說」，所以還沒教我怎麼做。比起教他人怎麼壓縮魔力，我更想優先恢復自己的健康。

聽了我的主張，斐迪南微微瞇起雙眼。

「羅潔梅茵，妳要製作藥水是無妨，但必須等到之後才能使用。」

「這是為什麼？」

「因為一旦使用了尤列汾，妳會睡上十天到一個月左右……視情況而定，還可能沉睡一個季節。如果妳想出席夏綠蒂的洗禮儀式，最好別急著使用。」

他說因為我體內魔力的凝固很久以前就形成了，所以得花更久的時間才能融化。

「還有，雖然妳想舉行冬季的洗禮儀式，但如果真的要由妳主持，該學的事情可不少。和平民區的洗禮儀式不同，妳必須學會怎麼登記魔力、給予祝福，還要記住之後的首次亮相流程。就算妳想快點擁有健康的身體，也根本沒時間使用藥水。」

「明明我是為了擁有更多體力，才要製作可以恢復健康的藥水，怎麼會這樣？」

但是，要是我馬上就不守信用，夏綠蒂一定不會再相信我這個姊姊。即使要延後使用藥水的時間，我也想出席夏綠蒂的洗禮儀式。

「沒辦法。等夏綠蒂的洗禮儀式結束後，我再使用藥水吧。」

「不，洗禮儀式結束後，冬季社交界也開始了，之後還有奉獻儀式吧？……如果想瞞過其他貴族，還是等到祈福儀式結束後比較好。」

「請等一下，怎麼覺得健康的身體離我越來越遠了！」

我想早點變得健健康康──我表達自己的主張後，斐迪南卻說：「藥水的使用時機必須慎重。」總覺得斐迪南正向我施加無形的壓力，希望我能幫忙減輕他的負擔。但如果是為了夏綠蒂也就算了，我才不想為了斐迪南一直延到春天。

「嗚嗚……如果要逼我配合你們往後拖延，那我直到自己變得健康為止，都不會教你們壓縮魔力的方法！我要變成普通的女孩子。」

斐迪南用指尖輕敲著太陽穴，面露難色，緊接著想到什麼似的看我。

「羅潔梅茵，不如冬季的洗禮儀式妳別以神殿長的身分出席，以姊姊的身分出席吧？這樣一來在洗禮儀式到來前，妳也不需要再背多少東西。」

「那怎麼可以！身為夏綠蒂的姊姊，我要在洗禮儀式上給予她祝福。就算要背很多東西也不算什麼，反正我早就被迫背了很多東西。」

我要實現妹妹的第一個要求。每次我央求什麼，多莉都會幫我實現。我也想成為像多莉一樣的好姊姊。

「嗯……原來如此。對於生平第一個妹妹，妳想表現出姊姊優秀的一面吧？」

斐迪南輕敲著太陽穴說，我大力點頭。沒錯。我想在夏綠蒂面前好好表現，成為受她尊敬的姊姊。

「……那麼，不光是在洗禮儀式上給予祝福，妳若再以領主養女的身分，在奉獻儀式與祈福儀式時為領地做出貢獻，為妹妹立下榜樣，更能贏得她的尊敬吧？妳不覺得這才是身為領主一族的姊姊該有的行為嗎？」

「沒錯！」

我用力握拳表示同意，斐迪南一臉像是在說正合我意，得意地點了點頭。「那麼直到祈福儀式為止，妳好好加油吧。」

「是！……嗯？咦？」

總覺得哪裡怪怪的，我才歪過頭，齊爾維斯特立刻指向房門。

「羅潔梅茵，說好的茶會來得及嗎？妳可以走了。」

「可以嗎？」

「嗯，好好疼愛夏綠蒂吧。」

「那當然。」我拍著胸脯一口答應齊爾維斯特，寒暄完後告退離開。走出齊爾維斯特的辦公室，哼著歌回到自己房間。

……要和夏綠蒂舉辦茶會了。唔呵呵、呵呵呵。

在第五鐘響起前，茶會的準備就已經悉數完成，艾拉也烤好了點心。今天是使用了大量當季水果的水果派。

「姊姊大人，非常感謝您的邀請。」

「夏綠蒂，真高興妳能過來。」

這還是我第一次與家人以外的人舉辦茶會——夏綠蒂模樣有些緊張地坐在椅子上。這也是我與妹妹的第一次茶會，說實話有點緊張。

「哥哥大人總是稱讚姊姊大人，所以我非常期待見到您呢。」

夏綠蒂告訴我，韋菲利特唸了聖典繪本給他們聽，還有每次玩歌牌和撲克牌的時候，她總是怎麼樣也贏不了韋菲利特。韋菲利特會在這些活動之間，穿插對我的稱讚。此刻我內心的感動該怎麼形容才好呢？截至目前為止，家人經常都是嫌我完全派不上用場，如今竟然得到了妹妹的稱讚！我高興又難為情得好想倒在地上來回打滾。

……謝謝韋菲利特哥哥大人！多虧了你，可愛的妹妹對我讚不絕口！

「那些繪本和歌牌，還有母親大人的髮飾，都是姊姊大人做的吧？看起來就像真的花一樣，好漂亮呢。」

「雖然構思的人是我，但負責製作的是工藝師喔。我也介紹給夏綠蒂吧？」

如今我所用的髮飾在芙蘿洛翠亞派間大為流行。布麗姬娣在星結儀式時的服裝似乎也達到了成功的宣傳效果，不光是髮飾，也開始有人放在禮服上當作是裝飾。擁有技術能夠做出髮飾的多莉和母親想必忙得不可開交。

「可以嗎？能不能趕上我的洗禮儀式呢？」

「……要趕上洗禮儀式恐怕有困難呢。我這邊也有一些，如果有髮飾能夠搭配妳的衣服，那就借給妳吧。黎希達，請把用了冬季貴色的髮飾拿過來。」

「還請稍待片刻，大小姐。」

我把黎希達拿來的髮飾放在夏綠蒂的頭髮上比對，與夏綠蒂的侍從們一起挑選哪個最適合她，這時在門外負責守衛的達穆爾走進房裡。

「羅潔梅茵大人，韋菲利特大人請求入內。他說要找夏綠蒂大人……」

還在向我徵求許可時，韋菲利特就從達穆爾後面闖了進來。因為尚未徵得許可，韋菲利特的侍從和護衛騎士都在門口伸長了手，要韋菲利特回去，但他似乎充耳不聞。

「我聽說夏綠蒂人在這裡……」

「韋菲利特哥哥大人，您居然不等回覆就擅自進來，太不成體統了唷。」

我皺起眉頭，要韋菲利特先退到門外，他卻生氣得眉毛倒豎。

「住口！夏綠蒂，現在馬上離開這裡。別被羅潔梅茵騙了！」

……什麼？

韋菲利特突然在說什麼啊？我完全一頭霧水。眾人也茫然地瞪大眼睛，嘴巴微張，不明白韋菲利特為什麼這麼說。夏綠蒂眨著眼睛偏過臉龐。

「哥哥大人，您怎麼突然這麼說呢？您平常不是對姊姊大人稱讚有加嗎？」

聞言我也回過神來，轉頭看向韋菲利特。竟然在妹妹面前胡亂誣衊我，我絕對不能默不作聲。我要成為夏綠蒂尊敬的姊姊大人。

「韋菲利特哥哥大人，我到底騙過誰呢？請您不要隨便冤枉人。」

「別裝傻了！」

韋菲利特一個箭步往我衝來，達穆爾驚聲大叫：「韋菲利特大人?!」蘭普雷特也喊著「韋菲利特大人，萬萬不可！」，準備要衝進房內。幾乎同一時間，在我身後擔任護衛的安潔莉卡迅速展開行動。她一把抓住韋菲利特的手臂，將他壓制在地。「碰！」的一聲巨響，韋菲利特被按在了地板上。

「好痛！安潔莉卡，妳做什麼?!」

「既未得到入內的許可，請您不要擅自接近羅潔梅茵大人。」

「誰准妳對我做這種事的……快放開我！」

「我們是羅潔梅茵大人的護衛騎士，若有未經許可便闖進來的可疑人物，當然要負責捉拿。」

達穆爾神色肅穆地這麼說完，在按著韋菲利特不動的安潔莉卡身旁採取警戒。蘭普雷特輪流看向安潔莉卡與韋菲利特，再朝我投來求助的眼神。身為護衛騎士，安潔莉卡的行動並沒有錯，但還是請她放開韋菲利特吧——我彷彿聽見了他在這麼說。

我正要開口說「安潔莉卡，放開哥哥大人吧」時，韋菲利特仰頭瞪向安潔莉卡，一邊拚命掙扎一邊大叫。

「可疑人物是羅潔梅茵才對！祖母大人都告訴我了，是羅潔梅茵和斐迪南陷害了她！他們兩個是壞人！」

……韋菲利特哥哥大人的祖母大人，就是養父大人的母親，也就是前任神殿長的姊姊吧？

由於犯下重罪，她現在應該被幽禁在了未經領主許可不得進入的地方，以防有同夥與她接觸，還有防止她逃亡。先前與喬琪娜道別的時候，韋菲利特甚至還不知道祖母成了罪犯遭到逮捕，他能夠得到會面的許可嗎？

「韋菲利特哥哥大人，您是什麼時候在哪裡，有機會與祖母大人說話的呢？」

我話一出口，周遭的護衛騎士和侍從一致臉色大變。黎希達的表情霎時僵住，用力倒吸口氣。蘭普雷特更是往前一撲，動作粗暴得幾乎要把安潔莉卡推開，也不在乎口水會濺到韋菲利特，氣急敗壞地質問他。

「韋菲利特大人，究竟是什麼時候?!您是什麼時候與薇羅妮卡大人說上話的?!」

「您是如何見到了薇羅妮卡大人?!」

從近侍們方寸大亂的反應來看，韋菲利特並不是得到了許可與正遭到幽禁的薇羅妮卡會面，而是這根本不該發生。看來這不是在這裡質問韋菲利特就能了結的事情。

「黎希達，請向奧伯・艾倫菲斯特報告……為免另起風波，還請他嚴格挑選同行的人再過來。」

「遵命，大小姐。」

韋菲利特的作為

黎希達快步走出房間，臉色十分蒼白。由此可知韋菲利特做出了無法挽回的事情。房內彌漫著教人窒息的沉默，所有人都緊皺著眉頭，臉龐低垂。打破沉默的，是被安潔莉卡壓制在地板上的韋菲利特。

「蘭普雷特，你是我的護衛吧?!到底在做什麼?!還不來救我！」

被指名的蘭普雷特不甘心地咬了咬牙關，緩慢搖頭。

「韋菲利特大人，從去年秋天以來，您再也沒有背著我們偷偷跑出去過，也一直勤勉認真地學習與練劍。看著您努力表現出下任領主應有的樣子，我真的引以為豪。然而，為何您卻做出了這種事情……」

蘭普雷特這番話，似乎是服侍韋菲利特的所有人的心聲。每個人都露出了和蘭普雷特一樣焦急又不甘，而且悔恨不已的表情。

「您究竟是在什麼時候，又為何做出這種事情？直到釐清之前，都不能解開韋菲利特大人的束縛。」

「什麼?!蘭普雷特，我與祖母大人見面是這麼不可饒恕的事情嗎？」

韋菲利特像對這些話不敢置信，瞪大了眼睛。在無法恣意動彈的姿勢下，他只能轉動眼珠，注視著自己的近侍。近侍們面色沉痛地點頭。

「……是。」

以黎希達為首，齊爾維斯特、卡斯泰德、斐迪南、艾克哈特都走了進來。所有人都是看不出情緒的面無表情。齊爾維斯特先看向在門口處被安潔莉卡壓制住的韋菲利特，再看向臉色慘白的韋菲利特的近侍們。然後，他再看向如今已無法舉辦茶會的我與夏綠蒂，垂下目光。

「先報告究竟發生了什麼事吧。羅潔梅茵，抱歉，得直接在妳的房裡進行了。奧斯華德，把韋菲利特的近侍都叫來……艾克哈特，把在場羅潔梅茵與夏綠蒂的侍從帶到韋菲利特的房間，直到談話結束為止，不准離開半步。啊，黎希達留下吧。」

在艾克哈特的指示下，侍從們肅然恭敬地走出房間。只有我的護衛騎士被留下來，負責守衛。達穆爾與布麗姬娣站在門外，房內則有柯尼留斯以及還壓制著韋菲利特的安潔莉卡。

由於齊爾維斯特的表情嚴肅，氣氛又非常凝重，侍從還都被帶走了，獨自一人被留下的夏綠蒂顯得非常不安。我朝她招招手，她輕輕點頭，靠到我身邊。

黎希達一個人俐落地準備著座位，讓監護人們能夠與我們談話。眼看著開心的茶會變成了嚴肅的問話大會，我暗暗嘆氣。難得舉辦茶會，真是太可惜了。

「失禮了。」

黎希達快要準備好時，大概是在處理其他公務的芙蘿洛翠亞也來了。她先是看向被安潔莉卡壓制著的韋菲利特，再注視著齊爾維斯特。

「羅潔梅茵大小姐，這邊請。夏綠蒂大小姐請坐這兒吧。」

黎希達引導我們到圓桌旁坐下。圓桌旁已依序坐著斐迪南、齊爾維斯特、芙蘿洛翠亞，黎希達讓我坐在斐迪南旁邊，夏綠蒂則坐在芙蘿洛翠亞旁邊。此外，在離我與夏綠蒂有段間隔的地方還擺有一張椅子。那裡應該是韋菲利特的座位，但目前無人坐著。

「我們接到緊急傳喚，前來晉見。」

「奧斯華德呼喚我們過來，是在這裡沒錯吧？」

韋菲利特的近侍走進房間。所有人看到被按壓在地的主人，全震驚得瞠大雙眼，看見領主夫婦後更是倒吸口氣，在桌子的一段距離外跪下。每多一個人走進來，都能夠感覺出氣氛變得越加肅穆又沉重。

「全員都到齊了。」奧斯華德說，目光一直緊盯著韋菲利特不放的齊爾維斯特才把臉龐轉向我。

「羅潔梅茵，能放了韋菲利特嗎？我想問話。」

我下令放開韋菲利特，安潔莉卡輕輕點頭，立即鬆手，隨後移動到門口繼續執行護衛任務。

「韋菲利特，坐吧。」

齊爾維斯特說完，慢吞吞起身的韋菲利特輕點了點頭，一臉不滿地往黎希達拉開的椅子坐下。

短短幾秒鐘內，房內始終籠罩著沉重的靜默，與教人如坐針氈的氛圍。我放在大腿上的雙手握成拳頭時，坐在旁邊的斐迪南開口了。

「凡事每個人都有每個人的看法。必須查問清楚，再作判斷。要知道，所言不實也是一種罪。」

齊爾維斯特慢慢地看向韋菲利特的侍從與護衛騎士。最後，他的目光停在了跪在成排近侍前頭的首席侍從奧斯華德身上。

「奧斯華德，我已經好一陣子都沒再接到過韋菲利特偷溜出去的報告，那麼你告訴我，你們是什麼時候跟丟了韋菲利特？」

「……在我們守著工作崗位的時候，從來不曾跟丟過韋菲利特大人。這一年來，韋菲利特大人確實非常認真，態度也十分誠懇地盡著自己的本分。向您報告過的內容絕無半分虛假。」

奧斯華德抬起頭，筆直地望著齊爾維斯特回答，韋菲利特的侍從們也點頭附和奧斯華德所說的話。

「我反而想問韋菲利特大人，究竟是如何逃過了我們的眼睛。」

「奧斯華德，我才沒有騙你們！」

韋菲利特生氣大叫，微皺著眉的齊爾維斯特從侍從們身上移開目光，看向韋菲利特。

「……倘若你不認為自己欺瞞了侍從，也沒有做出不該做的事情，應該能如實說出自己做了什麼吧。韋菲利特，你是何時見到了母親大人？」

「是狩獵大賽那時候，父親大人。」

韋菲利特爽快回答，瞬間眾人都變了臉色，只有我摸不著頭緒。大家為什麼臉色丕變呢？

「請問狩獵大賽是什麼呢？我好像沒聽說過……」

我歪過頭說，斐迪南開口回答。

「羅潔梅茵，收穫祭時妳以神殿長的身分前往各地，所以沒聽說過吧。顧名思義，就是在城堡的森林裡進行狩獵。規模非常盛大，每年都在冬季的社交界開始前舉行。獵物既能做為冬天的糧食，也能依據個人獵到的獵物數量得到賞賜，所以是貴族區裡的騎士們最摩拳擦掌的活動。」

原來是一種為過冬進行準備的活動，挑在各地舉辦收穫祭的時候舉行，並增加城堡的儲備糧食。不只騎士們，文官和侍從中也會有人自願參加，在打獵的同時互相較量。騎士以外的女性和孩童則會在外圍一邊加油，一邊舉辦優雅的茶會。應該就是齊爾維斯特在假扮成青衣神官時說過的，那個「大家只會拍馬屁又無聊」的打獵活動吧。

「狩獵大賽那時候，你不是和芙蘿洛翠亞在一起嗎？」

「只到中途而已，後來有冬季認識的學伴來邀我，我們一起玩了小孩子玩的遊戲。」

「當時應該是奧斯華德陪在韋菲利特身邊，因為我叫他緊緊看著韋菲利特。」

芙蘿洛翠亞筆直地看向奧斯華德。奧斯華德說他直到有人來交接為止，都與韋菲利特一起陪著學伴。

「在我還跟在身邊的時候，並未發生任何異狀，隨後交接給了林哈特。」

後來韋菲利特與學伴們一邊嬉鬧一邊到處奔跑，林哈特拚了命地追在他們後面，卻被愛惡作劇的男孩子們絆倒，結果受了傷。聽說在他處理傷口的時候，直到其他人來交接為止，都是由學伴們的侍從代為看顧韋菲利特。

「林哈特去包紮傷口以後，我們就開始玩捉迷藏。而且還要不被大人發現，穿過舉辦茶會的廣場。為了不被抓到，我們打算躲在桌子底下穿過去，我就是在那時候聽到了好多貴族都在說，因為羅潔梅茵和斐迪南的關係，祖母大人和舅公大人才會被逮捕。」

「是誰說的？」

「在場所有人都這麼說。不管是男人還女人，他們都是這麼說的。」

一直搖筆記錄著證詞的斐迪南低聲說道：「聽起來不像是誤闖進了舊薇羅妮卡派的貴族聚會，更像是被那個孩子帶過去的。」想起了黎希達曾經提醒過我，孩子背後一定有他的父母存在，我微微垂下目光。

不過是孩子們在玩鬼抓人和捉迷藏，真不敢相信還得去考慮這種陰謀。換作我是韋菲利特，大概也不會有任何懷疑，就和那孩子一起玩吧。也不會覺得剛好聚在那裡的大人們是舊薇羅妮卡派，有這麼多人都那麼說，一定會相信事情就是這樣。

……我本來也很有可能坐在韋菲利特現在的位置上。

只因為我很長時間都待在神殿，沒有參與過城堡的活動，也沒有與人交際往來，才會沒有做錯事情。要是不認真了解貴族間的關係，我一定會犯下和韋菲利特一樣的錯誤。

「韋菲利特，我應該已經說明過了。當時舅舅大人明知我禁止他領貴族入城，卻還是慫恿母親大人，母親大人便擅自使用領主的印章，邀請了他領貴族入城。母親大人因為擅用領主的印章偽造公文，又違背領主的命令邀請他領貴族，所以才被問罪。你都沒有聽進去嗎？」

齊爾維斯特面色凝重，注視著韋菲利特。比起父親的話語，你更相信其他貴族所說的話嗎？被這麼一問，韋菲利特如波浪鼓般搖頭。

「我那時候立刻從桌子底下衝出去，告訴他們父親大人對我說過的話。可是……他們接著就說，祖母大人確實如父親大人所言犯了罪，但都是因為羅潔梅茵的關係，她才會犯下罪行，還有是斐迪南在背後操控一切。說他們兩人想把艾倫菲斯特占為己有……」

有那麼多不認識的大人對自己這樣滔滔不絕，我能明白韋菲利特當下不安的心情。倘若他們徹底否定了齊爾維斯特說過的話，韋菲利特會反駁抗議吧。但是，他們先是肯定了齊爾維斯特說的，再提供給了韋菲利特新的資訊。韋菲利特一定是毫不抗拒地聽進了那些話。

而且，他們補充的資訊也不算是完全沒錯。薇羅妮卡是為了把我賣給賓德瓦德伯爵才犯下罪行，所以要說是因為我也可以；斐迪南則是為了剷除前任神殿長，四處奔走蒐集證據。本只是犯下一樁罪行，卻揭出了連本人都不記得的微小惡狀，看起來確實會覺得當中有什麼陰謀。

「後來在場有個人說了，如果能直接去問祖母大人，就能知道誰說的才是真話。」

齊爾維斯特緊緊閉上雙眼。我覺得這誘導真是太巧妙了。我聽說韋菲利特是由祖母撫養長大。比起相處時間不多的母親，拉拔他長大的祖母，對韋菲利特來說更親密且重要吧。如果他無條件信賴的家人就是祖母，那當然會相信祖母說的話。

「之後又有一個男人說，祖母大人被關在了白塔。我就問那個白塔在哪裡，有個女人就回答：『您要不要至少去看一下在哪裡呢？』然後把地點告訴了我。我們就當作是探險，跑去了那座白塔。」

這是探險、只是要確認是不是真的有那座白塔而已——韋菲利特與學伴們這樣說服著彼此，依著女性指示的方向前進，果真找到了一座白塔。有個男人還站在塔前，對他們說：「這扇門扉只有領主和領主的子女方能開啟。」

韋菲利特看著其他人想開門卻開不了，於是當眾人喊道：「韋菲利特大人……」並投來充滿期待的眼神時，他半是感到好奇地試著上前開門。

「明明其他人把手放在門上也打不開，但換成我把手放上去，門真的就打開了。」

「這也是當然……所以，你進去了嗎？還有誰和你一起進去？」

齊爾維斯特無力地問。這只是確認而已。因為任誰都知道，韋菲利特在開門後就走進去了。否則的話，不會出現「祖母大人都告訴我了」這句話。

「他們說和別人開不了門一樣，其他人也進不去白塔，所以只有我進去而已。後來我真的在白塔裡面找到了祖母大人，她才告訴了我真相。」

說完，韋菲利特狠狠地瞪著我和斐迪南。

「祖母大人會被關進那種地方，過得那麼痛苦，全都是羅潔梅茵和斐迪南害的！」

眼看著韋菲利特為薇羅妮卡說話，指責我與斐迪南，芙蘿洛翠亞的表情像正強忍著難以承受的巨大痛苦，緊緊閉著眼睛。

「父親大人，求求您。請您放了祖……」

「住口！不准再說下去！膽敢對我的裁決提出異議，等同是反叛領主的重罪！」

齊爾維斯特「磅！」地拍桌打斷韋菲利特。突然被這麼粗魯地打斷，韋菲利特張大

眼睛。

「……父親大人？」

「韋菲利特，查清母親大人的罪行，依其罪狀下達判決的人是我。不是羅潔梅茵也不是斐迪南，而是奧伯．艾倫菲斯特。」

一直重複祖母說過的話，聲稱都是我和斐迪南不好的韋菲利特，吃驚得雙眼圓睜。看他的表情，似乎是雖然知道祖母在犯罪後遭到幽禁，卻並未理解到下達這個判決的人是父親。說不定在聽到都是我和斐迪南不好以後，也一併改寫了記憶，以為是我們把祖母抓進去。

「你想被人稱作是反領主派，和我還有你的母親芙蘿洛翠亞為敵嗎？」

齊爾維斯特聲色俱厲地問，韋菲利特忙不迭瘋狂搖頭。

「我從來沒想過要反抗父親大人和母親大人！」

「然而一旦你為母親大人說話，向我提出異議，旁人就會如此認為。我早已經多次提醒過你……不可禍從口出。」

「……禍從口出……」

韋菲利特不甘心得咬了咬牙，瞪向我和斐迪南。

芙蘿洛翠亞站起來，走到韋菲利特面前，臉上帶著悲傷的微笑，輕柔地撫摸韋菲利特的臉龐。

「韋菲利特，你知道了祖母大人，也就是薇羅妮卡大人口中的真相。但是，真相不只一個而已。正如斐迪南在開頭說過的，凡事每個人都有每個人的看法，與自己眼中認定的真相。我所知道的真相，是羅潔梅茵遭到了薇羅妮卡大人的迫害。策劃了陰謀，為領地帶來混亂的人，是薇羅妮卡大人才對。」

「母親大人，您在說什麼?!」

韋菲利特不敢置信地睜大眼睛，不停搖頭，像在抗拒母親說的話。芙蘿洛翠亞張手抱住兒子，語音顫抖。

「在你出生之後，薇羅妮卡大人馬上從我身邊帶走了你。我從來不能像這樣撫摸你，也不能像這樣抱著你。豈止如此，現在竟還讓你犯下了如此重大的罪行。這才是我知道的真相。」

韋菲利特倏然僵住不動。他訝異地眨了眨眼睛，仰頭看著淚水隨時要奪眶而出的芙蘿洛翠亞。

「……我、犯下了罪行嗎？」

韋菲利特的這個問題，得到了「對，沒錯」的回覆。

「那座白塔用以囚禁領主一族中犯了重罪的罪犯，若沒有奧伯我的許可，擅闖者將被視為有意反叛領主和協助罪犯逃亡，該當問罪論處。」

「什麼?!在場根本沒人對我說過這種事……」

知道了事態的嚴重性，韋菲利特的臉色越來越慘白。我也覺得自己面無血色。我從沒想過薇羅妮卡被關在這麼不得了的地方。還以為頂多是類似離宮的地方，也沒想到只是見個面說幾句話，會是這麼嚴重的罪行。

「這也許是把你帶到白塔的人們所策劃的陰謀吧。但是，犯了罪的人是你。那些只是把傳聞告訴你，為你指出白塔所在位置的貴族們，並不構成任何犯罪。」
只是在茶會上討論聽到的傳聞而已。只是回答了韋菲利特問的問題。只是一起玩耍，在森林裡探險。只是因為看到真的有座白塔，才問韋菲利特要不要試著打開大門。就算打開了，只要不踏進去，也就不會有任何事情發生。他們既沒有強行拉著韋菲利特過去，也沒有把他推進白塔裡，更一步也沒有走進白塔裡頭。
「當時在場的人當中，會被問罪的，就只有韋菲利特你一個人。倘若以有意協助領主囚禁的重大罪犯逃亡為由，向你問罪，恐怕懲處不只是廢嫡而已吧……我又要與你分開了呢。」
好不容易你終於回到我身邊——芙蘿洛翠亞呢喃說著，淚水滑下臉頰。我忍不住看向齊爾維斯特。他似乎正在拚命動腦思索，想要設法解救韋菲利特，但從他臉上的表情，可以看出如今韋菲利特自己都坦白了，罪證確鑿，要包庇他難如登天。
「唉……真麻煩。所以我早說了，應該廢除他的繼承權。」
斐迪南語氣淡漠地這麼說道，韋菲利特渾身一震。
「怎麼會、可是……是羅潔梅茵策劃了陰謀……」
斐迪南停下不斷寫字的手，抬起頭來。
「有多少人，便有多少種真相。羅潔梅茵，告訴韋菲利特妳所知道的真相吧。因為韋菲利特的祖母，妳失去了不少東西吧？」
韋菲利特聽了像是恍然大驚，扭過頭看我。
「羅潔梅茵知道的真相？……不對，明明是羅潔梅茵策劃了陰謀……」

「這並不是我知道的真相，韋菲利特哥哥大人。」

雖然不知道斐迪南在想什麼，但我搬出之前準備好的設定。我對韋菲利特說了，我其實是被藏在神殿裡撫養長大；前任神殿長誤以為我是平民，還到處向貴族散播這個謠言，更拜託自己的姊姊薇羅妮卡，邀請他領貴族入城，我險些就被賣掉；護衛和侍從還在保護我的時候受了傷；為了保護我，不讓被魔力量吸引來的他領貴族把我帶走，領主才把我收為養女。

儘管知道祖母犯了重罪，但韋菲利特似乎不知道這件事與我有什麼關聯，所以聽完以後一臉愕然。

「那、那麼，羅潔梅茵究竟失去了什麼東西？」

家人——我在心裡頭回答，默默垂下雙眼。

「……我失去了自由，韋菲利特哥哥大人。在那之前，我一直和平民區的居民一起製作書本。可是，如今我再也不能前往平民區，也不能與平民密切來往。而且為了當個舉止合乎身分的領主養女，我也接受了嚴格的教育。洗禮儀式結束以後，我馬上就任成了神殿長，也是為了填補不足的魔力。韋菲利特哥哥大人應該也知道，這份工作有多麼辛苦吧？」

「怎麼會……這跟祖母大人說的不一樣……」

韋菲利特咬著唇低下頭。真是個坦率的孩子。儘管嘴上一直說這是我的陰謀，卻很坦率地聽進了我的話語。芙蘿洛翠亞神色落寞地看著這樣的韋菲利特，溫柔地爬梳他的頭髮，對他說道：

「韋菲利特，因為薇羅妮卡大人犯下的罪行，羅潔梅茵遭遇到了很可怕的事情。即便如此，她也從來沒說過這些全是薇羅妮卡大人害的吧？在你陷入廢嫡危機的時候，她還傾盡了全力幫助你。這難道不算是你知道的真相嗎？」

韋菲利特像是當頭棒喝，一邊看著我，臉龐一邊脹得越來越紅。

「羅潔梅茵，對不起。我、呃，真是忘恩負義。明明妳幫了我那麼多忙……」

「沒關係的。因為對我來說，薇羅妮卡大人只是個聽從前任神殿長的要求，便犯下罪行的頭痛人物。我既沒有見過她，甚至在最近才知道她叫什麼名字，但是在韋菲利特哥哥大人心目中，她卻是重要的家人。比起我，您當然更相信她。」

如果是韋菲利特和多莉，我百分之百會相信多莉。而且不管別人說什麼，我大概都會堅決地站在家人那邊吧。無法像韋菲利特這樣，坦率地聽進對方說的話。我覺得他擁有的這份坦率，十分令人佩服。

「然而，你還是相信了那套說詞，出言侮辱羅潔梅茵，踏進了禁止進入的白塔。應該已經做好接受處分的覺悟了吧？」

聽了斐迪南冷冰冰的話語，韋菲利特喃喃複述：「處分……」

「我想最妥當的處置，一是廢嫡後送進神殿，二是與祖母一同關進白塔吧。」

雖然芙蘿洛翠亞也說過類似的內容，但和她在擔心兒子未來下所說出的話語不同，斐迪南的話聲不帶任何情感，聽來非常冰冷。

「養父大人，韋菲利特哥哥大人會被問罪嗎？他明顯是受到引誘，雖然走進了白塔裡面，但什麼都還沒有做……」

齊爾維斯特沒有張口說話，瞥了眼斐迪南的方向。他的表情彷彿在說，他也希望可以不用問罪，但一旦有人追究，還是非得做出處分不可。只要不說服斐迪南，他也無能為力。我於是轉向斐迪南。

「韋菲利特哥哥大人只是被他人教唆了而已！而且，如果換成我是韋菲利特哥哥大人，可能也會做出一樣的事情。因為對韋菲利特哥哥大人來說，薇羅妮卡大人是重要的祖母大人……是他的家人。」

說到最後，我的音量越來越小。只因為「我也可能做出一樣的事」這種理由就替韋菲利特說情，我也知道這樣很愚蠢。可是，我實在沒辦法怪他。我也有自覺，只要牽扯到親情，我就很容易心軟。

斐迪南的眉頭皺出了深刻的紋路，非常厭惡地板起了臉，嘀咕說著「妳果然太天真了」，並看向韋菲利特。

「韋菲利特，如今你聽到了三個人所說的真相。一個是你的祖母，也就是前任領主夫人；一個是你的父親奧伯．艾倫菲斯特；最後一個是羅潔梅茵。聽完了這些真相，我想知道你有什麼感受，又有什麼想法，說來聽聽吧。」

在斐迪南的注視下，韋菲利特微微低著頭，手抵著下巴整理自己的想法。思考了好半天後，韋菲利特慢慢抬頭，筆直地回望斐迪南。

韋菲利特的處分

「……只有祖母大人口中的真相，和大家說的真相都不一樣，這點讓我覺得很不可思議。如果大家說的都是真的，那祖母大人說的那些話就最不合理了。我雖然喜歡祖母大人，但如果要論是非對錯，我覺得祖母大人是錯的。」

韋菲利特態度非常坦蕩地這麼斷然說道，斐迪南靜靜看著他，催促他說下去。

「哼……所以？」

「……所以我得向你道歉才行。斐迪南，對不起，我說了那麼多過分的話。」

看著坦率道歉的韋菲利特，斐迪南的雙眼微微睜大。緊接著他更用力皺眉，打量似的緊緊盯著韋菲利特瞧。

「我、我都道歉了，你不用這麼生氣吧……」

看見斐迪南投來了更加凌厲的眼光，韋菲利特臉龐僵硬，都快哭了出來。

「韋菲利特哥哥大人，您放心吧。」

「哪裡可以放心了?!」

面對斐迪南足以令人結凍的目光，韋菲利特發出幾近悲鳴的哀嚎，所以我挺起胸膛為他說明。雖然很難看得出來，但斐迪南並不是在生氣。

「在您道歉之後，雖然斐迪南大人的表情看來更可怕了，但其實這代表斐迪南大人開始認真聽您說話。韋菲利特哥哥大人說的話，斐迪南大人確實都聽進去了，所以請您繼續加油吧。」

「……是、是嗎？」

韋菲利特一臉擔心，看向我和斐迪南後，再看向身旁握著自己的手，表示支持的芙蘿洛翠亞。

「羅潔梅茵，妳別多嘴。」

「我才不是多嘴，這是必要的說明。既然都收到了道歉，斐迪南大人也可以在擺出可怕的表情之前，先說一句『我原諒你』啊。」

斐迪南哼了一聲，毫不討喜地說：「我還沒打算原諒他，所以才什麼也沒說。」然後看向韋菲利特。

「那我再問你，你對茶會上的貴族們有什麼想法？」

「那些貴族……雖然看起來很親切地告訴了我這些事情，但其實是在引誘我犯罪，根本一點也不親切。奧斯華德曾經說過，帶著笑容靠近自己的人，未必都是自己的同伴，我現在終於明白指的就是這種情況。」

透過實際的體驗，終於切身明白了以往只是聽過卻無法理解的教誨吧。奧斯華德懊悔得臉龐扭曲，彷彿能聽見他在說，要是韋菲利特能早點領會就好了。韋菲利特察覺了這麼重要的事情後，斐迪南點一點頭。

「正因如此，才會再三告誡你別與陌生貴族交談，也提醒你不能禍從口出。為了盡可能排除危險，也都是由首席侍從篩選能與你們會面的貴族。」

「原來這些禁止都有意義啊……」

領主孩子被禁止的事情多不勝數，常常那也不能做，這也不能做。儘管身邊的人都這樣教導自己，也老是苦口婆心勸告，但如果不懂得意義何在，當然就無法遵守。

「不可能沒有任何意義就下令禁止，你們所學的每一件事也都有意義。」

「……這個在學習文字與計算，還有練習飛蘇平琴的時候，我已經知道了。」

「是嗎？那麼你還有其他的看法和感想嗎？」

「像祖母大人犯下的罪行也是，換個人看，結果就完全不一樣。我覺得多方傾聽別人的意見很重要。」

聽了韋菲利特的感想，斐迪南眉頭深鎖，陷入沉思。

我用力握拳。希望事態能往可以解救韋菲利特的方向發展。韋菲利特確實粗心大意到了教人吃驚的地步，也犯下了罪行，但他確實有所成長。只是至今接受到的教育不夠充分，並不是不成材的孩子，這次也有了重要的體會。我在各個方面也上了一課。

「這次本該在廢嫡後，把韋菲利特送進神殿，不然就是讓他與祖母一同關進白塔……但是，恐怕有些麻煩。」

「有麻煩是什麼意思？」

齊爾維斯特也和斐迪南一樣皺眉。

「因為不曉得敵人的居心何在。和有多少人便有多少種真相一樣，既然有這麼多人參與了這件事情，不見得每個人的目的都一樣，這次牽扯到的人數太多了。」

斐迪南看著手上自己做了紀錄的紙張，語氣充滿不快。

「那座白塔只要大門敞開，任何人都能進去。既然對方知道有誰打得開門，又知道白塔的所在位置，那他應該也知道，只要開了門就能進去。然而，他們卻沒有進去把前任領主夫人救出來。」

「誰都進得去嗎?!」

相信了對方說的「我們無法進去」的韋菲利特訝聲大叫。

「因為有你在，當然進得去。我想最有可能的理由，是因為不想犯罪才沒有進去；但也有可能是提供消息的人根本不打算救出前任領主夫人，所以在提供白塔的資訊時，還特別聲明了他人無法進入。」

貴族的想法真是複雜又離奇，我完全無法理解。

「原、原來是這樣……呃，那麼，究竟有哪些人可以打開白塔的門呢？」

總之我想整理資訊，於是提出問題，齊爾維斯特回答了我。

「能夠打開白塔大門的，只有能接觸到基礎魔法的人。也就是芙蘿洛翠亞、波尼法狄斯、斐迪南和我，還有韋菲利特與羅潔梅茵。」

「問題在於，對方是如何得知白塔的存在。大門因為設有結界，並不需要安排守衛，周遭又有繁茂的樹林遮蔽，能知道白塔位置與其用途的人極其有限。」

「在這種前提下，卻有人在茶會上提到了白塔嗎？那應該可以沿著這條線索，找出設下圈套的人吧？站在白塔前的男人是祖父大人嗎？」

聽完斐迪南說的，我側過頭問，韋菲利特不高興地眉尾上揚。

「波尼法狄斯大人我怎麼可能不認得。如果是認識的人，我早就報上名字了。」

「更何況波尼法狄斯為了表示自己不輸給年輕人，偏要跟我較勁，在狩獵大賽上大鬧了一場。他要是乖乖待在白塔前面陪著一群小孩子，任誰都覺得可疑。」

……祖父大人為了與養父大人較勁，在狩獵大賽上大鬧了一場？

我不禁想像起了平常很少接觸的波尼法狄斯當時的模樣。期間斐迪南敲著太陽穴，說出自己的看法。

「我原先一直以為，舊薇羅妮卡派是想讓韋菲利特成為派系的代表。假使真是如此，只要告訴他從前那麼疼愛自己的祖母現在的處境，讓他與雙親還有羅潔梅茵之間產生芥蒂，便能構成十分有效的心理戰術。事實上，有一半都如他們所願。」

因為我是芙蘿洛翠亞派的中心人物，藉由讓我與韋菲利特之間產生裂痕，再逼領主夫婦表態要支持親生兒子還是養女？會有什麼行動？也能讓親子間的關係出現裂痕吧。

「然而照這樣下去，別說是成為代表，他只會遭到廢嫡或處刑。他們也許是想促成領主派與反領主派，但一旦韋菲利特被廢嫡或處刑，根本成立不了派系。這樣想來，讓韋菲利特進入白塔顯然太不明智，比起讓他成為代表，目的似乎更在於剷除韋菲利特。」

「這樣不合理吧。如果目的是剷除韋菲利特，在帶走他的時候就該動手了。」

齊爾維斯特豎起眉毛反駁，此刻才意識到自己當時處境有多危險的韋菲利特渾身一震。眼見敵人的目的從促成派系，轉變成了想除掉韋菲利特這麼危險的事情，我打了個冷顫。斐迪南也同意齊爾維斯特的看法，點了點頭。

「沒錯。若想萬無一失，當時是最好的機會。他們卻沒有這麼做。」

「也就是說，他們的目的並不是除掉韋菲利特哥哥大人吧？」

「反而更像是根本不在乎他會有什麼下場……此外，也有可能是那些貴族不知道韋菲利特的教育進度落後，所以錯估了他的性格與行動。但是，會把這種不確定的因素擺進計畫裡頭，首先就不可能。」

斐迪南說既然出動了那麼多人，不可能策劃如此充滿不確定性的行動。他的表情嚴峻，用筆尖敲著桌上的紙張。

「……老實說，也許他們的目的並不是韋菲利特。若再進一步假設，陷害韋菲利特這件事其實只是第一步，之後才會正式展開行動，那就更難推敲出究竟是誰，又有什麼目的。」

「唔……他們的目的到底是什麼？」

斐迪南看向陷入長考的齊爾維斯特後，僅一瞬間往我瞥來，我彷彿聽見他在說：「說不定他們的目標是妳。」聽完了充滿惡意的這麼多事情，我大嘆口氣。

「……這完全是挑撥離間呢。」

「挑撥離間？」

「是的。故意讓韋菲利特哥哥大人看到祖母大人現在的模樣，讓他與家人間的關係產生裂痕，同時也讓身為父母的領主夫婦左右為難，不知該如何處置犯了罪的兒子。因為不論下達什麼處分，都會有貴族表示不滿吧？再加上，現在領地的魔力又沒有充沛到可以一口氣處分掉參與這件事的所有貴族，但是不加以處分，讓他們留下來又很危險。怎麼看這都對艾倫菲斯特沒有好處，我只覺得是來自外部的蓄意挑撥。」

我說完，齊爾維斯特瞪圓雙眼。

「……我一直只考慮到貴族間的對立，從沒想過來自外部的挑撥。原來如此。羅潔梅茵，想不到妳這麼聰明。」

「養父大人，想不到是什麼意思?!」

我氣呼呼地怒吼，齊爾維斯特則說著「羅潔梅茵，那我問問聰明的妳」，表情格外嚴肅地看著我。

「假設這是來自外部的挑撥吧。如果外部的人對我懷有強烈的憎恨，那他們會最不願意看到什麼結果？」

「就是維持現狀。明明想把我們攪得一團亂，卻什麼也沒有發生，會是他們最不想見到的結果吧。」

明明設下了圈套挑撥，我們反而更加團結一心，這會是他們最討厭見到的結果吧。

我回答完，齊爾維斯特皺起臉龐。

「維持現狀嗎……但是，韋菲利特明顯犯了罪，實在很難維持現狀。」

「……可是，本人已經這麼誠實地俯首認罪，也算是提供了證言，隨時可以下達處分吧？比起處罰，現在更該優先蒐集教唆對象的情報，了解他們的目的。這件事以後再說，不對，是直到蒐集到完整情報為止，應該維持現狀比較好吧？」

齊爾維斯特聽了似乎相當心動，斐迪南卻立即反駁。

「不行。若這樣處理問題，有損領主的威嚴，正中對方的下懷。」

「如果對方的目的就是破壞領主的威嚴，不管有沒有下達處分，威嚴都會受損喔。萬一目的是要削弱艾倫菲斯特的魔力，那除掉韋菲利特哥哥大人，或是處分掉參與了這次計畫的貴族，結果都只會讓對方感到高興。我認為應該先維持現狀，然後蒐集情報，再考處該不該進行處分。」

我這麼提議後，斐迪南卻態度堅決地搖頭。

「不能毫無責罰，還是得對韋菲利特做出懲處。」

「那可以假裝處罰了哥哥大人，實則維持現狀……」

「姊姊大人，您有什麼好主意嗎？可以解救哥哥大人嗎？」

一直泫然欲泣地安靜坐著，聽著大人說話的夏綠蒂，這時雙眼亮起了期待的光芒看向我。看得出來她希望我能幫忙解救韋菲利特。

……怎麼辦？真想在夏綠蒂面前展現我優秀的一面。雖然很想要帥，但我根本想不出好主意啊！噢噢噢嗚！

我在心裡頭瘋狂打滾，拚命絞盡腦汁。我讓總被人說沒在使用的大腦全力運作，回想自己知道的處罰犯人的方法。

「如果想先查出有哪些人和有什麼目的，那就使用能窺看記憶的魔導具吧。」

韋菲利特說過，因為現場人數太多，他完全記不得長相；也因為聽到了閒言閒語，他才主動靠近他們，所以那些貴族都沒有報上姓名。那麼只要窺看記憶，應該很輕易就能查出是哪些貴族。

「雖說受人教唆，但韋菲利特哥哥大人現在是犯了重罪的罪人吧？我們可以利用專門用在重大罪犯身上的魔導具，調查出敵人是誰。這樣一來，既能讓旁人覺得我們處罰了韋菲利特哥哥大人，同時也能找出教唆的有哪些人。然後在這個前提下維持現狀，就能讓別人以為我們是有什麼考量，才刻意不下達處分吧？」

我擠盡了腦汁終於想出這個提議，斐迪南用指尖輕敲著太陽穴，細細斟酌思索。在斐迪南凌厲的眼神與夏綠蒂充滿期待的目光注視下，我接著又說：

「而且所有丟臉的記憶都會被看到，這對韋菲利特哥哥大人來說也是種懲罰；養父大人看了以後，也能知道他至今的生活有哪裡需要改進。」

「若是使用那個魔導具，確實至少能夠沒有遺漏地鎖定領地內危險的貴族。那就依據韋菲利特的記憶，處罰那些貴族，並取消韋菲利特下任領主的內定。齊爾維斯特，這樣子如何？」

就是因為已經決定韋菲利特為下任領主，他才被當成目標——斐迪南哼了一聲說。齊爾維斯特露出了放下心中大石的笑容，看向韋菲利特。

「韋菲利特，如今你是犯了重罪的罪人，將使用魔導具察看你的記憶。與此同時，也撤回指定你為下任領主的決定。這就是這次的處分。往後不可再粗心大意，尤其絕對不能離開侍從與護衛騎士身邊。」

「是。」

韋菲利特表情認真地點了點頭。領主下達了不算太嚴重的處分後，房內的氣氛也緩和下來。「太好了……」夏綠蒂按著胸口，芙蘿洛翠亞也輕輕拭去眼角的淚水，將韋菲利特抱進懷裡。

「這真是……光是你還能留在我身邊，我就非常高興了。羅潔梅茵，謝謝妳。」

我笑著回應芙蘿洛翠亞。韋菲利特在芙蘿洛翠亞懷中有些難為情地動了動身體，朝我喚道：

「羅潔梅茵。我雖然喜歡祖母大人，但現在我清楚明白到了，祖母大人是不對的……我還懷疑了妳，對不起。」

「已經沒關係了，韋菲利特哥哥大人。」

夏綠蒂從椅子一躍而下，往我跑過來。

「姊姊大人好厲害！我好尊敬姊姊大人！」

「有夏綠蒂這一句話，我覺得辛苦全有了回報。」

……我成功了！成為受妹妹尊敬的姊姊大人啦！

我與夏綠蒂高興得手牽著手，齊爾維斯特和卡斯泰德也讚許了我這次的提議：「妳做得很好。」

韋菲利特鑽出芙蘿洛翠亞的懷抱後，對著自己的侍從們說：「以後也拜託你們了。」蘭普雷特重重點頭。

望著這一幕的斐迪南站起來，走了幾步來到韋菲利特面前，然後對反應有些防備，不知道他要講什麼的韋菲利特說了。

「韋菲利特，你身為領主的孩子，從此留下了難以抹滅的污點。但是，只要你不再誤入歧途，繼續努力不懈，定能有所成長吧。你的坦率是難能可貴的美德。」

一開始，韋菲利特只是愣愣地張著嘴巴，抬頭仰望斐迪南，好像聽不懂他在說什麼，但漸漸地變成了又高興又不知所措的表情。

「……我會、努力。」

說完，韋菲利特當場跪下。

「我會好好努力，絕不白費這次得到的機會……斐迪、不對，叔父大人。」

斐迪南沒有再對韋菲利特說什麼，直接告退離開，但我看得出來，他的步伐比平常還要快了一點。

調製尤列汾與魔力壓縮

討論完了韋菲利特那件事的幾天後，回到神殿的我被斐迪南叫了過去，據說是「得到了尤修塔斯蒐集來的情報」。隔了好久才又見到與路茲他們一起帶著新髮飾過來的多莉，還收到了家人寫給我的信，心情正興奮難抑的我一走進秘密房間，劈頭便問：「請問蒐集到了什麼情報呢？」結果就被罵了。

「妳已經忘記我們在蒐集什麼情報了嗎？不過幾天前的事情而已。」

「就算才幾天前而已，誰會一直去想已經結束的事情呢。」

比如說考完試以後，幾天後很快就會忘記沒什麼興趣的考試範圍。麗乃那時候就是這樣。這也就是所謂的短期記憶。更何況我還有很多其他該想的事情，例如新紙張的用法、新的墨水、多莉的信、要做給加米爾的新玩具等等，才沒有時間一直去思考已經結束的事情。

「這件事還沒結束。對方看來只是觀望，一切現在才要開始。」

「咦咦?!」聽了這意想不到的發言，我吃驚得向後仰。如果這還只是觀望，接下來到底還有什麼陰謀詭計？我完全預測不到貴族們的思考與行動。

「綜合各方面蒐集來的情報，最後得出的結論，便是對方可能是在試探我們。」

「所以只是觀望而已嗎？」

「沒錯。韋菲利特最聽得進誰的說法、齊爾維斯特會如何處置犯了罪的親生兒子、屆時周遭人們會作何反應、艾倫菲斯特內的貴族們又會採取何種行動……我想這些都是對方想刺探的事情。」

利用韋菲利特這麼小的孩子挑撥離間，隔岸觀火，策劃這種計謀的人也太惡毒了。

「查得出是誰會這麼大費周章嗎？」

「既知道薇羅妮卡被幽禁在何處，又知道大門如何打開。目的也不是救出前任領主夫人，而是韋菲利特。策劃計謀的時候，根本不在乎艾倫菲斯特會面臨廢嫡、處刑、失和等問題……只可能是掛有派系之名的人。」

斐迪南心中似乎已經確定了敵人是誰，淡金色眼眸帶著峻厲的光芒，看著我說：

「我希望能盡快鞏固艾倫菲斯特的防禦。羅潔梅茵，妳能盡早教我們壓縮魔力的方法嗎？」

「我之前也說過，要等到做好藥水以後。要是大家都有了充足的戰力，我卻還是身體虛弱，就只有我一個人很危險吧？比起壓縮魔力，我想優先恢復健康。」

我同樣回望向斐迪南，他一臉無可奈何地起身。

「我明白了。挪用明天上午的辦公時間調配藥水吧。」

……明天？這也太突然了吧！

隔天從第三鐘到第四鐘為止，這段時間要用來調製藥水。平常斐迪南安排行程總會預留三天的緩衝時間，這次卻是利用隔天上午的辦公時間就要製作藥水。難不成現在的情勢這麼危險嗎？走進秘密房間以後，斐迪南背對著我拿取材料、確認儀器，窸窸窣窣地東忙西忙，我忍不住發問：

「神官長，該不會學習壓縮魔力這件事很緊急吧？」

斐迪南聽了吃驚得轉過頭來，老大不高興地沉下臉。

「妳現在才知道嗎？……羅潔梅茵，妳的魔力壓縮法要多久才會出現成效？」

「我不知道。我以前是為了活下來，才一直無意識地壓縮魔力……然後之前是在春天尾聲的時候教給達穆爾，但他的魔力好像本來就還在稍微成長。這是第一次要用在完全停止了成長的大人身上，我真的不知道會不會有效。」

我回答完，斐迪南嘀咕著說「我想也是」。

「若我們嘗試以後，魔力增加了，便會讓相同派系的人也接著嘗試。之後再教給為了魔力加入派系的人，提升艾倫菲斯特整體的魔力水平。但是這樣子一步步教下來，究竟要花多少年的時間？我希望能趕在明年夏天喬琪娜來訪之前，至少我們幾個人先提升魔力量。」

魔力一點一點慢慢增加的達穆爾花了大約半年的時間，成長幅度才讓周遭的人也看得出來。如果想知道已經停止成長的大人能否也增加魔力、需要多久時間，又想趕在明年夏天喬琪娜再次來訪前實驗出結果的話，時間確實所剩不多。

「……那真的很緊急呢。」

聽到斐迪南說想趕在喬琪娜再次來訪前實驗出結果，我好像也能明白他焦急的心情。對方只是為了試探而已，就撒下那麼多混亂的種子。萬一她正式展開行動，真不知道會發生什麼事。

「為此，我希望能延後調配尤列汾藥水的時間。」

斐迪南這麼說完，我急忙左右搖頭。這時候要是退讓，可以想見一定會被越拖越久。我想快點擁有健康的身體。

「我不要！絕對不行！神官長的意思是，我得等到喬琪娜大人來過以後才能調配尤列汾藥水吧？明明你一開始是說等蒐集到了所有材料，後來又要等到夏綠蒂的洗禮儀式過後，不對，是等到奉獻儀式和祈福儀式之後，現在居然又要延到喬琪娜大人來訪以後，那我究竟要等到什麼時候？快點先做好藥水，我再教大家壓縮魔力吧。」

「妳還真頑固……」

任性這一點是彼此彼此。就算覺得我很任性，這點我也不能退讓。

「神官長想趕在發生事情前學會壓縮魔力，但我也一樣想擁有健康的身體啊。如果我一直是現在這個樣子，萬一發生什麼情況，我甚至沒力氣逃跑吧！」

我的健康比提升他人的魔力更重要。是斐迪南說過，「不知道他們的目標究竟是誰」。如果要提升整體的魔力水平，當然該最優先提升我的體力。

「……原來如此，妳說得也沒錯。」

斐迪南似乎認同了我迫切的主張，點一點頭後，抱著木箱走出秘密房間。

「由於需要地方調配藥水，先在妳的神殿長室設置秘密房間吧。」

「咦？在這裡不好嗎？」

我環顧擺滿了材料與儀器的房間，斐迪南也跟著我掃視一圈。

「……在這裡調配藥水太狹窄了。」

不光看似是實驗道具的儀器與材料，房裡還有大量的紙張和木板，全是資料以及他自己做了記錄的實驗結果。這裡東西太多了。再加上這裡與孤兒院長室的秘密房間不同，要有一定的魔力量才進得來，所以無法讓侍從進來打掃。每當實驗到了最終階段，還有斐迪南找到了新材料沉浸在思緒裡的時候，房間更會亂得教人不忍直視。

「況且妳喝下藥水後，也需要可以沉睡的地方，所以必須再做個秘密房間。順便要做得大一點才方便調配藥水，而且也花不了多少時間，快走吧。」

由於使用尤列汾藥水後會進入沉睡狀態，斐迪南說為了避免危險，需要能夠限制他人入內的秘密房間。

「請問需要做多大呢？」

「和神殿長室差不多就夠了。等一下會由我和妳一起進行魔力登記。畢竟在妳沉睡的時候，還是得有人可以進去。」

於是我照著斐迪南的吩咐，在神殿長室裡設置秘密房間。因為在孤兒院長室和在小神殿已經有過經驗，所以這次沒有那麼緊張了。我把戴著魔導具戒指的左手，按在神殿長室裡通往秘密房間的門扉魔石上，開始注入魔力。

吸收了我的魔力後，門上浮現出了散發著青白光芒的魔法陣。我繼續注入自己的魔力以完成登記，開始有紅光沿著青白色的魔法陣流動，同時也流向了我按著魔石的手腕，描繪出複雜的圖騰與文字。

……不管看幾次，這幕充滿奇幻氣息的光景都好漂亮喔。讓人心跳加速。

我激動地注視著在魔法陣上流竄的魔力時，斐迪南伸出掌心疊在我的手上，開始注入魔力。對喔，他剛才說過要一起進行魔力登記。大概是因為注入的魔力量變多了，在魔法陣上流動的紅光變得更是耀眼。

……這麼說來，要怎麼做才能一起登記呢？

我正偏頭納悶，站在身後的斐迪南右手握著思達普，唸道：「司提洛。」然後他用變成了筆的思達普觸碰魔法陣，紅光形成的文字便跳舞般的動起來，一下子消失，一下子又多了新的文字。從魔法陣飛出的文字在半空中迸裂消散，補上了思達普筆尖所畫出的文字與圖形，逐漸改寫內容。看到斐迪南用思達普隨心所欲地操控文字、改寫魔法陣，這幅畫面既神秘又美麗，充滿了妙不可言的魅力，我也好想試試看。

「神官長，這些文字都飄在空中轉來轉去，好酷喔。也教我怎麼寫魔法陣吧。」

「等妳有了思達普再說。」

「啊嗚。」

看來我若想帥氣地揮筆書寫魔法陣，得等上好一段時間了。我灰心地垮下肩膀，幾乎同一時間，秘密房間也完成了。

「這樣就好了。」

秘密房間完成後，斐迪南讓侍從別上附有魔石的胸針。他說這是識別用的魔導具，戴了才能夠進入神殿長室的秘密房間。然後他吩咐那些侍從，從自己的秘密房間裡，把那些裝滿材料的木箱搬到這裡來。

「這個木箱擺在那邊的角落吧。」

斐迪南邊向侍從下達指示，邊在房間中央攤開偌大的布匹。乍看之下，很像是收穫祭時徵稅官使用的轉移用魔法陣。

「神官長，這是轉移用的魔法陣嗎？跟徵稅時用的魔法陣好像。」

「嗯，是類似的東西。妳稍微退下。」

斐迪南要我後退，接著開始注入魔力。徵稅用的魔法陣是種轉移陣，可以一鼓作氣把大量物資送往城堡，但這個魔法陣似乎剛好相反，是用來從其他地方拿取物品。只見斐迪南把手伸進魔法陣裡，開始拿出各式各樣的東西。

……嗚哇，真像是英國童書裡的某保姆。

斐迪南從魔法陣裡拿出了大到可以當浴缸的白色石造箱子，還有大到可以把我裝進去的鍋子、宛如船槳的長長金屬棒、偌大的桌子和好幾個木箱。順便說，負責把東西搬走的是侍從們。

「……這裡明明是我的秘密房間，感覺好像成了神官長的第二工坊呢。」

「不是我的，是妳的工坊。反正等妳進入貴族院以後會有需要，現在先準備好也無妨。」

聽到這是我的工坊，我瞬間感到無比興奮。那我再擺個可以放很多資料的書架吧？還是說乾脆打造成密集書庫？我的野心開始急遽膨脹。

「羅潔梅茵，別發呆了，把妳蒐集到的季節材料放進調製鍋裡吧。」

我正幻想著自己夢想中的工坊時，斐迪南指著一口大鍋子對我下令。他說要把材料放進鍋子裡面，用魔力進行煉製。

「好大的鍋子喔。感覺都能把我裝進去了。」
「怎麼，妳想被煮嗎？」
斐迪南的眼神是認真的。我瘋狂搖頭。
「我不管煮熟還是烤熟都不能吃！」
「感覺會吃壞肚子，我可不想吃……我只是覺得也許能取得優質的魔力。」
「那更恐怖！」
我一邊警戒著斐迪南，一邊解下腰帶上的裝飾用細繩，綁起袖子以免妨礙行動，再站上調整高度用的木箱。眼前是巨大的鍋子，手上是造型有如船槳的刮勺。頭上要是再綁條三角巾，就是完美的盛菜阿姨打扮了。
「從春天的材料開始，把妳採到的魔石依著季節順序放進去。第一顆融化以後，再放下一顆。」
我照著斐迪南說的，把萊靈嫩之蜜變成的綠色魔石放進鍋子裡，拿著又長又大的船槳開始攪拌。感覺得出魔力被吸往了船槳。
「神官長，調配藥水的時候，該不會需要很多魔力吧？」
「若妳注重品質的話確實需要，但也依量而定。」
斐迪南站在桌子旁，用天秤測量著魔石以外的材料的分量，回答得簡短有力。他的側臉很明顯在說：「別吵我」。測量材料時，他的眼神非常認真，也難得地閃動著生氣勃勃的光彩，看起來真的對實驗很樂在其中。完全是沉浸在了自己喜好裡的表情。
對照下，我馬上對調製藥水感到膩了。因為就只是站在木箱上，不停地攪拌而已。

好無聊。雖然魔石在鍋子裡頭發出了喀唧叩隆卡鏘的聲響，卻一點變化也沒有。

……我到底要攪拌到什麼時候？

正這麼心想時，魔石突然開始軟化變形。彷彿黏在了鍋子底部，變成了濃稠的黏糊狀。

「嗚哇哇！神官長，魔石融化了！」

「把下一顆魔石放進去，繼續攪拌。」

我接著把拉茨凡庫之卵變成的藍色魔石放進鍋裡，繼續攪拌。因為綠色魔石已經融化了，所以攪拌藍色魔石時沒有發出任何碰撞聲響。但相對地，攪拌起來變得很吃力。

攪呀攪……攪呀攪……

大概是因為綠色魔石已經融化了，藍色魔石也很快就融化了。看到藍色魔石開始變形，我再放進瑠耶露的果實，最後是司涅圖姆的魔石。

攪呀攪……攪呀攪……

「神官長，我手好痠。」

「是妳自己急著要做好尤列汾藥水，忍耐。」

斐迪南完全不理會我的訴苦，探頭看向調製鍋後，接二連三地把我從沒看過的材料放進去。為了方便融合，所有材料都切得非常細小。斐迪南把材料倒進鍋子裡時，那副模樣看起來很像在做菜。看著他一絲不苟地切成了相同大小的各種材料，我覺得斐迪南搞不好很適合當廚師。

攪呀攪……攪呀攪……

「神官長，我想休息一下。」

「沒這必要。」斐迪南無情地一口拒絕，從木盒裡拿出一個小瓶子。他用那個小瓶子，往鍋子裡傾倒了某種黑色液體。眼看黑色液體就這麼倒進有著四種顏色的藥水裡，我嚇了一大跳，但藥水沒有變色。為什麼不會變色呢？我好奇地探頭一看，鍋內藥水的分量卻突然間暴增。

「嗚呀啊?!要灑出來了?!」

「我怎麼可能讓藥水灑出來，別大驚小怪。」

「鍋底的藥水本來那麼少，現在一下子就超過了八分滿，任誰都會嚇一跳吧！這麼多我才喝不完！」

我本來還打算稍微多出來的份要拿來平常備用，但根本不需要這麼多。我指著調製鍋說，斐迪南輕輕聳肩。

「雖然妳到時得喝半杯的量，但尤列汾本就不是用來喝的，是要泡在裡面。」

斐迪南說著，指向白色石頭做成的那個四角形箱子。原來要把做好的尤列汾倒進那個箱子，我再躺在裡面沉睡。真是出乎意料！因為至今的藥水全是用喝的，斐迪南也都當成常備藥水掛在腰間上，所以我一直以為要用喝的。

「……不會溺死嗎？」

「我從未聽說有人在尤列汾裡溺斃，放心吧。還有，妳的手停下來了。現在是最後階段，快認真攪拌。」

在我賣力攪拌的時候，斐迪南又往鍋子裡倒了一小滴某種藥水。滴進鍋裡的瞬間，藥水表面乍然發出刺眼光芒，最後變成了淡藍色的藥水。

「這樣就完成了，隨時可以使用。」

斐迪南說著蓋上調製鍋的蓋子，再覆蓋上繪有魔法陣的布。聽說這塊布能防止藥水劣化和變質。斐迪南的神奇道具中好像有很多東西都很方便，真希望他下次可以讓我看看清單。

「神官長，使用藥水以後，我大約多久才會醒來呢？」

「可能要一個月乃至一個季節，老實說我也無法肯定。不過，妳把該做的事情預先處理完吧，這樣即便更晚才醒來也不用擔心。」

「該做的事情……像是寫信給家人，向侍從們下達指示……之類的嗎？」

「沒錯。在妳沉睡期間，印刷業方面的事務也會由身為監護人的我接管。記得先通知班諾，盡量別給我帶來麻煩。」

要是得睡上一個季節，家人一定會很吃驚吧。我得先準備好信，要使用尤列汾藥水的時候再請路茲轉交。

孤兒院可以放心交給葳瑪；侍從們的工作，我想只要有法藍和薩姆在就沒有問題。雖然工坊最讓我擔心，但我不在的時候，應該也不會擴大業務，所以只要預先準備好要印成書本的故事，吉魯和弗利茲應該就會處理好一切。我扳著手指，想著在預計要使用尤列汾藥水的春天之前有哪些事情該先處理好，斐迪南神色不耐地狠瞪著我。

「現在已經依照約定做好尤列汾藥水了，不准妳再任性。明天就去城堡吧。」

「契約書已經準備好了嗎？」

「別以為我和漫無計畫的妳一樣。」

在斐迪南的催促下，決定在隔天下午教大家怎麼壓縮魔力。領主的辦公室內已經摒退了閒雜人等，還照著我的要求，準備好了木箱、數件披風、皮袋和熨斗。房裡的人有我、斐迪南、領主夫婦、卡斯泰德一家，最後是必須在魔法契約上簽名的達穆爾，總共十個人。

「那麼，請在這張契約書上簽名吧。」

魔法契約書上列出了絕不與我為敵、絕不把魔力壓縮法教給其他人等等的條件，大家依序簽名後，我再收取費用。

上級貴族是兩枚大金幣，同家族的人從第二個人開始算半價。今後，中級貴族預計收取的費用是八枚小金幣，下級貴族是兩枚小金幣。我表示要將收取到的一半金額上繳給艾倫菲斯特，當作是簽訂魔法契約所需的費用時，齊爾維斯特高興得都哭了。也請這次不需要支付費用的達穆爾在契約書上簽名，和其他人一樣不能洩露半個字出去，魔法契約就完成了，接著開始說明。

「那請達穆爾擔任我的助手吧。」

我和之前教達穆爾時一樣，為大家示範了魔力壓縮的方法。先把攤開來的披風一股腦地塞進木箱裡，說明這是貴族院所教的壓縮方式，再告訴大家如果想要壓縮更多魔力，可以把魔力想成是披風，仔細地疊起後再收進去。我一邊指導，一邊和達穆爾一起把披風折起來，放進木箱裡。

「原來如此。親眼看了示範以後，確實非常容易了解，也更容易壓縮魔力。」

齊爾維斯特閉上眼睛，開始移動自己體內的魔力。

「養父大人，您覺得過了成長期的大人也能增加魔力嗎？」

「應該可以。」領主大人非常愉快地回答。齊爾維斯特因為根本不曾自己折過披風，藉由親眼看過示範，可以想像出折疊這項行為後，他說騰出了比預期中還多的空間。卡斯泰德與艾薇拉也閉著眼睛，看得出非常專心。

「要是太急著壓縮魔力，可能會覺得頭暈、想吐，所以請大家不要逞強喔。」

必須慢慢壓縮，增加魔力，然後再壓縮增加的魔力。藉由重複這個動作，可以讓魔力慢慢增加，但達穆爾說過，體內魔力的濃度突然變高時，就會感到頭暈。因為我以前常常身體不適就昏倒，所以也分不出來哪一次是魔力造成的頭暈，但壓縮魔力這件事似乎對身體不太好。想趕在夏天之前增加魔力的達穆爾好像也相當逞強，但他說重點在於要逐步提升魔力的濃度，讓身體能夠適應。

「依照這個方法，我的魔力也好像能再增加。」

「好驚人，太厲害了。我空出了不少空間。」

「我要靠著這個方法增加很多魔力，變得比蘭普雷特哥哥大人和艾克哈特哥哥大人還強。」

艾克哈特、蘭普雷特和柯尼留斯各自操控著魔力，發出了驚訝叫聲。由於所有人都是身邊有侍從跟著的上級貴族公子，很少折過披風吧。如果以前在想像中都是用塞的壓縮魔力，那應該可以騰出不少空間。

大家都為新的魔力壓縮法發出驚叫聲時，只有斐迪南臉色沉重，搖搖頭說：「很遺憾，這個方法對我來說似乎沒什麼效。」他說他早就透過類似的想像壓縮過魔力了。不愧是一板一眼又認真進取的斐迪南。為了盡可能增加自己的魔力，他在貴族院時期就已經做過許多嘗試。

「那麼，斐迪南大人先進入下個階段吧。」

斐迪南似乎沒料到還有下一個階段。我對他微微一笑，拿起幾件折好的披風放進皮袋裡，再整個人坐在皮袋上，把皮袋壓得非常扁。看著比起一開始體積只剩不到一半的皮袋，斐迪南瞪大眼睛。

「斐迪南大人，如何呀？這就是羅潔梅茵式的魔力壓縮法。」

「好，我試試。」

斐迪南閉上眼睛，開始進行魔力壓縮。

好一會兒他都緊皺著眉，專心到額頭都冒汗了，然後冷不防拿起腰間的藥瓶大口喝下。喝完藥水後，又閉上眼睛開始集中。

「斐迪南大人，您喝了什麼呢？」

「恢復魔力的藥水。不增加魔力，怎麼進行壓縮？」

斐迪南說得一派理所當然，我的臉頰不禁抽搐。

「這麼做對身體很不好吧?!我剛才明明說過，要是一下子過度壓縮魔力，會對身體造成負擔，請別做這種危險的事情！我就是為了避免危險，才加上那麼多條件還簽了魔法契約，您在做什麼啊?!」

連等魔力自然增加的達穆爾都說他會出現頭暈的症狀了，斐迪南居然還用藥水強行增加魔力。我氣得頭頂冒煙，斐迪南卻毫不在乎地擺擺手說：「我覺得有危險就會停止，不必擔心。」然後又開始集中精神。

由於大家都集中精神在壓縮魔力，我實在太無聊了，拿著熨斗開始燙起被塞進皮袋裡後變得縐巴巴的披風。快燙好第三件時，斐迪南睜開眼睛。他不疾不徐地吐一口氣，用五味雜陳的表情看著我。

「……羅潔梅茵，妳在精神上還真強韌。」

「什麼意思？」

「要壓縮到妳那種程度，非常耗費心力。」

斐迪南一邊說著，一邊慵懶無力地撥起頭髮，臉色看來不太好看。我「唔唔」地皺眉，斐迪南接著在我面前輕輕敲起太陽穴。

「這只是我個人的觀察，但能夠壓縮多少魔力，完全取決於意志力。這點和往常一樣。就算知道了新的壓縮方式，意志力若不夠強大也沒用。還有，因為體內魔力的濃度會突然產生變化，最好是慢慢提升濃度。如果照著羅潔梅茵式的壓縮法，忽然間把濃度提高到平常的兩倍以上，身體會感到非常不適。恐怕得花不少時間才能適應。」

斐迪南再認真不過地說，我忍不住眉毛倒豎。

「這幾乎就是我剛才說過的話吧⁈您到底有沒有在聽人說話⁈斐迪南大人根本其實是大笨蛋！」

……來人啊，快把紙扇拿給我！

雖然得等上一段時間才能知道明確的結果，但領導階層們就此開始了魔力壓縮。

夏綠蒂的洗禮儀式

這陣子來我每天都累得像灘爛泥。因為不光和往年一樣，要為孤兒院和神殿長室準備過冬、安排冬天的手工活與印刷工作，此外還得接受斐迪南的指導，學習如何在冬季社交界上與人應對，也要把魔力壓縮法教給除了韋菲利特以外的領主一族的護衛騎士們與部分騎士團員；為了回應夏綠蒂的要求，更要夜以繼日勤勉學習。雖然管理登記魔力用的牌子與講述神話這兩件事已經拜託給了斐迪南，但比起平民區的洗禮儀式，該做的事情還是多不勝數。而且，這又是在聚集了所有貴族的冬季社交界上舉辦的洗禮儀式。我一直提醒自己絕對不能失敗，心情越來越緊張。

……不過，我已經大概記住自己該做的事情了。我真的非常努力。

雖然累到頭暈眼花，但我不打算向夏綠蒂炫耀自己有多麼努力。

……因為我要裝作這一切非常輕鬆，聽到夏綠蒂對我說「姊姊大人您好厲害！」啊。

我在累得半死不活的情況下迎來秋天的尾聲，冬天緊接著來臨了。雪花開始紛飛，平民區冬季的洗禮儀式率先舉行。就是在這時候，我認真地覺得這個世界說不定真的有神。為了犒賞我這麼努力，神明給了我獎勵。因為在這麼寒冷的季節，家人居然特地來到了門口！當家人一臉擔心地探頭看進來時，只見穿得胖嘟嘟的加米爾踩著搖搖晃晃的不穩步伐跑來跑去。

……大、大家，快看啊！我的弟弟超級可愛。可愛到了我真的很擔心會被人綁架。因為我自己就好想拐走他！看看那個小屁屁！感謝獻予諸神！

只看一眼，所有的疲勞就飛到了九霄雲外去。而且加米爾還對我揮手了！雖然是多莉叫他揮手的，但無所謂。他揮手向我說了再見。

……啊啊，天啊！怎麼辦?!我好像激動過頭了，可能沒辦法自己從禮拜堂走回神殿長室！

我站在臺上激動又感動得渾身發抖時，灰衣神官無情地關上大門。但是一閉上眼睛，腦海裡還是能浮現出加米爾可愛的模樣。

「羅潔梅茵，別站著發呆，快回房間吧。」

「……啊，神官長。我有點太激動了，頭好暈，請讓我休息一下。」

我靠在放聖典用的祭壇上，石造的白色祭壇冰冰涼涼的非常舒服。我就這麼靠在冰涼的祭壇上閉著眼睛，讓腦袋冷靜下來，不停回想加米爾可愛的模樣。

「激動到無法移動？妳是笨蛋嗎？」

雖然我覺得過度壓縮魔力到一臉好像宿醉的斐迪南根本沒資格說我，但動不了就是動不了。

「要休息先回房喝過藥水吧。否則無法趕在夏綠蒂的洗禮儀式前恢復。」

「那可不行呢。」

我睜開眼睛，發現眼前就是表情駭人的斐迪南。嚇得正要往後仰時，他不發一語地將我抱起來，走下祭壇，交給一臉憂心地在下方等著的法藍。

「法藍，讓這傢伙在前往城堡前恢復體力。」

「遵命。」

法藍神色肅穆地點點頭，抱著我開始移動。一回到房間，他立刻要我喝下藥水，再把我和寫有洗禮儀式注意事項的木板一起扔到床上。

「現在您也有東西可看，請在前往城堡之前，躺在床上好好歇息。」

「……是。」

我完全不敢違抗笑容帶有寒意的法藍，坐在床上握緊木板。

這幾天除了演練洗禮儀式與下達冬季期間的工作指示外，我什麼也不能做，前往城堡的日子就這麼到來了。今年前往城堡後，隔天就是洗禮儀式。法藍說這是斐迪南的安排，因為他覺得比起在城堡，我在神殿應該更能放鬆休息。多虧於此，我才能在完全恢復體力的情況下，迎來夏綠蒂的洗禮儀式。

一大早黎希達與奧黛麗便為我換上神殿長的儀式服，再戴上多莉做的新髮飾，離開房間。

由於要比受洗的夏綠蒂早一步進入大禮堂，所以我比去年更早就被帶到了等候室。護衛騎士是穿戴著貴族院披風與胸針的柯尼留斯。

隔著等候室的窗戶可以看見本館的正門玄關，馬車正陸陸續續抵達。攜家帶眷的貴族走下馬車後，接著是看似侍從的人們從後頭的馬車走出來。還有可能是樂師，拿著樂器的人。

「……好多人喔。」

「因為第一天與最後一天艾倫菲斯特的所有貴族都會聚集前來，當然很擁擠。」

同樣看著窗外的柯尼留斯小聲笑道。期間更有許多騎獸接連從空中降落，正門玄關前方可說是人聲鼎沸。現在大禮堂裡頭肯定也人山人海吧。

「羅潔梅茵，妳來了嗎？」

換上儀式服的斐迪南走了進來。不一會兒，一名文官前來呼叫我們。進入大禮堂的時間到了。

我和斐迪南一起入場。大禮堂內的配置與去年一樣。舞臺中央設有祭壇，左手邊是領主夫婦與近侍們，右手邊是拿著飛蘇平琴的樂師們，還有受洗孩子的家人們也拿著魔導具戒指站在那裡。

我們循著大禮堂中央的走道前進，但我的三、四步，等於斐迪南的一步。上了舞臺，坐在準備好的椅子上後，斐迪南小聲向我抱怨：「太慢了。」但這不是早就知道的事情了嗎？

我們就位後，領主齊爾維斯特走上舞臺。

「今年土之女神蓋朵莉希再度被生命之神埃維里貝隱藏起了蹤影。眾人一同祈禱春季盡快來臨吧。」

領主宣告今年的社交界正式開始，貴族們舉起思達普發出亮光，祈求春之女神能夠早些恢復力量。

隨後，領主大略說明了秋季在狩獵大賽上發生了什麼事情，並且告知懲罰內容。不只取消了韋菲利特下任領主的內定，還查看了他的記憶，也根據記憶找到貴族並給予處分。由於那些貴族的行為本來就遊走在灰色地帶，所以無法給予嚴懲。都只是稍微降職，或者減俸和罰款，處分本身相當輕微，但是等於在社交界上向眾人宣告，他們從今往後都不會受到重用。這對他們來說才是最大的懲罰。

瑣碎的告知事項說完以後，洗禮儀式與首次亮相總算正式開始。領主走下舞臺，換身為神殿長的我一邊小心著不要踩到下襬，一邊站上舞臺中央準備好的踏腳凳。斐迪南站到我旁邊，開口說道：

「歡迎艾倫菲斯特今年的新成員。」

他的話聲在大禮堂內響亮迴盪，樂師一致演奏起音樂，大門緩緩打開。在門外排成了隊伍的孩子們邁開腳步走進來。走在最前頭的，是領主的女兒夏綠蒂。在眾多人們的迎接下，只見她神色緊張地沿著中央的走道前進。

夏綠蒂今天的服裝專為洗禮儀式所設計，看來保暖又輕柔蓬鬆的白色正裝上，點綴著代表冬季貴色的紅色飾品與刺繡。還有一圈紅色毛線織成的衣領，更加襯托出了她一頭接近銀色的捲曲金髮。我借給她的紅花髮飾在淡色的頭髮上十分醒目。她那雙搖曳著不安的眼睛看見我後，臉上浮現淡淡的笑容。

……夏綠蒂，加油！我也會加油的。

孩子們在舞臺前方暫且停下腳步，我與夏綠蒂互相對視，揮手示意他們走上舞臺。

孩子們走上舞臺後，排成橫列。

今年受洗的孩子共有十一個人，其中五個人的洗禮儀式現在才要開始。流程和去年差不多。除了我今年是以神殿長的身分主持儀式外，沒有太大的差異。斐迪南用清亮的嗓音講完神話，我再各別呼喚每個孩子上前。從下級貴族的孩子開始，最後是夏綠蒂。

「夏綠蒂。」

聽見我的呼喚，夏綠蒂帶著開心的笑容朝我走來。我用魔力不會穿透的薄皮革包著，遞出檢查魔力用的魔導具。

夏綠蒂握住長棒狀的魔導具後，使其發光。現場響起掌聲，我再拿出牌子，像印章一樣把魔導具按在牌子上，登記夏綠蒂的魔力。

「妳擁有光、水、火、風、土五位神祇的加護。若能合乎諸神的加護保有正直的品行，定能得到更多的祝福吧。」

用牌子登記好了魔力後，斐迪南立刻收進保管盒裡。

與此同時，齊爾維斯特拿著魔導具戒指走上舞臺。他為夏綠蒂戴上釋放魔力用的戒指，看著長大的心愛女兒，露出溫柔的笑容。

「在諸神與諸位的見證下，在此將戒指贈予我的女兒夏綠蒂。夏綠蒂，恭喜妳了。」

「謝謝父親大人。」

夏綠蒂開心地撫摸著自己左手中指上的紅色魔石戒指。齊爾維斯特抬起頭來，用眼神示意我繼續進行儀式。我點點頭，獻上祝福。

「為夏綠蒂獻上土之女神蓋朵莉希的祝福。」

我的祝福化作紅光飛向夏綠蒂。其實在演練洗禮儀式的時候，就是這個祝福最讓我吃盡苦頭。因為要控制魔力，釋出分量不多不少的祝福，對我來說太難了。斐迪南說我的祝福很容易受到情感左右，要是直接依著當下的心情給予祝福，給陌生貴族的孩子和給夏綠蒂的祝福量，一定會有明顯的差異。神殿長在洗禮儀式上給予祝福時，不能有這種偏心的舉動，所以為了控制祝福的分量，我被迫練習了很久。

不枉我賣力練習，成功地給出了與其他人差不多分量的祝福。我在心裡鬆一口氣，夏綠蒂收到祝福後也往戒指注入魔力。

她說著「感激不盡」，同時輕柔的紅光往我飛來。向我回以祝福後，貴族們拍手鼓掌，夏綠蒂的洗禮儀式就此結束。

「那麼接下來，向神獻上祈禱與音樂吧。」

所有人都受洗完後，接著是孩子們的首次亮相。今年受洗的孩子們因為欣喜於自己也成為貴族的一員，也為了祈求諸神庇佑自己的未來，要唱歌和彈奏飛蘇平琴，奉獻音樂。舞臺中央設有椅子，和去年一樣從下級貴族的孩子開始，依序上前演奏。

每當我呼喚了孩子的名字，他們都會神情緊張地坐在中央的椅子上。樂師再拿著飛蘇平琴上臺，一邊小聲鼓勵一邊遞出樂器。

每個孩子演奏完後，都要對他們說：「你彈得很好，諸神一定也很高興吧。」然後呼喚下一個孩子。我在主持的時候一直提心吊膽，很怕自己叫錯名字和順序。

「夏綠蒂。」

身為領主女兒的夏綠蒂是最後一個。被叫到的夏綠蒂坐在舞臺中央的椅子上，拿好樂師遞給她的飛蘇平琴。

……噢噢，彈得真好，彈得太棒了。不愧是我妹妹！

不同於以往都偷懶不練習，臨時才抱佛腳的韋菲利特，夏綠蒂身為領主的孩子，一直以來想必都很認真練習，琴藝非常出色。看來我這個姊姊也不能輸給她，得努力練習才行了。

「彈得真是太好了，諸神一定也很高興吧。」

「謝謝神殿長。」

夏綠蒂走下舞臺後，今年的首次亮相便結束了。由斐迪南負責最後的致詞，我和他一起走出大禮堂。

「大小姐、斐迪南小少爺，快趁著頒授儀式的時候更衣吧。」

我們兩人一結束神殿長與神官長的工作，就必須以貴族的身分出席社交活動，所以要趁著頒授儀式這段時間趕緊更衣。頒授儀式是領主要授予今年的新生披風與胸針，因此和我們沒有關係。頒授儀式結束後，又會接著宣布學生出發前往貴族院的日期等事情，所以現在跟在我身邊的護衛是達穆爾與布麗姬娣。

「大家動作快！」

快步走在前頭的黎希達連聲催促，達穆爾和布麗姬娣都變成了小跑步。我也加快小熊貓巴士的速度，以免被大家拋在後頭。

回到房間，奧黛麗已經作好了更衣的準備。她與黎希達兩人合力扒下我身上的神殿長服，再為我換上以冬季貴色紅色為主的服裝。

「好了，大小姐，快走吧。」

幫我整理好凌亂的頭髮，重新戴上髮飾的同時，黎希達又急忙催促，我一個箭步衝出房間。坐上騎獸後，前往備好午餐的餐廳。

「您非常出色地完成了神殿長的工作喔，夏綠蒂大小姐一定也非常高興吧。」

聽到黎希達這麼說，我開心得咧開嘴角，進入餐廳。頒授儀式顯然已經結束了，大家都在等我。

「讓各位久等了。」

「沒關係的，羅潔梅茵。聽說今天的洗禮儀式是夏綠蒂提出了任性的要求，希望能由妳給予祝福。一定很辛苦吧？」

我坐下後，芙蘿洛翠亞便投來溫柔的笑容，慰勞我說道。

「不會的，養母大人。因為這是可愛妹妹的請求呀。」

我微笑著搖了搖頭，但其實真的很累。累得險些去了我半條命。但我會這麼拚命，全是為了得到可愛妹妹的尊敬與稱讚。

「姊姊大人在當神殿長的時候，看起來真是充滿威嚴，氣質出眾。我也好想像姊姊大人這樣。」

夏綠蒂用充滿崇拜的閃亮藍色大眼看著我，這麼說道。

……沒錯，我就是想聽到這句話。我的辛苦都有回報了！

吃完午餐，要回到大禮堂展開社交活動，與大人們應酬寒暄。去年因為我在首次亮相時不小心給予了大規模的祝福，造成騷動，導致頒授儀式與午餐的順序對調，我又在接受貴族們的問候之前就火速離場，所以避開了社交應酬，但今年就不同了。身為領主的孩子，我們三人得一起行動，與貴族們寒暄，向貴族們表現出即使韋菲利特犯下了過錯，我們之間依然非常融洽沒有隔閡的樣子。

環顧在大禮堂內談笑風生的貴族們，我悄悄按住肚子。並不是午餐吃太多了。而是一想到接下來的應酬往來，胃就陣陣抽痛。

……這當中究竟有多少敵人呢？母親大人名單上的貴族恐怕還不是所有人，隱藏起來的敵人最可怕了。

我雖然記住了艾薇拉提供的名單上所有的名字，但和長相對不起來。我另外也把名單提供給了韋菲利特和夏綠蒂，說上頭的貴族全是舊薇羅妮卡派，最好要小心提防，但因為沒剩多少時間，我也不知道他們能不能全部記下來。

「羅潔梅茵大人、韋菲利特大人、夏綠蒂大人，向三位問安。」

一開始是先與芙蘿洛翠亞派的貴族寒暄談天，所以還不至於非常胃痛。有部分也是因為我身為姊姊，要好好介紹今後將進入女性世界的夏綠蒂，所以精神相當振奮。

但是，與芙蘿洛翠亞派的貴族打完招呼後，開始有貴族針對韋菲利特在狩獵大賽上闖下的大禍，提出試探性的問題，害我胃痛得不得了。

貴族笑容可掬地走向韋菲利特。我隨即切入兩人之間，把韋菲利特和夏綠蒂護在身後，與對方正式問候。心裡面明白到了對方是黑名單上的貴族時，我臉上也一直掛著和藹可親的笑容。

聽到貴族說：「我還以為柔軟的布疋飛往了白塔，為此感到十分擔憂……」我便照著斐迪南教的，笑著回答：「幸得風之女神舒翠莉婭的守護，絕對不會離開獅子腳下。韋菲利特哥哥大人，您說對不對？」對方回道：「哎呀呀，原來如此。」便轉身離開了。一想到這種對話可能會一直持續，我不禁打了個寒顫。

「羅潔梅茵，剛才的貴族在說什麼？」

剛才還笑著表示同意的韋菲利特立刻小聲偷問我。確認了護衛騎士都守在我們四周後，我也小聲回答。

「他的意思是，聽到韋菲利特哥哥大人去白塔見了薇羅妮卡大人，以為您加入了舊薇羅妮卡派。」

「那姊姊大人的回答是什麼意思呢？」

「我那句話的意思是，哥哥大人不可能會離開奧伯．艾倫菲斯特身邊。」

韋菲利特一臉無法理解地歪過頭。

「……這也太難了。為什麼羅潔梅茵聽得懂這些拐彎抹角的說法？」

「是斐迪南大人為了今天教我的。」

斐迪南要我負責出面回答問題。因為韋菲利特還聽不懂這些話的意思，夏綠蒂又才剛受洗，沒有接觸過貴族，他要我別讓他們與貴族應對，所以把關於這次事件，貴族可能會用到的挖苦與嘲諷說法都教給了我。

「抱歉，都是我太沒用了。」

「姊姊大人，都怪我提出了任性的要求，您會不會其實非常勞累呢？」

「身為神殿長，總有一天我還是得學會這些事情，所以夏綠蒂不必放在心上喔。」

儘管侍從與護衛騎士都守在我們四周，但這段時間我的胃還是一直隱隱作痛。等到社交時間終於結束，品嘗了大禮堂內的各種餐點後，第七鐘也響了。

「接下來是大人的時間，我們也該告辭了。」

「嗯，說得也是。父親大人、母親大人，我們先失陪了。」

「今天你們表現得很好，願席朗托羅莫的祝福賜予你們一夜安眠。」

與領主夫婦說完就寢前的寒暄，我們也同樣向附近的人們致意，走向大禮堂的門口。我對中途剛好出現在眼前的波尼法狄斯說了：

「波尼法狄斯大人，晚安。」

「嗯，願席朗托羅莫的祝福賜予你們一夜安眠。」

「謝謝您。」

我們三人邊向認識的人致意，邊各自帶著一名侍從與四名護衛騎士走出大禮堂。光是離開了貴族們的視線範圍，我就覺得身心變得無比輕鬆。

「平安結束真是太好了呢。這樣一來，好一陣子沒什麼機會見到大人了……」

「嗯。明天就要去兒童室玩歌牌了，讓妳們看看我練習一年的成果吧。」

「不光是我，其他人也練習了喔，哥哥大人。」

我們一邊告訴夏綠蒂在兒童室要做哪些事情，一邊從本館正面繞到後方。就在離北邊別館只剩幾步路的時候，我覺得窗戶好像稍微動了下。

「哎呀？」

「羅潔梅茵大人，怎麼了嗎？」

「我覺得那扇窗戶好像動了一下。達穆爾，你可以過去看看嗎？」

「遵命。」

我告訴夏綠蒂：「一定是我多心了吧。」同時繼續前進，達穆爾則走向我指的那扇窗戶去做確認。

「窗戶的鎖……」達穆爾正這麼嘀咕時，窗戶突然被用力打開，十個全身彷彿裹著黑布的黑衣人拿著武器跳進屋內。

「呀！」

「什麼人?!」

護衛騎士們為了保護主人一致展開行動，拿著思達普變成的武器，排成圓圈圍住了跳進來的匪徒們。匪徒與護衛騎士互相對峙時，我們也因此被隔開來。我和夏綠蒂在靠近北邊別館這邊，韋菲利特比較靠近另一邊的本館。

「這裡交給我們……一半的人保護主人！」

韋菲利特與夏綠蒂的護衛騎士各有兩人衝向前，而我的護衛騎士則是達穆爾與布麗姬娣拿著武器上前，現場展開了混戰。

「韋菲利特哥哥大人！請快回本館求救！蘭普雷特，快點！」

我扯開喉嚨大叫，奧斯華德立刻抱起韋菲利特，朝著本館開始狂奔。為了保護兩人，蘭普雷特與另一名護衛騎士拿著武器緊跟在後。

「姊姊大人，我們快回北邊別館吧。那裡有結界！」

我急忙回頭，只見夏綠蒂正帶著兩名護衛騎士跑向北邊別館。恐怕是身邊的人都教導她，發生危險的時候要趕緊逃進北邊別館。然而現在要是再遇到其他歹徒，騎士的人數根本不夠應付。這種所有騎士都分身不暇的情況讓我冷汗直流。我連忙解開安全帶，往外探身大喊：

「夏綠蒂，等一下！太危險了！」

就在夏綠蒂即將踏進通往北邊別館的走廊時，忽然又有三名黑衣人從窗外跳了進來。跟在夏綠蒂身邊的兩名護衛騎士立即上前迎敵，但其中一個黑衣人卻趁機抱起僵立不動的夏綠蒂，朝著窗外縱身一跳。

「夏綠蒂！」

「呀啊啊啊啊！」

下一秒傳來了拍動空氣的偌大振翅聲，冬季的漆黑夜空中出現了一頭飛馬。我不由得倒吸口氣。因為我完全沒想到會出現騎獸。敵人是貴族。

黑衣人抱著夏綠蒂，身下的騎獸張著翅膀奔進夜空。

被擄

敞開的窗外，振翅的飛馬與夏綠蒂的一身白衣飄浮在夜空中。我張大了雙眼，眼看著他們的身影越變越小。怒火瞬間遍布全身，全身上下漲滿魔力。儘管身體熱得像要沸騰，大腦卻冷靜至極，這種感覺我十分熟悉。

「竟敢擄走我可愛的妹妹……別想逃！」

要是能威懾對方就簡單多了，但現在敵人太遠，沒有四目相接就發揮不了作用。我任由怒火主宰理智，立即坐回位置上打算救回夏綠蒂，使力握緊方向盤，然後不管三七二十一地注入大量魔力。

……不可原諒！就算其他人允許，我也絕對饒不了你！

「慢著，主人的主人！」

「羅潔梅茵大人，我陪您一同前去！失禮了！」

聽見魔劍斯汀略克發出的斐迪南聲音，我不禁嚇得一震，緊接著伴隨安潔莉卡的話聲，車頂上方傳來一陣衝擊，一人座的小熊貓巴士不穩晃動。下一秒，突然一雙手伸進來握住兩邊窗框，我才知道原來是安潔莉卡跳到了小熊貓巴士上面。她出人意表的行動讓我目瞪口呆。

「安潔莉卡，這樣太危險了！」

「我不想浪費魔力變出騎獸，就這樣移動吧！快！」

「動作快！敵人要逃了！」

安潔莉卡厲聲催促，斯汀略克發出的斐迪南話聲也催趕著我，我反射性地把油門踩到最底。小熊貓巴士一溜煙地往前衝，朝著窗戶加速衝刺。

「妳們兩個別亂來！」

柯尼留斯追著我們跑過來，背後傳來他的呼喊，但已經來不及了。我在盛怒下注入了大量魔力的小熊貓巴士已經飛進夜空中，追著遠處的白色騎獸要去解救夏綠蒂。

小熊貓巴士在冬季的冷徹夜空中一直線狂奔，車頂上還趴著安潔莉卡。幸好月光非常明亮，那頭騎獸與夏綠蒂形成了醒目的白色目標。

「把夏綠蒂還來！」

「姊姊大人?!」

被黑衣人扣在懷裡的夏綠蒂認出了我的小熊貓巴士，朝著我拚命伸長手。她的小臉恐懼得僵硬，紅腫的藍色眼睛裡滿是淚水。

……居然讓可愛的夏綠蒂哭成這樣，不可饒恕！

我一定要救出妹妹，握住她伸來的手！我惡狠狠瞪著綁架犯，繼續往方向盤注入魔力。

擄走了夏綠蒂的黑衣人瞇起眼睛像在嘲笑求救的她，順勢往後一看，隨即震驚得瞠大雙眼。

「竟、竟然會飛?!明明是沒有翅膀又像窟倫的騎獸，怎麼會?!」

慌亂的話聲中透著驚愕，歹徒是男的。雖然只能看見眼睛，但和擄人時充滿餘裕的嘲笑眼神不同，此刻流露出了驚訝與焦急。看來這個男人不知道我的小熊貓巴士和普通騎獸一樣，可以在空中飛。可能是只看過我在城堡裡乘坐小熊貓巴士移動的樣子，也可能是只聽城堡裡的文官描述過。總之，顯然與能夠進入北邊別館的領主一族近侍們沒有什麼往來。

「我絕對饒不了你！」

男人驚駭大叫，我憤怒至極地操縱著小熊貓巴士衝向他。儘管男人為了逃跑加快了速度，但我也更是提升小熊貓巴士的速度。眼看著距離越來越近。

「姊姊大人，救我！」

男人回過頭來確認與我還有多少距離，漸漸地我可以清楚看見盈滿在他眼中的焦急、狼狽與恐懼。他回頭了好幾次，交互看向緊追在後的我與向我求救的夏綠蒂。

男人發出咂嘴聲，重新將夏綠蒂抱好，然後用力拋進空中，自己再朝著相反的方向加速逃逸。

被丟進什麼也沒有的半空中，夏綠蒂身上的白色衣裳輕柔飄動，藍色眼眸駭然張大。曾經好幾次被丟進半空中的我非常清楚，那種飄浮在空中的感覺有多麼無助又可怕。我立即轉動方向盤，飛向被拋進半空的夏綠蒂。

「夏綠蒂！」

救人是當務之急。雖然可能會讓黑衣人逃走，但現在根本無關緊要。逮捕他是騎士的工作。我剛朝著夏綠蒂全速前進，魔劍斯汀略克立即從上方提出警告。

「不可，主人的主人！妳會直接撞上她！」

「咦哇?!」

聽到會把夏綠蒂撞飛，我急急忙忙踩下煞車。「咚！」地用力踩下煞車後，小熊貓巴士的背部弓起來停下腳步。隨著一陣劇烈的衝擊，小熊貓巴士往前傾斜，趴在車頂上的安潔莉卡也跟著「咻！」地往外飛出去。

「哇啊?!安潔莉卡?!」

「身體強化中，不必擔心！」

安潔莉卡在空中迅速地改變姿勢，向著夏綠蒂快速飛去，抱住了半空中的她。只見夏綠蒂連忙張手環抱住安潔莉卡，死死地抓住她不放。不知道是不是錯覺，安潔莉卡迴盪在夜空中的嗓音隱隱有絲得意。

「解救成功！」

我內心頓時百感交集。有幸好沒用騎獸撞飛夏綠蒂的安心，有順利救到了夏綠蒂的喜悅，也有對安潔莉卡靈敏英姿產生的感動，各式各樣的感覺夾雜在一起。

「安潔莉卡！太棒了！」

我高舉雙手大力稱讚，然而眼前的安潔莉卡抱著夏綠蒂，卻依著拋物線往下墜落。

「再這樣下去會與主人的妹妹一同墜落。主人，怎麼辦？」

「真糟糕！」

斯汀略克與安潔莉卡的話聲一前一後傳來。把剛才的喜悅和感動還給我！我頃刻間臉色發白。

「安潔莉卡，妳完全沒有對策嗎?!」

「是！」正往下墜落的安潔莉卡精神抖擻地回答。她似乎滿腦子只想著要怎麼救出夏綠蒂而已。

「咦？等……救命啊！」

我從車窗往外探出身體，確認安潔莉卡與夏綠蒂往哪裡墜落，正要操縱騎獸追上兩人時，忽然有頭外形像狼的騎獸以迅雷不及掩耳的速度從我底下馳騁飛過。

「交給我吧！」

原來是變出了騎獸來追我們的柯尼留斯。他丟下這句話後，朝著墜落的安潔莉卡與夏綠蒂疾速飛去。

「柯尼留斯哥哥大人！加油！」

我的手心不停冒汗，看著柯尼留斯的騎獸以最快速度前進，很快就追上了半空中的兩人。他先是與往下墜落的兩人平行，再抓住安潔莉卡的披風把她拽過來，引導兩人坐到自己後方，成功接到了她們。

「哇啊——！柯尼留斯哥哥大人，您太帥了！」

大概是急遽轉彎會對身體造成負擔，所以柯尼留斯載到了兩人以後，仍然繼續往下飛行，然後才慢慢橫飛，依著大幅度的曲線稍微往上，朝我這裡飛來。看見騎獸穩定的飛翔姿態，還有坐在騎獸上的三個人，我總算確定大家都平安無事了。

「好厲害喔、太厲害了！萬歲——！」

我歡欣鼓舞地大力拍手。就在這時候，小熊貓巴士忽然間自己動了。明明我沒握著方向盤，也沒踩下油門，小熊貓巴士卻驟然傾斜，我身體跟著一歪。

「咦？」

小熊貓巴士彷彿遭到了某種東西拉扯，我在完全不曉得是怎麼回事的情況下跌坐在椅子上。儘管驚慌失措，但我還是勉強握住方向盤，踩下油門，想要重新穩住小熊貓巴士的平衡。

「咦？咦咦咦？怎麼回事?!」

踩下油門以後，一開始小熊貓巴士的四肢還會前後擺動，但很快地像被什麼纏住般不再動彈。我甚至無法在原位靜止不動，朝著斜下方被拉下去。

「哇哇哇?!要掉下去了！呀啊啊啊啊啊啊——！」

「羅潔梅茵！」

正在這裡飛來的柯尼留斯看著開始墜落的小熊貓巴士，瞪圓了眼睛大喊。坐在柯尼留斯騎獸上的夏綠蒂與安潔莉卡也傳來了尖叫聲，但小熊貓巴士還是朝著城堡周邊的森林掉下去。

我抓著方向盤大聲尖叫，在跌進森林之前，就著月光發現小熊貓巴士是被發光的細網網住了。原來小熊貓巴士不是故障也不是出狀況，是有人心懷惡意用網子罩住了我。意識到這個事實的瞬間，全身竄起雞皮疙瘩。我倉皇地飛快環顧四周，注意到有人躲在樹木底下拉扯著魔力做成的網子。是綁架犯們的同夥。因為穿著黑衣，看不見蹤影，但我看見了一雙黑漆漆的手緊抓著微微發光的網子。

得逃走才行！正這麼心想時，卻被一股前所未有的力道拉扯，我連同小熊貓巴士一起掉往地面。墜落途中小熊貓巴士不停地撞到周遭樹木，最後「咚！」的巨響摔落在地。

「好痛……」

其實衝擊比我預期中要小，但因為身體懸空，在車子裡面到處撞來撞去。果然還是該繫安全帶。以後可能也要考慮加裝安全氣囊了。我為了讓自己分心不去在意身體的疼痛，一邊思考著這些事情，一邊「嘿唷咻」地在翻倒的單人座小熊貓巴士裡坐起來，上半身自然而然地探出車窗。

「呀啊?!」

然而才剛站起來，就有光帶飛過來把我團團綑住。循著光帶飛來的方向看去，有個只露出雙眼的黑衣人正握著思達普。腦海中一時間閃過了斐迪南用思達普變出的光帶把前任神殿長綑起來的情景，以及與司涅圖姆大戰時我曾被光帶拉走的畫面，結果下一秒黑衣人就像釣魚一樣把我拉了過去。拉扯的力量非常強大，我整個人飛過空中，朝著黑衣人迅速衝去。不知道是因為身體被他人用魔力變出的光帶綑住，還是因為我的注意力被打斷而停止了魔力供給，眼角餘光中我看見小熊貓巴士變回魔石。

「啊嗚！」

把我拉過去的黑衣人自然沒有像斐迪南那樣接住我，我的身體直接摔在地上，然後滑行了一段距離。

「終於抓到妳了。竟然從青衣見習巫女變成了領主的養女，害我們多花了這麼多工夫。但是有了妳，那位大人肯定會很高興。」

手中握著思達普的黑衣人看著倒在地上的我，冷酷地瞇起灰色眼眸。雖然只能看見眼睛，但我還是看得出來。這個男人只把我當成東西，根本不在乎我的個人意志。完全是貴族在看平民的眼神。

雖然以前早就看習慣了，但這一年來我不曾再接觸過這樣的眼光，霎時回想起了以往與貴族有關的各種危險場面。前任神殿長、斯基科薩、賓德瓦德伯爵……每當遇見這種眼神，向來沒有什麼好事。我不寒而慄地打著哆嗦，往戒指注入魔力。

「風之女神舒翠莉婭啊，侍其左……咳嗚?!」

我才剛開始吟詠，對方立即一腳踩在我的肚子上打斷我。我死命扭動身體，想要逃離肚子傳來的劇痛與重壓，男人卻更是加重腿上的力道。

「啊，這麼說來，艾倫菲斯特的聖女會使用祝福吧？」

男人語帶譏諷地說完，從懷裡拿出一個藥瓶，「喀鏘」一聲打開蓋子。怎麼看我都覺得那裡頭裝著對人有害的藥水。

「別妄想祝福了，喝下這個吧。」

我抵死掙扎，但在成年男人的壓制下，我連像隻蟲子一樣蠕動都沒辦法。男人扣住我的下巴，往嘴裡傾倒藥水。味道很苦的液體開始在口中蔓延，但我用舌頭擋住，更試圖把藥水吐掉，察覺到了我微小抵抗的男人用力捏住我的鼻子。

就在呼吸感到困難，身體渴求著氧氣的那一瞬間，藥水流進了喉嚨裡。明明渴求的是氧氣，藥水卻先灌進來，以致液體進入了氣管。

「咳咳！呃咳！……」

「安靜。」男人簡短說道，摀住我劇烈咳嗽的嘴巴，轉動目光察看四周。被他壓制住的期間，身體從液體流過的地方開始漸漸失去了知覺。就好像牙醫師打了麻醉藥一樣，嘴唇與舌頭開始不聽使喚，感覺也變得遲鈍。在恐懼的驅使下，我拚命擺動還能動彈的手腳。

「羅潔梅茵！羅潔梅茵！」

柯尼留斯似乎為了找我下降來到森林上方，聲音從稍遠處傳來。柯尼留斯哥哥大人，快救我！——儘管我想這麼大喊，卻在不知不覺間無法掀開嘴唇，也發不出半點聲音。是剛才那個藥水的關係吧。嘴巴再也不聽使喚，只發得出「咻咻」的呼吸聲。如今既無法求救，也無法獻上祈禱變出風盾，我恐懼得血液彷彿開始凍結。連幾秒鐘前還能自由擺動的手腳也逐漸變得沉重，不再照著自己的意志行動。

「藥水發揮作用了吧。」

男人得意地瞇起雙眼，解開光帶，但我已經全身麻痺無法動彈。男人的臉龐就近在眼前，要是至少能發動威懾就好了，但不知道是不是因為比起憤怒，我更感到恐懼，無法順利操控體內的魔力。

……好可怕。

「騎馬把她載到馬車上去。」黑衣男子向不遠處與馬一起等著的兩人下令後，立即鑽進樹林，在黑暗中消失了身影。

接到指令的兩個男人穿著一身像是僕從的衣服。看到兩人不是一身黑衣，我拚命轉動眼珠子，想要記住他們身上的特徵。然而，他們就像對待行李一樣用布把我包起來，觸目所及只剩下原色的布匹。

……好可怕。

在一股被人抬進來的懸空感後，感覺得出我被他們固定在某個地方上。我猜是被綁在了馬背上。下個瞬間，馬發出嘶鳴聲開始奔跑。全身跟著劇烈地左右搖晃，一波又一波的衝擊襲向腹部。但是，多半是因為剛才的藥水讓我的感覺變遲鈍了，腹部感受到的並不是疼痛，而是一種難以形容的詭異感。發現自己的感覺和平常不一樣，內心的恐懼越來越強烈。

……好可怕。

「羅潔梅茵！」

多半是聽見了馬的嘶鳴與馬蹄聲，柯尼留斯的聲音往這邊靠近。但是，騎著得張開翅膀的騎獸，很難在樹林裡頭順利移動吧。柯尼留斯焦急的叫喊聲離我越來越遠。

……救命啊！護衛騎士們、神官長、父親大人、養父大人、爸爸、路茲……

大家的臉龐在腦海中相繼浮現又消失。我用著無法成聲的吶喊拚命求救。

……誰快來救救我啊！

搶救

馬持續奔跑著。隨著每一次晃動，腹部都會受到沉悶的撞擊。因為被包在布裡頭，我完全看不見周遭的模樣。搖來晃去下，只知道自己將被帶去某個地方。

……奇怪？眼皮不能動了？

我忽然發現自己的眼皮會動，是因為搖晃所造成的衝擊，現在甚至沒辦法自行眨眼睛。發覺全身上下已經沒有任何可以靠自己意志行動的地方，我背脊一涼。如今失去了所有知覺，我該不會就這樣死了吧？這個想法倏地掠過腦海。現在這種情況下，這個可能性好像很高，但我急忙甩開這麼駭人的想法。

……不不不，那個黑衣人都說了要「把我載到馬車上」、「那位大人一定會很高興」，應該不會讓我喝下能致人於死的藥水吧？

雖然把希望寄託在敵人說過的話上很奇怪，但在這種死神逐漸朝自己逼近的感覺下，我就像要捉住救命的稻草，連敵人的話語也用來安慰自己。他應該只是讓我無法抵抗而已，並不打算殺了我。當時的眼神雖然冰冷，把我當成東西看待，但眼中並無殺意。如果真的要殺，那時候當場直接殺了我是最快的。沒事的、沒事的——我這樣對自己說，心靈才剛得到片刻的寧靜，馬上又有另一個不祥的預感冒出來。

……會不會藥水的量雖然對其他人沒有生命危險，對我來說卻足以致命？

內心隨即浮出「這很有可能」的答案，但我拚命不去想像最糟糕的結果。現在還在城堡的占地內。只要韋菲利特他們去通報遇襲的事情，救援應該很快就到了。

先前往大家遇襲的北邊別館，詢問夏綠蒂被擄的事情經過後，趕來這邊……推測了救援隊伍採取的行動後，我感覺到自己瘋狂冒出冷汗。救援的人真的會找到我這裡來嗎？能在森林般繁茂的林木之間，注意到奔跑在其中的馬匹嗎？能在藥水的效力遍布全身，在我停止呼吸之前趕到嗎？

……神官長也許趕得上。

就算我被人強灌了毒藥，對藥水知之甚詳的瘋狂科學家斐迪南也一定有辦法。我相信無所不能的斐迪南。

……神官長，救命啊！

無預警的爆炸聲轟然響起。

馬本來以規律的速度向前奔跑，聽到附近傳來的爆炸聲後嚇一大跳，發出了悲鳴般的嘶吼，猛然用後腳站立。像個行李被綁在馬背上的我只是身體微微一彈，有些傾斜，但馬上的男人在聽見爆炸聲後，馬又突然用後腳站起來，似乎也受到了驚嚇，「嗚哇啊啊！」地尖叫。

他的尖叫聲好像讓馬更是恐懼，失控地開始狂奔。跑在旁邊的另一匹馬似乎也失去了控制，狂亂的馬蹄聲朝著其他方向遠去。

「冷靜！停下來！」

因爆炸而受驚的馬開始失控狂奔後，搖晃的程度更加劇烈，控制不了馬匹的男人發出尖銳的喝斥聲，但我眼前依然是一片原色的布。只不過直到剛才為止，夜晚的森林一直是安靜得只能聽見馬蹄聲，現在卻忽然變得非常嘈雜。周遭不斷傳來驚慌的鳥鳴獸吼，然後是四處逃竄的響聲。

「竟愚蠢到擄走我唯一的孫女，就是你嗎——！」

明明被布包了起來，但這道大吼聲還是讓我全身隨之顫動。感覺連進到耳朵裡的空氣都在震動，所有感覺應該都已失常的我嚇得心臟一縮。但聽見大吼聲的內容，也讓我知道了前來救援的人是誰。

……祖、祖父大人?!

波尼法狄斯的這聲怒吼比剛才的爆炸更震耳欲聾，滿溢著熊熊怒火，馬聽了再度用後腳站立，然後就此一動也不動。

……咦？馬就這樣站著不動了？

然後馬開始慢慢倒下。感覺到了馬正往橫傾倒，我嚇得面無血色。萬一倒下的時候我剛好在馬下面，被綁在馬背上的我只怕會變成肉醬。

……咦？等……等一下啊！

噫噫——！我發出無法成聲的慘叫時，綑住我的繩子忽然「啪」一聲被切斷，很快地有人把我拎起來。

「羅潔梅茵，是妳在裡面嗎？」

這個聲音千真萬確是波尼法狄斯。他動作粗魯地搖晃包著我的布匹，確認我的安危。但是，現在全身無法動彈的我根本沒辦法回答，也沒辦法向他抗議。

……祖父大人，我頭下腳上了！雖然沒有知覺，但血液都流到大腦去了！快住手！不要再搖了！

「居然搖了也沒反應！該不會是死了吧?!羅潔梅茵，我馬上救妳出來！」

話聲剛落，我被頭下腳上搖晃的身體終於變成橫放。然而，我的安心只持續了一秒鐘而已。「哼！」波尼法狄斯充滿氣勢地噴一口氣，抓住布的邊緣。感覺到了他打算直接把布扯掉，我在心裡面死命大喊暫停。祖父大人要是用全力把布扯開，我整個人肯定會跟著飛出去。

……等一下、等一下、快停下來！誰快來阻止祖父大人！我會死的！

但祖父大人當然不可能聽到我在心裡大喊的暫停，只想著快點讓我重獲自由，他抓住布後揚臂一揮。

不出所料，下一秒我的身體隨著扯開的布高速旋轉，往外飛了出去，被用力拋進半空中。然後如同飛盤一般，旋轉著向外飛去。

……呀啊啊啊啊啊啊啊！

「嗚哇啊啊啊！羅潔梅茵飛走了?!」

波尼法狄斯驚慌大叫，但有另一個人牢牢接住了我。

「波尼法狄斯大人！卡斯泰德不是提醒過您，您可能害羅潔梅茵沒命，千萬別靠近她嗎？……真是的。我明白您擔心的心情，但剛才那樣連身體健康的人都可能有生命危險。羅潔梅茵，妳沒事吧？」

……神官長真是我的救命恩人。

斐迪南輕拍了拍我的臉頰，檢查我還有沒有意識。緊接在波尼法狄斯之後，我覺得他的動作簡直小心又溫柔至極，同時內心也對要求了波尼法狄斯遠離我的卡斯泰德充滿感謝。

「……斐迪南，羅潔梅茵還活著吧？」

遭到訓斥後，波尼法狄斯發出了感覺有些消沉的話聲。

「看她完全沒有反應，不能保證平安無事，但還有脈搏。」

斐迪南迅速地檢查我的身體狀況。測過了我的體溫與脈搏後，他似乎是把臉龐貼向我，嘴邊感受到了斐迪南的呼吸。

「有藥水的味道……糟了。」

這聲低喃讓周遭的氣氛瞬間變得緊張。喀沙喀沙聲響起後，有某種像紙片的東西塞到我嘴裡。斐迪南用隱含著怒火的低沉話聲說道：「竟然偏偏用了那個嗎？」

「斐迪南，怎麼了？」

「若不馬上解毒，羅潔梅茵會就此喪命。」

「什麼?!」

波尼法狄斯的大喊與我內心的吶喊完全一致。剛才還在胡思亂想我會不會就這樣死翹翹，如今被斐迪南鐵口直斷，直接變成了確定無疑的未來。

一陣喀鏘喀鏘的金屬碰撞聲後，藥水的味道直衝鼻腔。我猜是斐迪南拿出了腰間上的其中一個藥瓶，接著他突然撬開我的嘴巴，把浸了藥水的布塞進來。更正確地說，是把

浸了藥水的布捲在食指上，再塞進我嘴裡，然後刷牙般地幫我塗抹藥水。

……啊嘎嘎嘎嘎！

最後斐迪南讓我繼續咬著布，抽出自己的手指。

「這個藥水是用來減緩與抑制毒藥的作用，只能爭取時間，必須回工坊才有解藥。我要馬上帶她回神殿，在工坊進行治療與療養。」

「什麼?!神殿?!怎能讓羅潔梅茵在那種地方接受治療……」

貴族都不喜歡前往神殿，所以波尼法狄斯也不樂見我在神殿接受治療吧。但是對我來說，神殿有著我全心信賴的侍從們，有斐迪南的工坊和已經做好的尤列汾藥水，比起城堡，那裡更能讓我安心。

「最了解羅潔梅茵有多虛弱和該給她多少藥量的人是我。更何況光是能阻止其他貴族靠近她，神殿就比城堡更適合進行治療。現在沒有時間了，恕我失陪。」

斐迪南一邊說著，一邊再度用布包起我的身體。由於臉部依然能接觸到空氣，由此可知不是像物品一樣把我包起來。然後斐迪南抱起我，調整我頭部的位置。呼吸總算變得輕鬆一些，我鬆了口氣。

「斐迪南，慢著！羅潔梅茵應該帶回我家照顧。」

「現在救得了羅潔梅茵的人只有我！別擋路！」

斐迪南再也顧不得禮儀，朝著波尼法狄斯放聲怒吼。感受到了其中的怒火，我嚇得冷汗涔涔。萬一兩個人在這裡吵起來，我必死無疑。斐迪南收緊了抱著我的手臂。

「祖父大人，羅潔梅茵就交給斐迪南大人吧。斐迪南大人，這個請拿去！是羅潔梅茵的魔石。」

是柯尼留斯的聲音。看來是他幫我撿回了騎獸用的魔石。感覺得出他幫忙把魔石放回腰上的金屬籠裡。雖然想向他道謝，但嘴巴仍舊不聽使喚。

「羅潔梅茵，對不起沒能保護妳。」

柯尼留斯摸了摸我的臉頰說。他光是能救到夏綠蒂與安潔莉卡就很厲害了，聲音卻非常陰沉。我想告訴他「沒關係」，卻無法發出聲音，真是急死人了。

「柯尼留斯，如果你覺得抱歉，就抓到毒害羅潔梅茵的人吧。兇手應該是貴族。在那裡被波尼法狄斯大人擊斃的只是下人，不是貴族。」

斐迪南的嗓音森冷至極，在在感覺得出他有多麼生氣。我在心裡一驚，但聽到自己該做什麼事情以後，柯尼留斯想到什麼地倒吸口氣。

「……祖父大人，我聽到的馬蹄聲共有兩道。另一個人還在森林裡。」

「波尼法狄斯大人，請您在逮捕擄走羅潔梅茵的犯人時要手下留情，讓我們能蒐集情報。千萬別再像那邊的男人一樣擊碎頭骨，這樣連要查探記憶也沒辦法。」

聽到斐迪南這麼說，我不禁由衷慶幸自己現在是無法睜開眼睛的狀態。我一點也不想看到被波尼法狄斯打得頭破血流的男人。

「知道了。斐迪南，我的孫女就拜託你了。柯尼留斯，走！」

「是，祖父大人。」

波尼法狄斯說著「我去把犯人抓回來」，風掣雷行地起腳跑走。「你快去阻止那衝動行事的祖父。」被斐迪南這麼一說，柯尼留斯也急忙追了上去。

「羅潔梅茵，我一定會救妳，所以妳要抵抗到最後。」

感覺到斐迪南把我重新抱好後，接著是拍動空氣的振翅聲。是斐迪南的騎獸飛上了天空。從布在嘴角翻飛的程度，可以知道騎獸正以驚人的高速朝著神殿飛去。此刻的速度恐怕任何人也無法跟上，斐迪南一路向神殿直行。

「開門。」

蹬的腳步聲響起後，斐迪南開始大步前進。聞到了飄散在空氣中的焚香氣味，我才真切感覺到自己回到了神殿。這時間第七鐘已經響過了，神殿內感受不到人的氣息，悄然無聲。只有斐迪南的腳步聲響亮迴盪。

斐迪南說完，有個人倒吸口氣，然後是急忙開門的聲音。「法藍。」聽到斐迪南這聲呼喚，我知道是回到了神殿長室。

「神官長，您怎麼……羅潔梅茵大人?!」

今天似乎是法藍負責在房裡值夜，他旋即訝聲大叫。斐迪南把我交給法藍，簡單說明了遇襲一事。

「羅潔梅茵被下毒了，現在要進行解毒。我去工坊拿藥過來，你替她換上白色衣物。嘴裡的手帕不要拿掉，裡頭有能抑制毒藥的藥水。」

「遵命。」

法藍抱著我，另一隻手搖響呼叫侍從用的手鈴。好幾道叭噠叭噠的腳步聲很快出現，侍從們聚集而來。

「妮可拉、莫妮卡，立刻替羅潔梅茵大人換上白色衣物。薩姆、弗利茲、吉魯，去調整房間的亮度與溫度。」

「是！」

由於我全身使不出力氣，光靠妮可拉與莫妮卡無法替我更衣，所以法藍幫忙扶著我，她們再解開我衣服背上的鈕釦，拿下髮飾。

「羅潔梅茵大人，請您要撐下去。」

「法藍，羅潔梅茵大人沒事吧？」

見我完全沒有反應，大概是心生不安，妮可拉與莫妮卡這麼問法藍。

「有神官長在。」

法藍如此回答，但聲音也很僵硬，扶著我的手微微顫抖。

「我進來了。」

話剛說完，斐迪南不等侍從回答就走進來。他哐哐哐地接連把某些東西放在桌上。雖說沒有意識，但房間的主人尚在更衣，斐迪南的動作卻沒有半點遲疑。焦急的動作像正顯示出了我此刻有多麼性命交關，心臟好像恐懼得加快了跳動。

「嗯，直接穿著貼身衣物即可，拿布來裹著她保暖吧。沒時間了，反正解毒以後就要使用尤列汾。」

侍從照著斐迪南的指示，用布把我包起來抵禦寒冷。斐迪南很快又接著說：「法藍，把她抱過來。」

法藍把我交給似乎是坐在椅子上的斐迪南，嘴裡的手帕被抽走後，換作細長的棒子塞進來。是類似玻璃滴管的東西嗎？有藥水慢慢地流進口中，但我完全嘗不出味道。

……究竟是藥水本來就沒有味道？還是我失去了味覺？

餵完藥後，斐迪南檢查我的脈搏，輕吐口氣。

「我想應該是趕上了……法藍，直到藥水生效前，你要維持著這個姿勢抱著羅潔梅茵。要小心注意她的舌頭，別讓她無法呼吸。」

「是。」

法藍再度接過我的身體，邊攙扶邊小心調整我頭部與身體的位置。

「我去準備尤列汾。」

斐迪南丟下這句話的同時，腳步聲逐漸遠去。我虛軟無力地靠在法藍身上後，感覺到了好幾個人往我靠近。

「法藍，羅潔梅茵大人沒事吧？」

「當然沒事，神官長都說趕上了。」

十分信賴斐迪南的法藍稍稍放柔了語氣說。而聽了法藍帶著確信的斷言後，周遭的氣氛也沒有剛才那麼沉痛。

「羅潔梅茵大人，我來唸書給您聽，所以請您恢復活力吧。」

吉魯說完開始朗讀繪本。我心頭暖洋洋的，心情漸漸平靜下來，期間斐迪南的藥水似乎也發揮了作用。我的嘴唇好像稍微動了動。

「啊！吉魯，羅潔梅茵大人在笑。她好像聽得見。」

妮可拉高興說道，吉魯朗讀的音量也變大了些。在聽見如釋重負的吐氣聲後，接著是妮可拉與莫妮卡開始收拾髮飾和衣服的聲響。

吉魯快唸完一本繪本的時候，我也稍微可以扯動嘴角，多少能在眼皮上使力了。我試著施力了好幾次，終於睜開眼睛。

「羅潔梅茵大人！」

太好了——圍繞在我身邊的侍從們都露出了歡喜的笑容。雖然很難掀開嘴唇，但我努力發出聲音。

「……讓大家、擔……」

「請您別逞強，在藥水生效前乖乖別動吧。」

看見侍從們圍在身邊為我擔心，我心裡真的很高興。這一刻我才真正覺得自己遠離了那個教人心驚膽寒的地方，安下心來，身體可以動彈的部分也慢慢變多。

「……我稍微、可以發出聲音了。」

「您的身體似乎還無法動彈，請先維持這個姿勢不要動。」

我靠在法藍身上，只是回答「好」。因為我怕要是隨便點頭，腦袋有可能在往下點後，沒辦法靠自己抬起來。

「法藍，我接下來就要使用尤列汾藥水了吧？」

「神官長是這麼說的，應該沒錯。」

斐迪南對我說過，使用尤列汾藥水後，好一陣子都會失去意識。那麼在使用尤列汾藥水前，最好先下達完指示吧。

「那麼，請把我之前準備好的信，交給平民區的大家。還有，也請拜託神官長，把我還留在城堡的專屬們都帶回神殿……至於神殿這裡，就和我去了城堡、長期不在神殿時一樣。我的侍從都很優秀，相信在我使用藥水的期間，一切仍然可以正常運作，那就麻煩大家了。」

「請放心交給我們吧。」

交代了一些注意事項，把後續事情交給侍從們後，我決定往秘密房間移動。

「法藍，那我去秘密房間吧。不好意思，你能抱我進去嗎？有我同行，應該可以一起進去。」

請法藍把我抱起來，我在還無法隨心所欲行動的情況下伸出顫抖的手，觸碰秘密房間門上的魔石。感覺得出魔力慢慢往外流去，但和平常的狀態不一樣。明明喝了解毒藥後，身體已經逐漸可以動彈，體內的魔力卻幾乎無法操控。雖然是自己胡亂推測，但我猜自己現在的狀態恐怕很糟。

「神官長，羅潔梅茵大人醒了。」

好不容易打開了門，只見斐迪南正拿著白色水瓶，往看不出是浴缸還是靈柩的白色箱子裡傾倒尤列汾藥水。

「神官長，我身體雖然可以動，魔力卻動不太起來。感覺好像在逐漸凝固。」

「快喝下尤列汾。」

斐迪南臉色不變，往杯子倒了尤列汾遞給法藍。我用還無法順暢移動的手輕輕扶著杯子，在法藍的攙扶下喝了藥水。感覺味道有些甜甜的，我才知道味覺正開始恢復。

我喝著藥水的時候，斐迪南一直拿著白色水瓶傾倒尤列汾藥水。明明水瓶不大，卻一直有藥水流出來，鍋子裡的藥水反而在無人觸碰的情況下不停減少。

「兩樣道具好像連結在了一起呢。」

「不是好像，是確實連結在了一起……應該差不多了。」

斐迪南說完，「咚」一聲放下水瓶，然後把我抱起來，讓我坐進裝滿尤列汾藥水的白色箱子裡。箱內鋪有魔法陣，我坐下的瞬間，全身上下浮現出了代表魔力的紅線。

「魔法陣看來沒問題……但是妳的魔力……」

斐迪南一邊低聲說著，一邊注視我手臂和脖子上的魔力流動。在他不停檢查的時候，我的眼皮變得越來越重。

「……神官長，我好想睡。」

「嗯，是藥水生效了吧。就這樣在這裡睡吧。晚安，羅潔梅茵。」

「神官長晚安，接下來的事情就拜託你了。」

「嗯，打擾妳沉睡的人，我會悉數剷除。安心睡吧。」

斐迪南伸來大掌蓋住我的眼睛。視野一變暗，意識立即變得朦朧。自己的身體緩慢地被放入尤列汾藥水中。這裡全身慢慢浸入搖晃液體裡的感覺，沒來由地讓人感到非常懷念，也非常安心。

後來

我正置身在蓬鬆又柔軟的桃色世界裡。儘管腳底下的觸感軟綿綿的，但當我想要移動時，才發現不知為何到處都是隆起的堅硬小山，就算有路也過不去。

……這該怎麼辦？

我「唔……」地沉思起來，這時手上突然蹦出了一個白色澆水器。我拿起澆水器一倒，有液體從裡頭流了出來。我再仔細一看，發現澆水器倒出的液體，居然讓堅硬的小山崩塌了一小塊。我於是單手提著澆水器開始灑水，就像在慢慢融化冰糖一樣，辛勤地融化起堅硬的小山。雖然有些地方簡直是硬邦邦，一點融化的跡象也沒有，但我還是鍥而不捨地持續澆灌，終於逐漸開始融化。順便試著踢上幾腳，小山便應聲碎裂。

……嗯，這下子可以過去了呢。

雖然還是有一小部分沒融化，但我心想著「只要能通過就好了」，馬上著手對付起下一座山。就這樣，我一座又一座地澆融了堅硬小山。

偶爾澆水器裡的液體會被我倒完，但很快又重新裝滿。我一心只想著要剷平這些小山，全神貫注地提著澆水器灑水。

……只靠一個澆水器而已，我真是努力不懈。誰快來稱讚我吧。

滿懷著非常努力奮戰過的成就感，我緩緩睜開眼皮。搖晃的視野中有道人影。緊接著，一隻大掌猛然撲通一聲穿透水面，扶著我的頭，半強迫地逼著我坐起來。

「嗚咳！咳咳、咳咳、噁咳！」

一被扶起來變成坐姿，空氣立即竄進鼻子和嘴巴裡。措手不及下我吃驚地陷入恐慌，不停激烈咳嗽。

……我要溺死在空氣裡了！

我的嘴巴不停一張一合，突然背部被人用力一拍。「咳呼！」一聲，疑似積在胸腔深處的液體從口中飛了出去。呼吸雖然變得暢快多了，背部卻在發麻刺痛。我噙著淚目，仰頭瞪向大力拍打我背部的人。

「……好痛喔，神官長。」

一開始出現在視野裡的人，應該就是斐迪南。在神殿長室的秘密房間裡，我正坐在裝滿尤列汾藥水的白色箱子中。眼前是緊擰著眉的斐迪南。和沉睡前看到的景象相比，幾乎沒有什麼變化。

「妳終於醒了嗎？未免也睡太久了。」

斐迪南說完，摸了摸我額頭，又測量我脖子上的脈搏，檢查了幾個地方後，緩緩吐氣說道：「看來沒什麼問題。」我眨了眨眼睛，試著彎曲手指，卻無法順利使力。

「我真的擁有健康的身體了嗎？」

和沉睡前不同，現在魔力又可以隨心所欲操控了，身體卻沒有什麼充滿活力的感覺。是因為睡太久，體力變差了嗎？我慢吞吞地張握浸在尤列汾藥水裡的雙手，斐迪南一臉非常難以啟齒地開口說了：

「啊……羅潔梅茵，有個非常遺憾的消息要告訴妳。」

「什麼呢？」

「關於妳魔力的凝固……並沒有完全融解。」

我的時間彷彿突然停止流動。想起自己花了一年以上的時間蒐集材料，為了製作尤列汾藥水又付出那麼多的心力，我不敢置信地抬頭看向斐迪南。

「咦咦咦咦咦咦咦?!請等一下，這是為什麼？為什麼沒有完全融解?!難道是不應該偷懶嗎?!因為在使用澆水器的時候覺得只剩下那一點也沒關係?!」

「我可沒有偷懶。」

斐迪南不快地板起臉孔說，我急忙想要搖頭，卻沒能成功，腦袋只是往前倒去。要不是斐迪南伸手幫我按著額頭，我又要撲通一聲沉進尤列汾裡了。

「我不是指神官長，是指夢裡的事情……嗚啊，頭好暈。」

斐迪南按著太陽穴，嘆了很深很深的一口氣，咕噥說道：「妳真是一醒來就教人頭痛。」在他的瞪視下，我「唔」地語塞。

「……呃，夢境裡的事情先撇開不說。為什麼魔力沒有完全融解呢？」

「直截了當地說，是因為妳魔力凝固得太嚴重了。況且妳被下毒後，也需要尤列汾來融解凝固的魔力，所以才不足以完全融解掉妳原先的凝固。」

斐迪南敲著太陽穴，繼續為我說明。

「假設妳體內凝固的魔力原本是十吧。我刻意加強藥效，製作了品質足以融解十五的尤列汾藥水。然而，妳魔力的凝固卻在使用藥水前增加到了二十，所以本來能夠融解十五的尤列汾藥水才會不夠有效……事情就是這樣。」

「所以比起最一開始有好一點嗎？」

我低頭看向自己手臂上的魔力線條。但這些紅線到底有沒有變化，我根本看不出來。斐迪南低頭看著我，點一點頭。

「是啊。雖然沒有完全融解，但情況好了許多。」

「既然有變好一點，那好吧。畢竟我以前是在垂死邊緣……」

就當作自己前進了一步吧。這麼心想的我慢慢轉動脖子，環顧四周。自己坐著的白色箱子旁有個木箱，上頭堆著五本書。都是羅潔梅茵工坊所製作的線裝書，但每一本我以前都沒看過。

「神官長，這些是怎麼回事？」

「是妳那個叫作吉魯的侍從帶來的書。他說如果在旁邊放一疊書，妳可能會早點醒來，所以每做好一本新書就會送過來，我才放在這裡。」

「哇啊，是新書！」

原來是在吉魯的請託下，斐迪南把印好的書堆放在這裡。

我喜孜孜地正要伸手，才驚覺自己的雙手沾滿了尤列汾藥水。斐迪南用像是在說「妳這笨蛋」的眼神瞪著我。

「妳現在摸了只會弄髒那些書。」

「……我想也是呢。」

「因為見妳有醒來的徵兆，我已經命人準備沐浴。妳再稍等片刻吧。」
「是……嗯？奇怪？」
我沉睡的時間似乎久到能做出五本新書。察覺到這件事後，我眨了好幾下眼睛。
「話說回來，神官長……我睡了多久呢？」
「大約兩年。」
「……什麼？」
無法充耳不聞的回答讓我目瞪口呆。
「妳可是刷新了紀錄。不過，幸好能趕上貴族院的入學。」
「請、請等一下，那我現在幾歲？」
「妳今年十歲，現在是收穫祭剛結束的秋季。冬季就要進入貴族院就讀。」
斐迪南說完，我有些陷入恐慌。我是在八歲冬天浸入尤列汾藥水，現在是十歲的秋天。我居然就這麼完完整整地跳過了九歲。
「怎、怎麼會這樣！我的九歲跑到哪裡去了?!」
不——！我抱頭哀嚎，斐迪南輕輕聳肩。
「反正妳先前也過了兩次七歲，這樣不是正好嗎？」
再過一次七歲已經是出乎預料，我更沒想到會直接跳過九歲。
「哪裡正好了！……而且，雖然神官長說我現在十歲，但我看起來一點變化也沒有啊？」
在我看來，自己雙手的大小根本沒有變化。我居然就這樣多了兩歲，實在沒有辦法相信。

「浸泡在尤列汾藥水裡時，除了融解魔力外，其他生命活動都會顯著減緩，等同半個死人……所以很遺憾，妳的身體並未成長。」

斐迪南這麼說道，默默別開視線。

「咦咦咦?!之前明明說過我會變健康的！神官長這個大騙子！」

……雖然身體有比以前健康一點，但看來我不只直接跳過了九歲，還要在身體毫無成長的情況下前往貴族院就讀。

終章

這陣子連日來，羅潔梅茵都浸在藍色的尤列汾藥液裡，不時睜開眼皮，露出失焦的雙眼，很快又閉上眼睛，如此反覆循環。一直觀察著她的斐迪南雖然知道再過不久便會醒來，但她的身體依舊沉在尤列汾藥水裡，並未往上浮出。

收穫祭期間，斐迪南也多次在半夜驅策著騎獸返回察看，進展卻還是慢得教人心急。但是最終，羅潔梅茵還是在緩慢的眨眼之後，視線逐漸對焦，像在說治療已經無法再繼續般，身體慢慢地往上浮起。

斐迪南安心吐氣的同時，把手伸進尤列汾藥水裡，扶著羅潔梅茵坐起來，看她無法順利呼吸，幫忙拍向她的背部。嘴巴和氣管裡的尤列汾都飛出來後，她的呼吸也明顯順暢許多。儘管羅潔梅茵還在不住咳嗽，但呼吸時不再有異音。

「好痛喔，神官長。」

羅潔梅茵用充滿怨恨的眼神瞪來，向他抗議，但斐迪南實在不能理解她為何用這種眼神看自己。他反倒覺得一醒來就開始抱怨的羅潔梅茵根本不明白他的辛勞，也太過不知感恩。

「等妳沐浴完再叫我。我會告訴妳沉睡期間發生了哪些事，有問題屆時再問。」

把羅潔梅茵交給她的侍從們，斐迪南回到神官長室，他的侍從隨即露出開心的笑容。

「神殿長醒來了呢。這邊的小手印是神殿長的吧？」

侍從指著的地方有個濕黏的小手印。是剛才羅潔梅茵抓過的位置。由於伸手進尤列汾藥水裡扶羅潔梅茵坐起來，又抱著她移動，此刻斐迪南的神官長服變得慘不忍睹。

「神官長，先替您更衣吧。」

「嗯，麻煩了。」

「大家都在擔心，不知道神殿長何時會醒過來，現在終於能放心了。」

帶來替換衣物的侍從也放鬆了表情，難得語氣輕快地這麼說道。所有人都在等著羅潔梅茵清醒。

……而且羅潔梅茵一醒，總算就能擺脫那傢伙了。

斐迪南嘆著氣，看向堆放在辦公桌角落的黃色魔石。這半年來，只會用波尼法狄斯的嗓音吼著「斐迪南，羅潔梅茵究竟何時醒來?!」的奧多南茲實在是不計其數，讓神官長室的人打從心底感到厭煩。

真受不了……眼看著羅潔梅茵的魔力遲遲沒有融解，我也一樣心急。我才想問她到底何時醒來──數不清有多少次，斐迪南都想這樣怒吼回去。

「神官長，神殿長總算醒來了。看來今天能過得比較從容了。」

「不，還沒。等羅潔梅茵梳洗完畢，還要過去神殿長室，為她說明這兩年來發生的事情。那邊來人就讓他們進來。」

「遵命。」

斐迪南更衣完後走向辦公桌，拿出思達普輕敲向堆放在角落的黃色魔石，依序注入魔力。一口氣讓將近二十顆的魔石全變成奧多南茲後，四周放眼望去全是白色鳥兒，他再對著牠們開口：

「羅潔梅茵醒了。身體狀況若無大礙，三天後的第三鐘我會帶她前往城堡。由於她的身體尚未完全恢復，請勿貿然跑來神殿探望。」

斐迪南揮下思達普，所有奧多南茲在同一時間振翅飛起。順帶一提，將近二十隻的奧多南茲中，有一半以上是給波尼法狄斯的回覆。每隻奧多南茲都會重複三次傳話，一想到同樣的傳話對方要被迫聽上三、四十次，斐迪南的心情總算痛快了些。因為這幾個月來，幾乎每天都有奧多南茲飛來詢問羅潔梅茵醒了沒有，所以這算是他的小小報復。

然而，斐迪南內心的痛快只維持了短暫的時間。他正拿出整理好的資料，要讓羅潔梅茵在進入貴族院前先看過時，奧多南茲便很快帶著充滿喜悅的吶喊回來了。

「嗚噢噢噢噢噢噢噢噢！羅潔梅茵！妳終於醒了嗎！」

足足聽了三遍彷彿能響徹整座神殿的震天吶喊後，斐迪南只能按住太陽穴。不管羅潔梅茵睡著還是醒來，波尼法狄斯都教人感到厭煩。斐迪南再也提不起心力去應付他，把變回黃色魔石的奧多南茲撇在一邊，繼續檢查資料。

……但是，真的沒問題嗎？

如今羅潔梅茵平安醒來，斐迪南內心既慶幸又感到如釋重負的同時，卻也有絲不安。因為一旦浸泡在尤列汾藥水中，理所當然地，羅潔梅茵完全停止了成長。不光意識與記憶，身形也依舊維持著兩年前的模樣。

斐迪南想起了方才把羅潔梅茵從尤列汾藥水裡抱出來，要把她交給法藍時的情景。沐浴準備完成後，引頸期盼著主人醒來的侍從們全蜂擁而至，但羅潔梅茵見到長大成人的侍從後，吃驚得瞪圓雙眼。早已成年的法藍外表並無太大變化，但先前原是見習生的侍從們如今都已成年了。羅潔梅茵看著欣喜跑來的侍從們，小臉變得僵硬，仰頭看著斐迪南，神色十分不安地揪住他的衣袖。從此刻開始，羅潔梅茵得努力讓自己去適應外在的變化。

……總而言之，羅潔梅茵能趕在冬季的社交界前醒來，實在值得慶幸。

他一直擔心著能否趕上貴族院的入學，現在看來是勉強趕上了。雖說也能安排晚一年入學，但貴族社會旁人的眼光與無謂的流言蜚語，會造成莫大的壓力。

……更遑論羅潔梅茵本就擁有不少弱點，很可能惹來他領貴族的閒話。

整理著羅潔梅茵就讀貴族院所需的學習資料時，侍從前來向斐迪南通報。

「神官長，侍從來報神殿長已經梳洗完畢。」

羅潔梅茵不在的兩年

洗禮儀式這天的祖父大人

此刻我的內心正充滿感動。因為孫女羅潔梅茵實在太優秀、太可愛了。在這麼多貴族的注視下，她卻用那副嬌小又柔弱的身軀，以神殿長之姿順利主持完了洗禮儀式和首次亮相。現在還把齊爾維斯特的孩子護在身後，出色地與貴族應對。

……羅潔梅茵的表現真是可圈可點！不愧是我孫女！話說回來，這也太教人火大。別把對韋菲利特的不滿說給我的羅潔梅茵聽！

若不是卡斯泰德與艾薇拉再三告誡說：「父親大人若碰到羅潔梅茵，很可能會害她沒命，所以請您千萬別靠近她。」「羅潔梅茵正努力想在夏綠蒂大人面前當個好姊姊，所以您絕對不能插手。」看到那種惺惺作態的中級貴族，我老早以祖父的身分上前喝斥他閉嘴，順便把他趕得遠遠的。

回想起來，記得艾薇拉也曾說過：「萬一羅潔梅茵向波尼法狄斯大人看齊，以為只要利用自己的力量讓對方閉上嘴巴就好，這樣可不行。畢竟那孩子確實擁有能這麼做的魔力。」但明明有力量，為何不能用？真麻煩。說到這裡，卡斯泰德竟然曾說：「就是因為父親大人有這種想法，才不具有成為領主的資格吧。」我只是因為當領主太麻煩了，才一心想要避開，絕不是我實力不夠。

……但是話說回來，羅潔梅茵明明沒力氣也沒體力，只是被幾顆雪球砸到就會暈倒，卻只有魔力非常充足，甚至足以支撐艾倫菲斯特……

去年冬天，包含我在內的大批騎士都在旁照看，以免發生危險，而孩子們朝彼此丟著雪球，是幕教人莞爾微笑的光景。然而，和樂融融的氣氛只持續到勤奮地做著雪球的羅潔梅茵被砸中為止。只是被幾顆雪球輕輕砸到，羅潔梅茵就突然間失去意識。當下不只是朝她丟了雪球的韋菲利特與他的學伴，連在一旁守著的所有騎士團員都嚇得臉色發青。打從親眼見識到了羅潔梅茵有多麼虛弱後，我害怕得完全不敢接近她。

……連被那麼小的雪球砸中都會暈倒，萬一我碰了她，搞不好真的會像卡斯泰德說的那樣，害她丟了小命。

第七鐘響的同時，孩子們開始向領主夫婦與親近的人表示告辭，慢慢走出大禮堂。趁這機會，我也移動到孩子們的行經路線上。

……為了什麼？當然是為了與羅潔梅茵道聲晚安。

「波尼法狄斯大人，晚安。」

「嗯，願席朗托羅莫的祝福賜予你們一夜安眠。」

……嗯，果然我的孫女最惹人憐愛。雖然在公共場合上她不能稱呼我為「祖父大人」，這點教人很不是滋味。

只有洗禮儀式上的首次見面，還有春季領主會議期間協助他們供給魔力時，羅潔梅茵才能稱呼我為「祖父大人」。每次供給完魔力後，韋菲利特都累得沒有力氣再打招呼，羅潔梅茵卻一定會面帶笑容，向我道謝說：「祖父大人，謝謝您每次都來幫忙。」事到如今我才明白，那是任何人也無法打擾，能與羅潔梅茵接觸的寶貴時光。

……啊啊，下次的領主會議快點到來吧，最好會議時間還往後延長。

正沉浸在這些思緒裡時，不久前才告退的韋菲利特被侍從抱在手臂上，匆忙地衝進大禮堂。同行的還有我的孫子蘭普雷特，他也是韋菲利特的護衛騎士。我從他們焦急的神色感受到了危險，立即強化視力掃視四周。從現場眾人的反應來看，看不出有人事前就已經知道會發生什麼事。

「靠近北邊別館處遭遇敵襲！護衛騎士正在交戰中，其中一名敵人持有思達普。夏綠蒂大人與羅潔梅茵大人被隔開到了另一邊的北邊別館。請即刻趕往救援！」

「騎士團一至四隊即刻前往救援！其餘人員封鎖大禮堂！此刻不在這裡的貴族都將涉有重嫌！」

騎士團長卡斯泰德立即下令，騎士們瞬間展開行動，開始封鎖大禮堂。

「卡斯泰德，我去救羅潔梅茵！」

我是上上任領主的孩子，又曾經隸屬於騎士團。因此即便如今已經引退，也仍會接到輔佐領主的工作。從前的我都想盡可能推掉，但近來甚至會主動接下輔佐的工作。這一切全是為了在羅潔梅茵遇上危險時，可以立即採取行動。

……如果能聽到羅潔梅茵說「祖父大人，謝謝您。我最喜歡您了」，這個機會我絕不讓給任何人。

「父親大人?!」卡斯泰德焦急地制止喊道，同時響起的還有齊爾維斯特的吶喊。

「斐迪南！你快去阻止波尼法狄斯亂來！」

「又強人所難……」

但我無視身後的這段對話，疾速穿過了騎士正要關上的大禮堂大門，朝著北邊別館直線狂奔。我藉著魔力強化雙腳，逐一追過一路上要趕往現場的騎士。

……雖然已經六十歲了，但我的體力還不會輸給年輕人！最先到的人會是我！

從本館大禮堂到北邊別館有一段不小的距離。若有羅潔梅茵那樣的騎獸，一下子就能趕到吧。我邊這樣心想著，邊強化身體，以最快速度疾奔。

「羅潔梅茵！妳在哪裡?!」

幾次的轉彎後，我看見騎士們正與全身穿著黑衣的敵人交戰。我隨即強化視力，卻沒在周遭瞧見羅潔梅茵和夏綠蒂的身影。是其餘護衛騎士引導她們逃進北邊別館了嗎？但直到親眼確認她們平安為止，我絕不回去。

「羅潔梅茵平安無事嗎──?!」

我這麼大吼著從後方撲向敵人，掄起強化過的手臂打飛其中一名黑衣人。豈料那個黑衣人才剛落地，便「碰」的悶聲爆炸。

「嗚哇?!怎麼回事?!居然自己爆炸了。」

黑衣人的鮮血、體液和內臟隨著七零八落的碎布飛濺一地，正在應戰的騎士們更被爆炸的衝擊震得往後飛。突然間聞到濃厚的血腥味，還有肉片濺到了自己臉上，有騎士禁不住嘔吐。在眼角餘光中見到這一幕，我立即怒斥。

「蠢蛋！不准鬆懈！」

我的怒吼立刻讓現場氣氛重新恢復緊張，騎士們再次站穩，然而緊接著宛如連鎖反應，本來還在與騎士打鬥的黑衣人們依序開始爆炸。至今我曾赤手空拳擊斃、也曾用武器砍殺過敵人，但是眼下這種明明我什麼也還沒做，敵人就自行爆炸的情況，卻是前所未見。

「這是怎麼回事？……雖然不太明白，但既然敵人自己消失了，那就沒問題吧。我問你，羅潔梅茵平安無事嗎？」

「……我不清楚。我只知道夏綠蒂大人被擄走後，羅潔梅茵大人便變出騎獸，追了上去。」

「你們這群廢物！」

我不由得怒罵在場的護衛騎士，大步衝向敞開的窗子。既然現在敵人都死了，便無須在此久留。我的任務不是掃蕩敵人，也不是蒐集足以找出犯人的證據，而是拯救羅潔梅茵。

才剛跑到窗邊，這時羅潔梅茵的護衛騎士安潔莉卡也回來了，懷中還抱著面無血色的夏綠蒂。

「噢噢，夏綠蒂大人，您平安無事嗎？……羅潔梅茵人呢？」

「姊姊大人被擄走了。她為了救我，指示自己的護衛騎士……」

夏綠蒂流著眼淚說道，我猛然睜大雙眼，扭頭看向護衛騎士安潔莉卡。安潔莉卡立即說明起自己掌握到的情況。

「柯尼留斯已經追過去了，把夏綠蒂大人送回這裡以後，我也打算追上去。波尼法狄斯大人，夏綠蒂大人交給您了。」

安潔莉卡說完要把夏綠蒂交給我，但我予以無視。儘管距離極遠，但我強化過的雙眼仍清楚看見了柯尼留斯正往森林下降。

「羅潔梅茵是我孫女，我去救她！」

我推開安潔莉卡與夏綠蒂，朝著窗外往冬季夜空一躍而下，變出騎獸翻身坐上。由於振翅聲太過響亮，我盡可能不拍動翅膀，只是在半空中滑翔，仔細聆聽四周的聲響。集中精神側耳傾聽後，我發現在比柯尼留斯下降的更下方處傳來了馬蹄聲。馬正奔跑在用以遮掩下人工作場所的遼闊森林裡，朝著正面玄關的方向前進。

……在那裡嗎？

我瞪圓雙眼，同時騎獸張開翅膀，大力拍向空氣。灌注了大量魔力的騎獸以全速前進，朝著目的地劃破冰冷夜空。我一面讓騎獸疾速前進，一面往思達普傾注充滿了怒火的魔力，絕不讓綁架犯逃出我的手掌心。思達普的前端立即蹦出劈哩啪啦的白色火花，開始凝聚魔力。

凝聚的魔力變得比我的頭還要大，這時我已相當靠近，無須強化視力也能看見奔跑的馬匹。我用力揮下思達普，朝著馬前進的方向投出魔力。

凝聚的魔力拖曳出了一道長長白光，咻地飛入森林。下個瞬間，爆炸聲轟然響起。眼底下的那片樹林被夷為平地，鳥類與小動物的悲鳴及逃竄聲響使得森林嘈嚷雜亂。多半是被突如其來的爆炸聲嚇到，馬恐懼得失去控制，開始胡亂狂奔。

「竟愚蠢到擄走我唯一的孫女，就是你嗎——！」

朝著盲目狂奔的馬匹，我以幾乎要撲上去的氣勢釋出魔力，從騎獸縱身跳下。從正面受到了我威懾的馬嚇得用後腳站立，口吐白沫僵住不動。與此同時，握著韁繩的男人從馬上摔了下來。

我盛怒之下當場擊斃男人，隨即尋找起羅潔梅茵的蹤影，發現有塊布包被綁在站立不動的馬背上。我立刻切斷繩索接住布包，順勢抬起強化過的腳，把朝著我們倒來的馬踢飛到另外一邊。

「羅潔梅茵，是妳在裡面嗎？」

布包的重量輕到了教人懷疑裡頭是否真有個孩子。我試著稍微搖了搖，整團布便無力地攤開來，變成人的形狀。

「居然搖了也沒反應！該不會是死了吧?!羅潔梅茵，我馬上救妳出來！」

我再怎麼豎起耳朵，也沒聽見羅潔梅茵有任何回應。我嚇得血色盡失，急忙想把羅潔梅茵救出來，抓住布的邊緣，「哼！」地一聲卯足全力拉扯。布包從具有重量的那一端向外滾開，整塊布攤了開來。

我在心中暗叫一聲「啊」的時候已經太遲了。扯開布後，被拋進空中的羅潔梅茵打橫旋轉著向外飛出，我下意識地伸長手臂也來不及挽回。

「嗚哇啊啊啊！羅潔梅茵飛走了?!」

幸虧斐迪南追在我後頭趕到，在羅潔梅茵即將撞上樹木前接住了她，這才平安無事。但我真的嚇得心臟都要從嘴裡跳出來了。

後來斐迪南檢查過後，發現羅潔梅茵被灌下了奇怪的藥水，而且對她來說還是足以致死的毒藥，強行把她帶回了神殿進行治療。說句實在話，我一點也不想讓可愛的孫女待在神殿那種地方。況且雖說是監護人，但想到要把孫女交給毫無血緣關係的男人，這件事本身就讓我很不愉快。

但是，縱然帶著羅潔梅茵返回自己的宅邸，我也不知道該給多少藥量，回到亂成一團的城堡，也未必能夠馬上進行治療。再加上兒子卡斯泰德的提醒確實沒錯，我要是隨便靠近羅潔梅茵，很可能會害她沒命。

……像剛才也是千鈞一髮。

回想起羅潔梅茵飛走的情景，我揩去額頭的汗水。既然如此，不如與柯尼留斯去追蹤另一匹馬、查明兇手，更對羅潔梅茵有幫助吧。

「柯尼留斯，走！」

「是，祖父大人。」

由於另一匹馬也失去了控制漫無目的奔跑，兩三下便發現蹤影，很快逮到了犯人。但是，馬上握著韁繩的男人也同樣只是下人，並非是能使用思達普的貴族。既然柯尼留斯曾親眼見到有魔力做成的網子套住羅潔梅茵，代表犯人中一定有貴族。

「對你下令的人是誰？」

「小的不知道。那位貴族全身穿著黑衣，他只是命令我照著他的指示去做。」

我試著查探四周有無其他人的氣息，但感覺上並沒有。總之，只能先把這個男人帶回去了。

正綑起男人時，森林中升起了請求支援的紅光。我與柯尼留斯互相對視後，立即把男僕夾在腋下，操縱著騎獸趕往發出了路德紅光的森林深處。抵達發出紅光的地點一看，安潔莉卡擒獲了一名全身黑衣的貴族。

「波尼法狄斯大人，這個人我搬不動，能請您幫個忙嗎？」

「沒問題。安潔莉卡，妳立了大功……那麼，讓我看看膽敢對我孫女出手的愚蠢之徒是誰吧。」

我使足了勁扯下綁架犯頭上的黑布。大概是也扯到了哪裡的肉，對方發出了「好痛！」的軟弱哀嚎。黑布被扯下後，底下的那張臉孔窩囊地垂著眉尾，仰頭看我，竟然是我認識的人。

「喬伊索塔克子爵，你……」

「波尼法狄斯大人，請聽我說！」

「閉嘴！」

喬伊索塔克子爵是卡斯泰德的第三夫人羅潔瑪麗的親戚。雖說是遠親的遠親，但看見此刻出現在眼前的竟是與我們一族有關的親族，我剎那間怒火中燒。我使力握住思達普並指著他，以免自己在盛怒和衝動下一掌將他擊斃，然後低頭看著緊緊閉上嘴巴，全身不停發抖的這個男人。

「有話到奧伯．艾倫菲斯特面前再說吧……我現在正強忍著想將你碎屍萬段的衝動，不准再吐出半個字。」

用思達普綑起喬伊索塔克子爵後，再把他和那個男僕綁在一起，我拖著兩人返回城堡。

「柯尼留斯，去向奧伯・艾倫菲斯特稟報。我留在這裡，以防這個愚蠢之徒逃跑。安潔莉卡也留下。我總不能一個人單獨行動。」

「遵命。」

我將喬伊索塔克子爵扔進囚禁犯罪貴族用的監牢裡，再讓他戴上用以封住思達普的手銬，聽完一遍他的說詞後，便封住他的嘴巴，做好防止逃脫的處置。

「安潔莉卡，直到奧伯・艾倫菲斯特傳喚之前，先在這裡待命吧。」

我一屁股往椅子坐下後，安潔莉卡來回看著自己的手和被捕的男人們，垮下肩膀。

「波尼法狄斯大人真強。我即使強化了身體，還是眼睜睜看著羅潔梅茵大人在我面前被人擄走。」

「……妳救了夏綠蒂大人吧？就我聽到的，這次的事情是羅潔梅茵做得最不對，她不該不顧柯尼留斯的制止還衝出去救人。明明連自己都保護不了，簡直亂來。妳若沒有強化身體，夏綠蒂大人很可能早就死了。妳已經做得很好了。」

安潔莉卡雖是中級貴族，能力卻相當出色，也比他人更能純熟地運用強化身體的魔法。只是目前她若不讓魔力先遍布全身，就無法進行強化，所以會白白浪費不少魔力。但是以她的年紀來說，表現已經很優秀了。我稱讚後，安潔莉卡卻沉下了臉。

「真的是這樣嗎？我因為把魔力都灌注在了強化身體上，沒有多餘的魔力做其他事情。而且就算還有剩餘的魔力，我也沒辦法同時做兩件事。像這次也是，如果我能在強化身體的同時變出騎獸，就可以自己一個人去救夏綠蒂大人。這樣一來，柯尼留斯也能去保護羅潔梅茵大人。」

安潔莉卡懊悔地垂下藍色雙眼，嘴唇抿成直線。

「倘若是有能力做到的事情卻沒能做到，那當然需要反省。但從一開始就沒辦法做到的事，再咳聲嘆氣也無濟於事。畢竟看起來，這本就是妳無法做到的事。」

我因為是領主一族，魔力比其他人更豐富。又因為長年都在使用身體強化，所以要強化部分身體也是易如反掌，更能呼吸般自然地只強化自己想強化的部分。但是，身體強化並不容易。習慣以後，就能以少許的魔力量進行最有效率的強化，但在習慣之前必須消耗大量魔力。由於得費盡千辛萬苦才能夠得心應手，所以不光中級貴族，連上級貴族也很少有人願意嘗試身體強化。

「辦不到的事情，就再努力練習吧。如果想增進強化身體的能力，最快的方法就是增加魔力量，但偏偏這點難如登天……」

安潔莉卡在中級貴族中魔力算是偏多，但要再增加恐怕不容易。我「嗯……」地發出沉吟，卻見安潔莉卡緩緩搖頭。

「我現在正利用羅潔梅茵式壓縮法在增加魔力……雖然還完全不夠，但我會再繼續增加。」

「羅潔梅茵式壓縮法?!那是什麼?!」

我瞠大雙眼，安潔莉卡為我說明。原來是羅潔梅茵想出的一種魔力壓縮方式，在冬季社交界開始前不久，教給了韋菲利特以外的領主一族的護衛騎士與部分騎士團員。聽說是因為先前一連串的騷動才剛發生不久，判定韋菲利特的護衛騎士還需要再做觀察。

「我從沒聽說過有這種壓縮方式。」

「……但我認為波尼法狄斯大人無須再增加了吧？」

「少廢話。這可是羅潔梅茵想出的方法，身為祖父的我應該比其他人更早知道。那個壓縮方法該怎麼做？」

我詢問後，安潔莉卡手托著腮，腦袋瓜一歪。

「因為簽訂了不得告訴他人的魔法契約，所以您只能先向領主夫婦提出申請，再由羅潔梅茵大人親自教您。能夠教導方法的，只有羅潔梅茵大人而已。」

有了能見到羅潔梅茵的理由，我心中大喜，邊摸著鬍子邊往腦內的行程表記上「要請羅潔梅茵教我魔力的壓縮方法」這一筆。

「好，安潔莉卡。等妳的魔力增加了，我就親自訓練妳吧。讓妳做為羅潔梅茵的護衛騎士，能夠做得無懈可擊，我會傾囊相授。」

「這真是太好了，波尼法狄斯大人。還請您多多指教。」

安潔莉卡的藍色眼眸充滿幹勁，期待得閃亮生輝。我與她用力握手。就這樣，我得到了安潔莉卡這個新弟子。

「安潔莉卡，既然妳已能強化全身，接下來練習只強化部分身體吧。把魔力集中在某個部位，減少魔力的無謂浪費，這方面的練習也非常重要。」

「嗯。主人若能節省魔力，對我也有幫助，有什麼訣竅嗎？」

我正開始指導安潔莉卡如何強化身體，不知為何卻是魔劍用斐迪南的聲音回答我。

我不禁眨也不眨地緊盯著魔劍。

「這是怎麼回事？」

「這是斯汀略克。在羅潔梅茵大人注入魔力以後，就變得能夠說話。」

安潔莉卡竟然擁有羅潔梅茵注入魔力後，能夠說話的魔劍！聽說還會收集周遭人們的話聲，把內容記憶下來。

「安潔莉卡，這把魔劍能不能給……」

「波尼法狄斯大人，這把魔劍我不能給您。斯汀略克是羅潔梅茵大人為我注入了魔力的重要魔劍。換作是您，願意把主人羅潔梅茵大人送給自己的東西，再送給別人嗎？」

「……妳說得對。是我失禮了。」

羅潔梅茵送的東西，怎麼可能再給其他人，我非常明白這份心情。

……但是，我也好想要羅潔梅茵送的禮物。索性我也趁著這機會培育魔劍，讓羅潔梅茵為我注入魔力吧？但希望不是斐迪南，而是能用羅潔梅茵的聲音說話……

我認真地思考著是否要製作魔劍時，柯尼留斯前來呼喚我們。「祖父大人，準備已經就緒，可以開始審問了。」

「先報告那邊的情況如何。」

「是！稟報犯人已經擒獲後，奧伯便下令讓當時確認人在大禮堂內的貴族們返家。聽說由騎士團負責監督，檢查是否有人形跡可疑，貴族們坐上馬車後很快便回去了。至於當時不在大禮堂內的貴族——大多都是侍奉領主一族的侍從，也已經對他們進行了問話。

由於這些侍從當時都在整理領主夫婦的寢室，或者照看領主的孩子，所以很快便取得不在場證明。還有，方才斐迪南大人也從神殿回來了。」

聽完柯尼留斯的報告，我站起來。

「安潔莉卡，妳試著盡量只強化手臂，這個由妳拿著。走吧。」

我把緊綑著男僕的繩索交給安潔莉卡，她用力點頭接過。「是，師父！」然後她開始嘗試只強化手臂，但魔力還是流向了全身。不過，至少手臂部分還是帶有比較多的魔力，所以我判斷她在部分強化這方面上算是小有成功。

「……什麼師父？」

柯尼留斯輪流看著我們二人，安潔莉卡握緊繩子，驕傲地挺起胸膛。

「我現在是波尼法狄斯大人的弟子，開始接受他的訓練。」

「妳竟然怪到這種地步……我簡直不敢置信。安潔莉卡，妳瘋了嗎？」

我立即喝斥面露懼色的柯尼留斯。

「你這軟弱的傢伙沒資格這麼說，每次我一想訓練你就逃跑！」

柯尼留斯瞬間露出畏怯表情，但黑色雙眼接著筆直回望。

「請恕我直言，我從來沒有逃跑過。更何況，祖父大人會讓我逃跑嗎？」

「哼！那怎麼可能……對了，柯尼留斯。我也一起訓練你吧。羅潔梅茵身邊只配留下有能力保護她的護衛騎士。」

我雖然很想自己出馬保護羅潔梅茵，但我畢竟是上上任領主的兒子，又是領主一族，很遺憾無法成為羅潔梅茵的護衛騎士。如果想保護她，我唯一能做的就是鍛鍊她的護衛騎士。

「祖父大人，您說羅潔梅茵的護衛騎士，表示也包含達穆爾和布麗姬娣嗎？」

「嗯，一樣。強大的護衛騎士當然是越多越好。」

我稍微想了想，如果又像這次這樣夏綠蒂被人擄走，結果羅潔梅茵的護衛騎士必須去救人，那保護羅潔梅茵的人手還是不夠充足。這樣一來毫無意義。

……乾脆重新訓練領主一族的所有護衛騎士吧？

我一面思索著該如何訓練護衛騎士，一面朝著領主的辦公室前進。每走上一階，被我拖著的犯人便「哐」地撞上階梯發出呻吟。吵死了，但我予以無視。我現在必須訂定訓練護衛騎士的計畫。

……羅潔梅茵，祖父我會盡其所能，讓領主一族的護衛騎士變強。

「波尼法狄斯大人到了。」

守在門口的騎士們揚聲通報，慢慢打開房門。由柯尼留斯帶頭，我拖著喬伊索塔克子爵，安潔莉卡拖著男僕踏進辦公室。

艾倫菲斯特的領導階層成排站在領主的辦公室裡。領主夫婦、斐迪南、羅潔梅茵的雙親騎士團長夫婦，都背對著正前方的牆壁站立。右手邊是五名騎士團的高層人員，還有領主一族的護衛騎士派出的代表各一名。左手邊是率領城堡侍從的諾伯特，還有黎希達等領主一族的首席侍從與領主夫婦身邊的文官們。

我掃視了圈在場眾人，確認所有人都把目光投向了被我拖進來的喬伊索塔克子爵，對齊爾維斯特點一點頭。

「奉奧伯．艾倫菲斯特之命，前來晉見。」

「波尼法狄斯，有勞了。」

聽了齊爾維斯特的慰勞，我轉頭看向斐迪南。

「問話前我想先確認一件事……斐迪南，羅潔梅茵的情況如何？」

「現在已無生命危險。但是，詳細情況還是等到摒退其他人再說吧……無須讓犯人聽到不必要的情報。」

聽起來斐迪南像是在指喬伊索塔克子爵，但他的眼神正訴說著，在場也許有人與這次的事件有關。察覺到這一點，我也只能等到之後再詢問羅潔梅茵的情況。

「波尼法狄斯，那麼說說你衝出大禮堂以後發生了什麼事吧。」

奧伯．艾倫菲斯特正式開始查問。我從自己離開大禮堂開始，依序陳述發生了哪些事情。強化身體以後，我第一個趕到交戰現場，敵人卻在挨了我一拳後自行爆炸；隨後救出了羅潔梅茵、逮捕了其中一名男僕，跑到發射路德紅光的地方一看，喬伊索塔克子爵更已遭到安潔莉卡擒獲。

「男僕表示，是一名身穿黑衣的貴族男性向他下令，他只是奉命行事。對方要他騎馬載著東西，送到一輛距離下人的工作場所最近、沒有徽章的馬車上。」

「奧伯，正如波尼法狄斯大人所言，那個位置上確實停有一輛馬車。」

負責監督貴族返家的騎士團接著稟報，在男僕供稱的地點，確實發現了一輛沒有徽章的馬車。這種沒有徽章的馬車，專門提供給侍從和下人乘坐。但沒有徽章，也有印記，下人們才知道自己該坐哪輛馬車。然而，主人以外的貴族即便看到印記，也無從分辨屬於哪個貴族。

「大禮堂內的貴族都返家以後，就只剩下掛有喬伊索塔克子爵徽章的馬車，和三輛沒有徽章的馬車。由此來看，他應該是連同隨從與侍從，一起把那些黑衣人帶了進來。那輛馬車肯定也是喬伊索塔克子爵的吧。」

「……但是，只有那輛馬車與掛有徽章的馬車距離十分遙遠。即便成功擄走了羅潔梅茵大人，也會引起旁人的疑心吧。」

居於管理職的騎士們紛紛提出自己的意見。然而他們提供的證言，前提都是把喬伊索塔克子爵視為犯人。畢竟當時不在大禮堂內的貴族只有喬伊索塔克子爵，這也無可厚非。但是，被摀住嘴巴的喬伊索塔克子爵聽了卻拚命搖頭，眼眶甚至浮現淚水，否認他們的指控。擄人一事已是千真萬確，但他這麼竭力否認的反應卻教我有些在意。我朝齊爾維斯特瞥去一眼，他也露出了同樣感到納悶的表情，揚手制止騎士們發言。

「且慢，我也想聽聽喬伊索塔克子爵的說法。」

嘴巴一恢復自由，喬伊索塔克子爵立即近乎悲鳴地大喊。

「奧伯·艾倫菲斯特！我只帶來了一輛有徽章和兩輛沒有徽章的馬車。關於停在遠處的另一輛馬車，我真的什麼也不知道。更何況我也沒有擄走羅潔梅茵大人。我擄走的明明是夏綠蒂大人！」

喬伊索塔克子爵極力主張羅潔梅茵的被擄一事與他無關，反倒自己把自己幹的好事都抖了出來。

「安潔莉卡，如何？」

「是，喬伊索塔克子爵確實是擄走了夏綠蒂大人。他在拋開夏綠蒂大人以後，是往東邊的方向逃逸，與羅潔梅茵大人獲救的南邊有一段距離。若說這兩次擄人都是由他所為，我認為有些牽強。」

安潔莉卡的發言引來周遭一陣譁然，齊爾維斯特的表情變得嚴厲。

「妳的意思是，還有其他貴族是犯人嗎？」

「……在我們拯救夏綠蒂大人的時候，如果他能在飛往東邊的森林後又立即轉向南邊，並用魔力做成的網子套住羅潔梅茵大人的騎獸，讓她喝下藥水後，把她交給男僕，再逃回東邊距離極遠的管理小屋，那麼只憑一人也許有可能辦到。」

安潔莉卡一本正經地說道，但所有人都心知肚明，一般人根本做不到這些事。我也回想了喬伊索塔克子爵被擒獲的地點。與柯尼留斯騎著騎獸下降的地方確實有相當遠的距離。既然很難在森林中使用得張開翅膀移動的騎獸，那麼即便準備了馬匹，喬伊索塔克子爵也不可能成功同時綁架兩人。

若是我使用身體強化後再全力奔跑，也許還勉強趕得上。但是，喬伊索塔克子爵不可能。他要是魔力豐富到足以像我這樣強化身體，也不會被安潔莉卡逮到。

「喬伊索塔克子爵，共犯還有誰？」

齊爾維斯特用指尖輕敲桌面，目光從安潔莉卡轉到喬伊索塔克子爵身上。子爵在瞪視下斷然回答：

「我沒有共犯。考慮到計畫被洩露的可能性，當然是從頭到尾自己執行最保險。」

怎麼看喬伊索塔克子爵都是被人蠱惑，隨之起舞。他哪有這麼大的能耐，能想出這麼無法無天的計畫並且付諸實行。

「喬伊索塔克子爵，一五一十地說出你做了哪些事情吧。」

於是子爵開始滔滔不絕，說出的供詞簡直教人頭痛欲裂。因為實在愚蠢到了極點，連不擅長動腦的我聽了也啞然失聲。採取行動前一定會訂定周詳計畫的斐迪南，更是按著太陽穴動也不動。

簡單歸納後，就是喬伊索塔克子爵打算擄走領主孩子的其中一人，再藏進他在狩獵大賽時發現的管理小屋。如果擄到的是韋菲利特或夏綠蒂，他便打算把管理小屋的地點告訴羅潔梅茵，和她一同前往拯救，藉此在羅潔梅茵心中留下好印象。如果擄到的是羅潔梅茵，就佯裝第一個前往解救，讓自己對她有恩。我完全無言以對。

……明明直到現在羅潔梅茵仍對他提防警戒，不讓他靠近自己，他究竟打算怎麼提供消息？更何況第一個去解救羅潔梅茵的人當然是我。這沒腦子的傢伙！

子爵讓一身黑衣的身蝕士兵喬裝成隨從，藏在馬車裡帶進來，由他們絆住護衛騎士的腳步。等到自己成功逃跑，就讓他們爆炸湮滅證據，反正帶進來的馬車上又沒有徽章，絕不可能查到幕後主使者是誰。這一連串計畫根本處處漏洞，離譜至極。

再加上這個愚蠢的傢伙平常並不住在貴族區，不知道羅潔梅茵的騎獸可以在空中飛，沒想到她會操縱著騎獸追上來。由於絕對不能被抓到，他便丟下夏綠蒂落荒而逃，卻在以為成功逃脫的時候被安潔莉卡抓住，更是讓他始料未及。他說他萬萬沒想到羅潔梅茵會這麼重視才剛在洗禮儀式上見過面、沒有血緣關係的妹妹，騎著騎獸衝出來救她。

看著抱怨自己的計畫遭到全盤推翻的子爵，我只覺得頭好痛。他的計畫簡直漏洞百出。有這麼愚蠢的傢伙招搖行事，想擄走羅潔梅茵的另一個貴族行動起來，想必是樂得輕鬆吧。

聽完喬伊索塔克子爵的說詞，艾薇拉不以為然地嘆一口氣。

「羅潔梅茵大人可是艾倫菲斯特的聖女，連對孤兒也懷有慈悲之心。自稱是親族的你，難道不知道嗎？」

「羅潔梅茵大人是我妹妹羅潔瑪麗的女兒，是我外甥女……」

「喬伊索塔克子爵，你誤會了吧。」

艾薇拉嘴角泛著冷笑，厲聲打斷，漆黑雙眼靜靜地注視著喬伊索塔克子爵。

「你並不是親族。羅潔梅茵大人是我的女兒。洗禮儀式上，是我以母親的身分與人應對，羅潔梅茵大人也把我視為母親景仰。」

貴族的孩子都是直到洗禮儀式時才會獲得認可，並明確昭示其父母的身分。倘若愛人的孩子很優秀，有時也會以第一夫人孩子的身分受洗，這種情況並不少見。但因為不是親生母女，一般很少能夠和睦相處。

「對於羅潔梅茵大人與你之間並無任何關係，我真是打從心底感到慶幸。不只被人擄走，還被迫喝下毒藥，若再有人以親戚自居，為她帶來更多麻煩，羅潔梅茵大人未免太可憐了。她不需要這種以親族自居，還對她沒有半點正面影響的人。喬伊索塔克子爵想必也能明白我這為人父母的心情吧？」

艾薇拉露出嫣然微笑，宣告將從羅潔梅茵身邊徹底排除喬伊索塔克子爵一族。從她明亮快活的神情來看，內心想必已經積鬱多年。從前因為第三夫人的關係，本來就為艾薇拉造成了不少困擾。如今既然有了正當名義，她必定會毫不留情地排除吧。卡斯泰德外出不在時，曾多次聽她傾訴過煩惱的我相當肯定。但當然，對於讓我可愛孫女遇到危險的傢伙，我也完全無意姑息，甚至還得強忍下想把他碎屍萬段的衝動。最好快點處分掉吧。

「既然對領主的養女羅潔梅茵大人下了毒，極刑已是確定無疑吧？」

「艾薇拉大人，我並沒有下毒！我為什麼要做出這種傷害羅潔梅茵大人的事情?!她可是我外甥女！」

「她不是你的外甥女。再者，無論你有沒有做出危害羅潔梅茵大人的行為，你仍是襲擊了領主的宅邸，傷害了夏綠蒂大人吧。」

艾薇拉說完，子爵無力地垂下腦袋。既然罪證確鑿，要處分他自然沒問題。但是，現在還是不曉得究竟是哪個貴族在暗中挑唆他、傷害羅潔梅茵。

「……卡斯泰德大人，封鎖大禮堂之後，已經確認過所有在場的貴族了吧？」

艾薇拉仰頭看向既是自己丈夫，也是騎士團長的卡斯泰德。應該是負責在大禮堂內指揮騎士團，卡斯泰德重重頷首。

「嗯，包括方便完回來的人在內，全員皆已做過確認。沒有其他貴族離開大禮堂。」

騎士團已確認過當時其餘所有的貴族都在大禮堂內，並肩站著的幾名騎士也點頭附和卡斯泰德。齊爾維斯特用銳利的目光直盯著喬伊索塔克子爵，絕不放過一絲一毫的謊言。

「喬伊索塔克子爵，確定沒有共犯，也無人協助你嗎？」

「……是。」

一直按著太陽穴靜靜聆聽的斐迪南，這時緩緩開口。

「我比較好奇的是，襲擊了靠近北邊別館處的那群私兵，真的是你的私兵嗎？」

「斐迪南大人，請允許小的發言。」

羅潔梅茵的護衛騎士達穆爾，像是下定決心般地抬起頭來。一般下級騎士極少在這種場合下請求發言，但斐迪南馬上下達許可。

「那群黑衣人是賓德瓦德伯爵的私兵，這點我很確定。交手期間我確認過了戒指。雖然光憑我一人的證言也許不足採信，但我在神殿見過一樣的戒指。」

賓德瓦德伯爵就是那個亞倫斯伯罕的貴族吧。拿著薇羅妮卡偽造的文書，沒有領主的許可便擅自入城，還攻擊了已內定是領主養女的羅潔梅茵，還有領主的異母弟弟斐迪南，因而遭到問罪。一旁眾人聽了開始議論紛紛。

「賓德瓦德伯爵？你別信口胡說……」

「達穆爾應該不是信口胡說。在羅潔梅茵受洗之前，他就以護衛騎士的身分跟在她身邊。賓德瓦德伯爵被捕的時候，他也在現場。」

卡斯泰德為達穆爾說話，斐迪南也點點頭。

「還有其他人也注意到了他們手上的戒指嗎？」

當時交手的護衛騎士當中也有人注意到了黑衣人手上戴著戒指，但並不認得徽章，而且根據負責蒐集證據的騎士們所言，黑衣人們爆炸以後，現場也沒有留下任何戒指那類的證據。打鬥期間，只有一名下級騎士認出了戒指上的徽章，以證言和證據來說都有些不夠充分，但對斐迪南來說似乎已經十分足夠。

「喬伊索塔克子爵，那些私兵你從何而來？為何你會擁有他們？既然戴著代表從屬的戒指，那些私兵應該都是賓德瓦德伯爵的人。」

「這、這我真的不知道。這些私兵都是格拉罕子爵以前讓給我的，他說給人了也不覺可惜……我、我根本不知道與他領的罪犯有關……」

喬伊索塔克子爵愕然地張大眼睛，看來真的只是個任人操控的傀儡吧。如果想再獲得更多有用的情報，除了窺看記憶以外，恐怕別無他法。

「……你可以下去了。敢對領主一族出手，死罪難逃。」

齊爾維斯特輕輕擺手，示意把喬伊索塔克子爵帶走。兩名騎士立即上前，把他帶了出去。

「明日把基貝・格拉罕叫過來。」

「是！」

格拉罕子爵持有的領地與我妻子老家萊瑟岡古伯爵領相鄰，聽說雙方的關係從以前開始就是水火不容。我再試著回想，有沒有其他有用的消息。

……對了，聽說格拉罕子爵的妻子曾邀請喬琪娜參加茶會。

次日，我們傳喚了格拉罕子爵前來問話。但與昨夜不同，今天在場的人不多。只有領主夫婦、斐迪南、我、卡斯泰德、五名位居管理職的騎士團員。

「基貝・格拉罕，我們有話想問問你。」

「請問是什麼事呢？」

格拉罕子爵回道，腹部微微晃動。說得好聽點，看起來是很有福氣，但看似完全沒在鍛鍊的腹部已經有些鬆弛。

……難得體格不錯，稍做鍛鍊豈不是很好。真受不了。明明還這麼年輕，實在教人看不下去。快向我的腹肌看齊吧。

我按著自己的腹部，思索著是否也有必要鍛鍊文官時，齊爾維斯特向子爵提出問題，他卻露出一副完全不明白自己為何會被叫來的表情。

「我問你，你為何擁有賓德瓦德伯爵的私兵？」

「賓德瓦德伯爵的私兵嗎？我從來沒有擁有過啊？」

「你應該也知道，昨夜在靠近北邊別館處發生了敵襲吧？當時犯人所用的私兵，隸屬於賓德瓦德伯爵。」

「原來如此，但這究竟與我有何干係呢？」

格拉罕子爵盤起手臂，露出沉穩且溫文的笑容，一臉彷彿在說「我完全不明白」。看來他打算裝蒜到底。齊爾維斯特也露出了和善笑容。

「如今犯人已經遭到逮捕，但他表示，那些私兵是格拉罕子爵所轉讓，所以我們才必須向你問話供作參考。你似乎與賓德瓦德伯爵往來甚密？」

「……噢？原來昨晚發生過這種事嗎？」

格拉罕子爵十分刻意地眨動灰色雙眼，邊說著「其實這件事也讓我非常困擾」，邊環顧眾人想博取同情，聳了聳肩。

「曾與賓德瓦德伯爵有往來、他還將私兵託付予我，這些事情的確屬實。但是，我從未擁有過他的私兵。」

「嗯，說下去。」

齊爾維斯特擺擺手，子爵答道：「遵命。」開始說明有關私兵一事。

「關於私兵，是先前伯爵表示，縱然他得到了許可，但他領貴族總不能在進入艾倫菲斯特的時候還帶著大量私兵，所以才暫時託付予我。然而，結果後來伯爵卻因為犯罪被捕，無法領回寄放在我這裡的這些私兵。亞倫斯伯罕那裡與伯爵有關的人大概也受到了處分，所以怎麼也聯絡不上。」

「所以？」

「由於單是照顧那些私兵就得平白花錢，但直到主人死亡為止，又無法擅自解除契約，因此我早在許久之前就讓給了喬伊索塔克子爵，告訴他如不嫌棄無法解除契約，這些人就給他當作隨從。但是，我實在萬萬沒有想到，他竟指使他們在城堡裡造反。」

……嗯，這男人就是犯人。

毫無脈絡可循，我直覺如此認定。雖然無法據理說明，但直覺正清楚不過地這麼告訴我。在他看似沉穩的笑臉上，眼中卻有著混濁的笑意，讓人不快至極。真想乾脆一掌斃了他，不知道有多痛快，但打從以前開始身邊的人都對我耳提面命，絕不能僅靠直覺就採取行動。還是需要能在貴族社會通用的正當理由。

「賓德瓦德伯爵的私兵確實是我讓給了喬伊索塔克子爵，但我與這次的事件毫無關係。騎士團也確認過了，我當時就在大禮堂，也不知道有人策劃了這般大逆不道的計謀，甚至還付諸實行。」

本人說得信誓旦旦，也確實已經證明了格拉罕子爵當時在大禮堂內。雖然他的確把黑衣人們讓給了喬伊索塔克子爵，因而導致這場叛亂，但絕不可能做出傷害領主孩子的事情——本人如此再三強調。

格拉罕子爵看著我們，瞇起的灰色雙眸彷彿在說：「還有話要說嗎？」真教我火冒三丈。恐怕在場所有人都感受到了格拉罕子爵散發出的惡意，但騎士們已經證明了他當時在大禮堂內，眼下也無法繼續追究。

……他究竟該怎麼做才能動手行事？

斷定格拉罕子爵是犯人後，我竭盡所能動腦思考，他到底要怎麼做才能綁走羅潔梅茵、餵她喝下毒藥，還能證明自己人在大禮堂？原本我並不擅長這種用腦的工作。但是，他一定使了什麼手段。

……換作是我若不能使用身體強化，會怎麼做？

我回想了騎士團所說的，在封鎖大禮堂後確認有誰不在現場這件事，以及解救羅潔梅茵的地點與當時柯尼留斯騎著騎獸下降的位置，「唔唔」地交抱手臂沉吟。在我苦思期間，問話仍在持續。

「基貝．格拉罕，賓德瓦德伯爵的私兵，你只讓給了喬伊索塔克子爵嗎？」

斐迪南問道，格拉罕子爵立即點頭說：「是的，沒錯。」斐迪南更是皺起眉頭，接著又問：

「那麼你自己身邊，也已經沒有半個私兵了吧？」

「……當然。我手邊已經沒有任何賓德瓦德伯爵的私兵了。」

那雙混濁的灰色眼睛泛起令人不快的光芒，嘴邊的笑意也隨之加深。對此，斐迪南露出淡淡微笑。

「我明白了，下去吧。」

齊爾維斯特揚起下巴命他退下，格拉罕子爵恭恭敬敬地行了禮後告退離開。等到房門完全關上，我才呼喚齊爾維斯特。

「奧伯．艾倫菲斯特。」

我邊呼喚邊抬起頭，看向齊爾維斯特身後的掛毯。裡頭是魔力供給室，表示我有話只能說給領主一族聽。察覺到我目光代表的涵義，齊爾維斯特輕輕頷首起身。

「卡斯泰德，這裡由你守著。我們兩人要進入魔力供給室。其他人先待命吧。」

把卡斯泰德等人留在原地，我與齊爾維斯特一同進入魔力供給室。在清一色雪白的空間裡，有著諸神貴色的魔石正來回轉動。一走進來，齊爾維斯特先卸下了在辦公室裡強裝著的領主面具，露出底下疲憊不堪的真實表情。我也不再裝作正經八百，放鬆緊繃的肩膀。

「伯父大人，你想說什麼？」

「齊爾維斯特，你說你們封鎖了大禮堂吧？真的所有通道都封鎖了嗎？」

大概是想起了適才格拉罕子爵的態度，齊爾維斯特一臉惱怒地點頭。

「沒錯，騎士團確實封鎖了所有通道……你這是什麼意思？」

齊爾維斯特用力皺眉，深綠色的雙眼朝我看來。眼神中有著被懷疑的不快，也有著想知道我是否注意到了什麼的期待。

「包括下人用的通道，和將成為下任領主的人才知道的密道在內嗎？」

我話一說完，齊爾維斯特吃驚得微微瞠目，接著垂下臉龐，像在回想當時在大禮堂內採取過的行動。

「下人用的通道應該也封鎖了，但是至於密道……」

密道一般只有領主才知道，連騎士團也不曉得，是緊急情況下才會使用的秘密通道。雖說騎士團徹底封鎖了大禮堂，但應該不至於告訴他們密道的存在，所以我想多半沒有指派騎士去守著密道的出入口。

「我是在下人活動的森林一帶發現羅潔梅茵。但是，那裡與柯尼留斯騎著騎獸下降的地方，還有他找到羅潔梅茵騎獸魔石的地點，都有著一大段距離。假使那兩個男僕是從格拉罕子爵手中接過羅潔梅茵，再騎馬運送她，那麼，格拉罕子爵當時應該是在柯尼留斯下降的那個地方附近。」

我說明了柯尼留斯騎著騎獸在哪個位置下降後，齊爾維斯特一臉茫然自失，像是想說「這不可能」。我接著續道：

「雖然是很久以前的記憶了，我也不敢肯定，但依據父親大人告訴我的，我記得那附近應該有條通往大禮堂的密道，沒錯吧？」

「沒錯，那裡確實有條密道。但是，這件事只有領主才知道吧？」

齊爾維斯特神色非常不快地肯定了密道的存在。察覺他用眼神問我「為何知情？」，我聳一聳肩。

「你的父親與我相差了好幾歲吧？所以我也接受過領主教育。」

既是我的弟弟，隨後成為領主的齊爾維斯特的父親孩提時代，我的父親大人也就是前任領主，曾經一度病危。幸虧父親大人後來身體康復，但也因為「在弟弟成年之前，總得有人可以交接」，所以也讓我大略地接受過了領主教育。

「有沒有可能是喬琪娜把密道告訴了子爵？……雖然這只是我的直覺。」

「怎麼可能?!……姊姊大人知道密道的位置嗎？明明她還那般大吵大鬧，說因為我的關係當不成領主。」

從齊爾維斯特感到意外的表情，我才發覺他的認知與周遭旁人的認知有些差異。在齊爾維斯特眼中，喬琪娜似乎只是當不了領主，又被迫嫁往他領的長姊；但是看在我們這些打小就認識她的人眼裡，她卻是受過教育，本要成為領主的女孩。由於她對領主之位太過執著，前任領主夫婦才判定她無論如何也不可能與齊爾維斯特和平共處，遂讓她嫁往亞倫斯伯罕。

但是，原本他們也希望她能與現在的我一樣，輔佐齊爾維斯特、支持艾倫菲斯特。前任領主夫婦會懷有天真的期待，認為喬琪娜會願意輔佐齊爾維斯特，可能是因為看到從前受過領主教育的我，並不執著於領主這個位置吧。

「齊爾維斯特，你認識喬琪娜的時間，只有在你搬到北邊別館後的短短幾年而已。但是，喬琪娜直到你受洗後搬到北邊別館為止……一直到她將近成年為止，都在接受成為領主的教育。你知道的事情，最好當作她也一樣知情。」

齊爾維斯特用力閉上眼睛後，緩緩點頭。

「伯父大人，你有姊姊大人參與此事的證據嗎？有基貝・格拉罕是犯人的證據嗎？只要有什麼線索，那我……」

「我已經說了，這些全是我的直覺。雖然只是直覺，但犯人一定是他。你可以暗中與斐迪南商量，看要挖出證據還是設下陷阱都行。蒐集證據不是我的職責所在。這種瑣碎的工作我也不擅長。我只擅長鎖定敵人，將之徹底擊垮。只要你下達許可，我現在馬上能去殲滅對方。」

「請等一下，這樣只會後患無窮。不過，伯父大人的野生直覺向來很敏銳，也讓人無法忽視。那麼就假定格拉罕子爵是犯人，讓斐迪南展開調查吧。雖然他大概又會罵我增加了他的工作……」

聽完我說的話，齊爾維斯特面色沉重地撫著下巴，開始沉思。

「嗯。要用到頭腦的工作，還是交給斐迪南吧。先別說我，這件事也不適合你來做。」

齊爾維斯特一旦採取動作，多半馬上會被對方察覺。這種工作最好還是交給斐迪南與他一手栽培的文官。

「不過這樣一來，就可以名正言順地拒絕喬琪娜的來訪了吧？畢竟邀請她前來的韋菲利特如此失態，又遭受到處分，亞倫斯伯罕貴族持有的私兵還在城堡內造成混亂。應該能以加強警備為由，拒絕她的來訪。好歹能爭取到幾年的時間。」

「伯父大人說得不錯，必須婉拒姊姊大人的來訪，一邊爭取時間，一邊重振艾倫菲斯特。」

現在必須以領主一族多次遇險為由，禁止與亞倫斯伯罕的貴族往來，削弱上一代派系的勢力，並且培育近侍，壯大自己的派系。

「這是你身為領主的職責，別怠慢了。為了艾倫菲斯特，我也會重新訓練領主一族的護衛騎士，強化騎士團的力量。」

「伯父大人，那就拜託你了。」

齊爾維斯特直視前方，雙眼亮起鋒利光芒。

順帶一提，我滿懷著幹勁走出魔力供給室後，卻聽見斐迪南說因為毒藥的關係，羅潔梅茵得沉睡一年以上的時間，內心湧起了想追上格拉罕子爵把他痛打一頓的衝動。

「竟然害我得等那麼久才能見到孫女，至少能允許我給他一拳洩憤吧？」

我眼神非常認真地提出請求，齊爾維斯特立即橫眉瞪眼。

「那就別靠直覺，先把證據拿來給我再說！在那之前都不行！」

……照我的直覺，他百分之百就是犯人，奈何現實不如人意。

然而，實際上不只一年，羅潔梅茵竟沉睡了將近兩年的時間。即便想去探望她，卻因為被禁止出入神殿，我只能不斷朝斐迪南送去奧多南茲詢問近況。滿腔的擔心與不安，最終昇華成了我訓練領主一族的護衛騎士的動力。

姊姊大人的代理人

今天早上剛用完早餐不久，父親大人和母親大人，還有斐迪南叔父大人便帶著護衛騎士來到北邊別館。我也被叫到了哥哥大人的房間，聆聽昨晚遇襲一事的始末。聽說其中一名綁架犯已經抓到了，但是這件事很可能還有更多貴族牽涉其中。也聽說姊姊大人被下毒以後性命垂危，為了融化凝固的魔力，浸泡在名為尤列汾的藥水裡，要沉睡一年以上的時間才會醒來。

……都是因為指示了自己的護衛騎士來救我，姊姊大人才會……

我忍不住哭起來，叔父大人便表情嚴厲地說：「別白白浪費體力。與其哭，先想要怎麼彌補吧。要咳聲嘆氣隨時都可以。但坦白說，哭只是浪費時間，我更希望妳能努力填補羅潔梅茵的空缺。」

「斐迪南，你太嚴厲了。」父親大人斥道，一旁的母親大人則說：「要是知道夏綠蒂為自己掉眼淚，羅潔梅茵想必也不會高興吧。」

我於是擦掉眼淚，揚起頭來。叔父大人接著又說：「韋菲利特、夏綠蒂，我希望你們兩人能代替羅潔梅茵管理兒童室。」

……既然比起哭更該想辦法彌補，那我一定全力以赴，擔任姊姊大人的代理人。

「至於春天的祈福儀式，由於夏綠蒂還不習慣操控魔力，對她來說太過勉強，所以我想拜託之前在春季領主會議時留守過的韋菲利特……」

才剛下定決心要好好彌補，叔父大人卻把我摒除在了祈福儀式之外。這怎麼可以。一下子就被奪走了彌補的機會，那我該怎麼辦才好呢？

「叔父大人，我絕對不勉強。既然只要習慣操控魔力就好，像哥哥大人也曾在領主會議期間練習過，那我也會趁著冬季期間努力練習。而且我也是領主的女兒呀。姊姊大人是因為我才中毒，為了代替姊姊大人，我一定盡己所能。」

比起老是逃跑不做功課的哥哥大人，我比他更優秀——至今教導我的老師們都異口同聲這麼說。那麼只要我努力，一定可以成為姊姊大人的代理人。

「夏綠蒂，操控魔力不是容易的事。在習慣之前，妳會覺得很痛苦、很難受，但如果妳還是想幫忙，那就試試看吧。若能練習操控魔力，親眼看看羅潔梅茵至今做過了哪些事情，對妳來說也是很好的歷練。」

「是，父親大人。」

「祈福儀式我也會一起去，總不能一直只接受羅潔梅茵的幫助。」

哥哥大人也握著拳頭，向叔父大人這麼宣告。這不是我認識的以往那個雖然溫柔，卻總是偷懶怠惰的哥哥大人。我不由得定定地凝視哥哥大人。

「好，那麼你們兩人要在冬季期間往基礎魔法注入魔力，練習如何操控魔力，並為春天的祈福儀式作好準備。波尼法狄斯大人與領主夫婦會協助你們。」

「斐迪南……」

父親大人露出了不高興的表情，叔父大人卻揚起笑意，恭敬地向他行禮。

「奧伯．艾倫菲斯特，那安排兩人前往祈福儀式的事宜，也麻煩您準備了。」

把祈福儀式的準備工作與練習魔力的事情拜託給父親大人後，叔父大人再向我與哥哥大人遞來了信。

「這是羅潔梅茵留下來的書信。上頭寫著有關兒童室的待辦事項與計畫。雖然無法做到和羅潔梅茵一樣，但你們仍要努力讓兒童室維持良好運作。」

「是！」

就這樣，首先第一項任務是管理冬季的兒童室。我抱著姊姊大人託付的信，與哥哥大人一同前往兒童室。我與哥哥大人必須同心協力，完成信上的內容。叔父大人說：「羅潔梅茵的首席侍從與護衛騎士雖會派往兒童室，但她曾指示要讓專屬回到神殿。所以你們要好好活用自己的專屬，邊與身邊的人商量，邊完成信上的指示。」

……雖然叔父大人說，他覺得我們無法像姊姊大人那樣，但去年那時與我同年的姊姊大人都做得到了，我一定也可以做得很好。

「大家好。」

因為要我們多向他人請求協助，所以除了莫里茲老師外，我還叫來了姊姊大人的護衛騎士與侍從，給他們看了信上的內容。信上寫著，希望能動員貴族院的學生蒐集他領的情報，還有整理講義的內容做成參考書。此外，還會依據情報的有用程度以及講義內容有多麼詳盡，提供報酬。

「這個報酬是指什麼呢？」

「就是錢。只不過，我不知道羅潔梅茵大人的錢是從哪裡來。那麼夏綠蒂大人與韋菲利特大人的經費呢？是由首席侍從負責嗎？還是說，我們只要找奧伯・艾倫菲斯特商量就好了？」

我正想向姊姊大人的見習護衛騎士說明自己的經費時，另一名護衛騎士輕舉起手。

「柯尼留斯，羅潔梅茵大人因為要往返於城堡和神殿，她的經費統一由身為監護人的斐迪南大人管理。至於情報的有用程度，得由羅潔梅茵大人來作判斷，所以我想先一律支付一筆適當的金額，等日後判定過了情報的價值，再由羅潔梅茵大人另行支付，這樣子如何？」

「原來如此。達穆爾、布麗姬娣，那麻煩你們統整得到的情報和支付報酬了。我負責在貴族院向學生們宣傳，請大家幫忙多蒐集情報、撰寫參考書。」

姊姊大人的護衛騎士們很快就決定好了工作分配。但是，不知為何在拯救我時明明表現得那麼英勇出色，安潔莉卡這時卻只是站在大家的一步後方。

「關於在貴族院的宣傳活動，可以也請韋菲利特大人和夏綠蒂大人的近侍提供協助嗎？」

「是的，那當然。鄂妮思塔，在貴族院就麻煩妳幫忙了。」

「請交給我吧，夏綠蒂大人。」

聽了柯尼留斯的請求，不只我的見習護衛騎士，哥哥大人的見習護衛騎士也點頭。

「夏綠蒂大小姐，貴族院那邊只要交給柯尼留斯他們，我想就不用擔心了吧。至於兒童室這裡，羅潔梅茵大小姐下了哪些指示呢？」

姊姊大人的首席侍從黎希達這麼問我。由於黎希達以前擔任過父親大人的首席侍從，我也認識她很久了，所以放心地把信拿給她看。

上頭寫著，今年繪本的數量增加了，要大家依據自己的能力繼續抄寫繪本；算數方面，要增加乘法與除法的位數；還有，要回收去年借出的繪本和玩具，並告訴大家今年一樣可以提供故事來借用教材。

「莫里茲老師，姊姊大人去年做的事情，今年一樣可以做到嗎？」

我詢問後，老師不疾不徐點頭。

「……就先試試看吧。羅潔梅茵大人去年非常出色地帶領了孩子們，還想出各式各樣的方法讓大家產生動力。我也會以老師的身分待在這裡幫忙。以去年的羅潔梅茵大人為榜樣，一同度過今年的冬天吧。」

「嗯，我也會代替羅潔梅茵，好好加油！」

哥哥大人去年已經待過兒童室，幹勁十足地握起拳頭說。一直偏頭思索的黎希達在這時抬起手來，打斷討論。

「很抱歉要掃各位的興，但我想今天應該先讓孩子們向夏綠蒂大小姐問候，並向大家說明羅潔梅茵大小姐暫時都無法過來，以及今年兒童室會如何運作，這樣便足夠了吧。」

「哎呀，這是為什麼呢？我也可以照著信上的指示開始活動喔。」

「凡事都需要事前準備。羅潔梅茵大小姐去年會預先準備點心，在孩子們贏了比賽後，送給他們當作獎勵，夏綠蒂大小姐是否向專屬下達了這項指示呢？」

待辦事項裡完全沒提到這項準備。我一時間愣住，黎希達微微抬眼望著上方，回想姊姊大人做過的事情。

「大小姐事前總會作不少準備。諸如專屬樂師在指導飛蘇平琴時要負責哪個部分、依據孩子們的能力挑選要讓他們抄寫的繪本、為歌牌和撲克牌的比賽分組，還會準備點心當作獎品。畢竟夏綠蒂大小姐去年並不在兒童室，恐怕很難一下子完成這些事情。今天一天還是先把工作分配給每一個人，讓大家進行準備吧。」

黎希達說的這些事前準備，每一樣都沒有出現在信裡頭。

「但就算叫我們準備，我們也不知道該怎麼做啊。黎希達，妳知道嗎？」

「是的，韋菲利特小少爺。」

於是在黎希達的指揮下，莫里茲老師負責出題測試孩子們的實力，專屬樂師們也針對自己分配到的教授內容，各自開始作起準備。哥哥大人的護衛騎士則負責與騎士團交涉，讓孩子們能去鍛鍊身體。

我看著大家急急忙忙地開始動作，一邊接受孩子們的初見問候。由於已經事先得知在秋季狩獵大賽上陷害了哥哥大人的孩子們的名字，所以我得記住他們的長相才行。要如何與他們相處，也是我今年冬天的課題。

「夏綠蒂大人，聽說羅潔梅茵大人要休息很長一段時間，請問大約要多久呢？」

最後一個說完問候的下級貴族菲里妮，一邊在意著旁人眼光，一邊小聲問我。她嫩草色的雙眼盈滿對姊姊大人的擔心。

「很抱歉，這我也不清楚呢。」

「羅潔梅茵大人去年在兒童室對我說過，要幫我將母親大人的故事做成書。我今年不只要講述故事，還努力自己寫了下來，本來想請羅潔梅茵大人過目呢……」

菲里妮說完，難過地垂下雙眼。但我根本無法為菲里妮做書。才第一天而已，便馬上遭遇挫折。至今大家都說我比預計成為下任領主的哥哥大人還要優秀，也都稱讚我付出了領主孩子應有的努力。然而，我的信心卻在這天出現了裂痕。

隔天我們的挑戰便開始了。莫里茲老師依據自己急忙出好的題目，測試每個孩子的實力；期間再根據韋菲利特哥哥大人去年的記憶分組，大家一起玩歌牌和撲克牌。

……而且我今天也準備好了點心。

今天我負責帶領一群才剛受洗完的孩子。我要在比賽上獲勝，和去年的姊姊大人一樣成為大家無法跨越的高牆。

然而，我的決心兩三下就被徹底擊垮。兄弟姊妹間會練習玩歌牌和撲克牌的孩子們太強了，只有哥哥大人偶爾帶來時才能練習的我，完全慘敗。

雖然非常不甘心，但也不能一直灰心喪氣。我正打算再次挑戰，名為達穆爾的護衛騎士悄聲向我交談。他說為了回收教材，希望能把姊姊大人的信給他過目。

「回收教材是什麼呢？」

「羅潔梅茵大人為了無法購買教材的下級貴族，要他們提供故事做為交換，就能借用教材……啊，果然信裡面也有出借一覽表。」

那張我完全看不懂寫了什麼的名字清單上，好像是用來記錄出借了哪些教材、誰又提供了哪些故事。「能請夏綠蒂大人提醒大家歸還教材嗎？」達穆爾說，我於是開口催促下級貴族們歸還教材。

拿著借用的教材，下級貴族們紛紛走上前來。名為布麗姬娣的護衛騎士負責小心地把教材放回木箱裡，達穆爾負責往一覽表蓋上代表歸還的印章。我有些出神地望著兩人默契十足的動作，這時哥哥大人那邊的歌牌比賽也分出勝負了。

「那麼，該贈送點心給贏了的人呢。」

「好耶！我一直在期待這一刻！」

我拿出準備好的點心，發給贏得比賽的孩子們。孩子們接過後，興高采烈地張口咬下，卻一瞬間都露出了古怪的表情，隨即裝出笑臉說：「真好吃。」不明白大家為何是這種反應，我納悶地側過頭，哥哥大人「啊」地低叫一聲。

「……大家，抱歉。今年因為羅潔梅茵正在接受治療，她的專屬廚師不在這裡，所以沒辦法提供和去年一樣的點心。」

想起了首次與姊姊大人一起舉辦茶會時出現過的點心，我恍然大悟。當時吃到的點心全都前所未見，而且非常美味。我的專屬廚師根本做不出來。我不由得微微垂下臉龐，菲里妮輕輕牽起我的手。

「光是有獎勵就非常足夠了。夏綠蒂大人，您不需要這麼沮喪。我在家裡很少吃到點心，所以很高興能得到點心做為獎品唷。」

「對啊，夏綠蒂。就算是我的專屬廚師，也一樣做不出來。因為那些點心是羅潔梅茵自己想出來的，她的情況很特別。」

哥哥大人告訴我，羅潔梅茵的侍從是這麼對他說的。姊姊大人不只繪本，好像還會自己構思點心。

……我真的可以成為姊姊大人的代理人嗎？

在覺得自己絲毫無法勝任的心情下吃完晚餐，就要進行第一次的魔法特訓。我在父親大人的辦公室登記了魔力，首次走進魔力供給室。

那是個有著大型魔導具的不可思議房間，要在這裡面進行魔力供給。但是雖說供給，也不是提供我自己的魔力，而是要注入蓄積在魔石裡的魔力。哥哥大人是波尼法狄斯大人在旁協助，我則是母親大人。

「像這樣把手放在魔石上，想像著讓魔力不斷往深處流去就好了。」

母親大人這樣說明，把手疊在我的手背上。這次一定要好好表現——我這樣心想著，用力把手按在魔石上。

「創世諸神，吾等在此敬獻祈禱與感謝。」

隨著父親大人唸出祈禱文，掌心底下的魔石傳來了魔力開始逆流的感覺。這種不屬於自己的魔力要湧進來的感覺讓我很不舒服，急忙把魔力往另一邊推出去。但要抵抗逆流的感覺，並把魔力推出去非常消耗體力，儘管我自認為很努力集中精神，大腦還是慢慢地開始感到昏昏沉沉。

「到此為止。」

父親大人說道，母親大人便把我的手從魔石上移開。拚命抵抗著的壓力突然間消失後，疲憊的感覺一鼓作氣襲來。好像有什麼東西沉甸甸地從頭到腳壓在身上，我不由自主癱坐在地，一點移動的力氣也沒有。

我甚至提不起勁開口說話。哥哥大人卻一邊說著「果然很累呢」，一邊站起來。

「……哥哥大人居然還這麼有精神。」

「韋菲利特第一次供給魔力的時候，情況也和現在的夏綠蒂差不多喔。」

父親大人輕笑說道，哥哥大人也「嗯」地大力點頭。

「大概是因為春天的時候每天都在供給，所以稍微習慣了。但羅潔梅茵不是用魔石，而是直接供給自己的魔力，還說她奉獻儀式的時候每天都要這麼做，看起來一點也不累。明明一跑步就會暈倒，她居然能若無其事地提供魔力。」

雖然哥哥大人安慰我，久而久之就會習慣，但我聽完，眼眶忍不住湧出淚水。

「夏綠蒂，妳怎麼了?!是累到想哭嗎?!」

「不是的，我只是沒想到自己居然這麼沒用，我完全沒辦法成為姊姊大人的代理人。」

我心裡頭一直以為自己可以做得更好。而且姊姊大人是因為我才陷入沉睡，至少要代替姊姊大人出色地完成工作，當作是彌補，等姊姊大人醒來的時候，在她面前就可以抬頭挺胸。可是，我卻什麼事情都做不好。

「夏綠蒂，妳別拿自己和羅潔梅茵做比較。羅潔梅茵是因為擁有豐富的魔力，和前所未見的知識，我才會收她為養女，現在更成了艾倫菲斯特的聖女。妳不需要做得和她一模一樣，只要盡自己所能努力就好了。妳現在就已經做得很好。」

父親大人這麼安慰我，但我還是好不甘心。明明年紀只差一歲，沒想到差距竟然這麼巨大。我以為代替姊姊大人完成工作，就能當作是補償，卻沒辦法做到令自己滿意。內心只是充滿挫敗，一天就這麼結束了。

學生們前往貴族院以後，兒童室裡只剩下孩子們，課程正式開始。期間，各式各樣的難題依舊接踵而至。比如抄寫與算數課的時間分配、練習飛蘇平琴時專屬樂師的分工與輪換順序、依據實力為歌牌和撲克牌的比賽分組、準備點心做為獎品、如何站在頂點贏過所有人並激起大家的鬥志、整理孩子們帶來的故事等等。每次遇到新的難題，我與哥哥大人都會詢問旁人的意見，了解去年姊姊大人是怎麼處理，一起努力管理兒童室。

「……姊姊大人真的自己一個人就處理了這麼多事情嗎？」

我目瞪口呆地低喃後，莫里茲老師也嘆一口氣，聳起肩膀。

「我記得每次開始上課之前，羅潔梅茵大人都會提供許多建議，但沒想到一整天下來，竟然要處理這麼多繁瑣的事情。因為印象中，羅潔梅茵大人除了偶爾參加比賽以外，其他時間都在看書，不然就是把故事記錄成文字。」

聽說姊姊大人在大家抄寫的時候，會一邊寫著日後要做成繪本的故事，一邊觀察孩子們的表情，適時開口表示：「現在來學習計算吧。」莫里茲老師帶著苦笑說，他現在才知道這件事有多麼重要。因為一對一教學的時候自是不用說，但在這種得同時指導這麼多孩子的情況下，會讓人完全感覺不出時間到底過了多久。

就這樣，我和哥哥大人還無法完美地管理好兒童室時，叔父大人又出了新的作業給我們。他送來了大量木板，表示是祈福儀式要背的東西。最基本該背的問候語與祈禱文共有三片木板，再加上若有餘力最好也背下來的其他資料共是五片木板，如果想和姊姊大人一樣做到十全十美，總共則是十片木板。

「我聽神殿的侍從說過，羅潔梅茵好像全部背下來了……總之，我先拿三片份的吧。但相對地，這些我會一字不漏地背下來。」

我要當姊姊大人的代理人，當然是選十片木板——儘管我很想這麼說，卻完全沒有信心可以達到和姊姊大人一樣的程度。我的自信心早已經徹底粉碎。所以我也和哥哥大人一樣，拿了三片份的木板。

「……姊姊大人好厲害喔。」

看著上頭密密麻麻的祈禱文，我感到虛軟無力地低聲說道，哥哥大人「嗯」地應道，笑著說了：

「羅潔梅茵是很厲害。所以趁她沉睡的這段時間，我要努力追上她。」

能以姊姊大人為目標，努力奮發向上的哥哥大人也很厲害，我由衷如此心想。因為姊姊大人是特別的，好像不管我怎麼做都無法追上她。但哥哥大人的這句話，宛如一道光芒筆直照進我陰暗的內心。

「我也會追上姊姊大人和哥哥大人的。」

我們兩人不服輸地爭相背好祈禱文，雖然無法做到和姊姊大人完全一樣，但對兒童室的管理也漸漸地越來越有模有樣。日復一日，春天的腳步也近了。

……時間過得好快呀。

忙碌的冬天也終於要結束了，我正安心地大口吐氣時，菲里妮前來問我：「夏綠蒂大人，請問今年也會販售和出借教材嗎？」聽到她說去年冬季尾聲普朗坦商會曾來販售教材，完全沒想過這件事的我嚇得臉色發白。

……這麼說來，姊姊大人在信裡面有說過這件事！怎麼辦?!

在我六神無主的時候，是達穆爾伸出了援手。這名護衛騎士相當擅長籌備與規劃，我甚至曾懷疑他是不是文官。我幾乎要哭出來地找達穆爾商量後，他立即朝神殿送去奧多南茲，向叔父大人報告這件事，再向父親大人徵得了在兒童室販售教材的許可，還安排了普朗坦商會於冬季尾聲前來城堡。

「達穆爾，你真是幫了我大忙。」

「比起羅潔梅茵大人的強人所難，這點小事不算什麼。」

達穆爾帶著穩重的笑容這麼回答。我忍不住心想，要侍奉異於常人的姊姊大人真是辛苦，即便是騎士，也必須能完成文官的工作才有辦法勝任呢。

……我不可能變得和姊姊大人一樣。因為姊姊大人太特別了。

終於能在內心取得平衡的時候，時序已經進入春天，我與哥哥大人為了祈福儀式，首次要離開艾倫菲斯特前往各個直轄地。因為會花上大約半個月的時間，移動上要準備三輛馬車，連行李的打包也讓我傷透腦筋。

由於城堡裡的侍從不了解儀式流程，所以哥哥大人是由叔父大人的侍從跟在身邊，指派給我的，則是姊姊大人在神殿名為法藍的一名侍從。

「夏綠蒂大人，還請您不吝指教。」

「法藍，也麻煩你多多關照了。可以告訴我有關姊姊大人的事情嗎？」

「只要是我能回答的事情……」

坐在搖晃的馬車裡，首先要前往名為哈塞的城鎮。一路上，法藍為我說明了哈塞與姊姊大人的關係。以前哈塞居民曾在不知情的情況下犯下了反叛重罪，為了拯救他們，姊姊大人找叔父大人協商、教育哈塞的居民，做出了許多足以被稱為聖女的舉動。

「羅潔梅茵大人格外不願見到有人死亡。她總是想方設法，希望能讓所有人都活下來，但似乎也因此讓自己留下了不愉快的回憶。」

正因如此，連像我這樣的灰衣神官與孤兒們，她也十分重視——法藍帶著驕傲的表情露出微笑。自己的侍從與護衛騎士是否也這麼仰慕我呢？我突然有些擔心。雖然至今受到的教導，都告訴我能夠善用底下的人才是好主人，但我頭一次產生了不一樣的想法。也就是想像姊姊大人這樣，成為受到仰慕的主人。

「法藍，姊姊大人喜歡什麼東西呢？等姊姊大人醒來，我想贈送禮物給她，當作是她救了我的謝禮。」

「羅潔梅茵大人喜歡書，除此之外我想不到任何東西。神殿裡的侍從都知道羅潔梅茵大人有多麼喜愛書，所以正為了羅潔梅茵大人，努力做出更多的書來。」

抵達哈塞的時候，我們受到了居民熱切且盛大的歡迎。聽說是因為哈塞居民已經忍耐了一年的時間，今年的祈福儀式總算得到了領主的許可，所以特別具有意義。

舉行祈福儀式用的舞臺已經設置完成，法藍先帶著聖杯走向舞臺，放好聖杯，並向居民稍做說明。這段時間我要在馬車內換上儀式服。有白色的神殿長服和春季的髮飾，全是姊姊大人的東西。順便說，哥哥大人則借走了姊姊大人以前訂做的藍色儀式服，再稍微修改長度。因為原本未成年的孩子不能舉行儀式，所以神殿裡頭只有姊姊大人才有兒童穿的儀式服，所以我們也沒有其他辦法。

「讓你們久等了。」

「夏綠蒂大人，為了避免下襬弄髒，請恕我失禮了。」

我正要走下馬車，法藍突然把我抱在手臂上，帶我走向舞臺。由於在城堡裡頭從沒有人會這樣抱著我移動，我吃驚得瞪大眼睛，法藍露出了有些侷促的笑容。

「因為羅潔梅茵大人走路的速度非常緩慢，又經常踩到下襬險些跌倒，所以在農村我們都是這樣移動。夏綠蒂大人並不習慣這樣的做法，想必令您感到不快，但是現在地面泥濘，還望您見諒。」

我和法藍一起走上舞臺後，他把我放在設置好了神具的臺階上。眼前的居民遠比首次亮相時聚集的貴族人數還要多，注視著我的目光讓人很不自在。他們眼中都帶有著熱切的渴望，讓我很想要拔腿逃離這個地方。

連我自己都知道，現在的心情比洗禮儀式後的首次亮相還要緊張。那時候進場以後，因為有姊姊大人對我微笑，還在演奏飛蘇平琴的時候為我打氣，我才能夠不那麼緊張。明明才一個季節前的事情而已，我卻覺得好像已經很久很久以前了。

……要是我失敗了怎麼辦？如果我沒能和姊姊大人一樣，大家一定會非常失望。

我不安得渾身僵硬的時候，準備接受祝福的村長們拿著大桶子走上舞臺。眾人期待的眼神彷彿隨著腳步聲朝我逼近，喉嚨變得越來越乾。內心的緊張正到達極限時，法藍輕輕地在我眼前遞來一顆魔石。

「夏綠蒂大人，這是這次祝福所用的魔石……裡頭是羅潔梅茵大人的魔力。」

我目不轉睛地望著染成了淡黃色的魔石。

「羅潔梅茵大人一直以來都惦記著哈塞，請您將她的魔力送給哈塞的居民吧。這件事只有夏綠蒂大人才能辦到。為了這一天，您練習了很久吧？請吟誦祈禱文，獻上羅潔梅茵大人的魔力吧。」

……要把姊姊大人的魔力送給哈塞的居民。

這是宣稱要代替姊姊大人完成工作的我，非做不可的事情。我深深吸一口氣，拿著蓄有姊姊大人魔力的魔石，靠在神具的魔石上，慢慢地開口說了。

「帶來治癒與變化的水之女神芙琉朵蕾妮，侍其左右的十二眷屬女神啊。請為不再受生命之神埃維里貝之禁錮，令姊妹神土之女神蓋朵莉希，賜予祂孕育新生命的力量。」

我不斷釋出魔石裡的魔力，讓魔力流進聖杯。於是忽然間，聖杯綻放出了耀眼金光。廣場上的民眾發出了響徹雲霄的歡呼，但我垂著雙眼，繼續把祈禱文說完。

「讚頌生命的歡喜之歌奉獻予祢，祈禱與感謝奉獻予祢，請賜予祢清澄明淨的守護。願祢之貴色，滿布瀚瀚大地之萬事萬物。」

我說完祈禱文後，法藍動作輕柔地傾斜聖杯。散發著光芒的綠色液體從聖杯中溢出，排隊等候的村長們依序走上前來，拿著桶子盛裝。

雖說最近稍微習慣了如何操控魔力，但頭一次在這麼多人的注視下舉行儀式，似乎對我造成了很大的負擔。儘管覺得很難為情，我仍是癱坐在臺階上動彈不得。

「夏綠蒂大人，您表現得非常優秀。這是神官長提供的恢復疲勞藥水，也是他表示慰勞的一點心意，還請您收下。」

「那真是太好了。」

我接過笑容可掬的法藍遞來的藥水，準備要喝，但才打開蓋子而已，就能聞到明顯非比尋常的臭味，忍不住凝視法藍。這是不是故意要欺負我呢？

「……法藍，這個藥水聞起來很可怕呢，真的是用來喝的嗎？」

「羅潔梅茵大人初次服用的時候，也說過類似的話。但是，這確實是可以服用的藥水。神官長與羅潔梅茵大人在必須盡快恢復體力的時候，都會飲用這個藥水。雖然氣味與滋味都相當令人難以忍受，但據說非常有效。」

我抱著想哭的心情喝下藥水。雖然拚了命吞下去，不敢吐出來，但舌頭好像麻痺了般陣陣刺痛，味道更可怕得我眼淚直流。儘管馬上就消除了疲勞，重新可以動彈，但我再也不想喝第二次。

「祈福儀式與收穫祭的時候，羅潔梅茵大人也都會喝這個藥水恢復魔力與體力，然後舉行儀式，等到消耗完了魔力和體力，再接著喝藥，前往下一個地點舉行儀式。倘若夏綠蒂大人有需要，也請不用顧慮，儘管隨時向我開口。神官長提供了許多，都寄放在我這邊。畢竟這趟旅程才剛剛開始。」

……居然喝著這種藥水反覆地舉行儀式，為了艾倫菲斯特前往各地提供魔力，羅潔梅茵姊姊大人與其說是聖女，根本是女神了吧？

內心的驚訝、錯愕、嚮往與嫉妒忽然間全部消散，我現在只想要信奉姊姊大人。

婚事二則

繼承了伊庫那子爵的頭銜後，一眨眼三年便過去了。自從父親大人去世，成為基貝以後，這段日子過得是驚濤駭浪。布麗姬娣的前未婚夫哈斯海特與他的親族意圖加害予我，妹妹一怒之下解除了婚約，一家人團結一心，應付自那之後始終沒有間斷過的蓄意刁難。受到拉攏的貴族相繼離開伊庫那，從貴族院畢業的妹妹找不到新對象，畢業儀式上只好由我負責護送，這些都是痛苦的回憶。

布麗姬娣畢業後，她以騎士的身分住進宿舍，想藉由建立新人脈，減少伊庫那受到的欺壓。之所以願意前往神殿和平民區，好成為領主養女羅潔梅茵大人的護衛騎士，也全是為了這個緣故。顧及布麗姬娣的名聲，我也曾經阻止過她，她卻非常堅決地表示：「我一定會為伊庫那做出貢獻。」事實上妹妹成為了護衛騎士以後，對伊庫那的欺壓便明顯減少，我們也稍微有了喘息空間。

就這樣得到羅潔梅茵大人的庇護吧。帶著這樣的希望，伊庫那搶在其他貴族前頭，率先投入了羅潔梅茵大人所主導的製紙業。因為這是絕無僅有的機會，我當然要馬上抓住。然而真正開始以後，卻面臨了一個接一個的難題。

來自艾倫菲斯特的客人留駐在伊庫那後，我不得不一再地意識到伊庫那有哪些不足。斐迪南大人等上位貴族來訪後，我身為貴族該有的覺悟與膽識，還有面對人民時該有的姿態，更是受到質疑。我也曾經後悔，真的有必要逼著人民接受如此劇烈的變化與負擔嗎？但是，已經不能回頭了。伊庫那必須繼續發展製紙業，迎來繁榮昌盛。

「老爺，我們做好了！請您確認張數！」

夏季中旬的某個午後，伽雅笑容滿面地衝進辦公室。沃克規規矩矩地行了禮後，跟在後頭走進來，立即糾正伽雅。

「伽雅，妳對基貝．伊庫那太無禮了。」

「對、對不起，我有點太激動了。」

伽雅道歉後，先退出去再重新進來。去年留駐在伊庫那的灰衣神官們教導了在宅邸工作的人們以後，當時養成的習慣一直持續到了現在。

如今羅潔梅茵大人因為治療，使用了尤列汾藥水陷入沉睡，雖有貴族對製紙業和印刷業感興趣，但斐迪南大人都已先推掉了他們的請求。只是斐迪南大人也告訴我，從今往後勢必會有許多貴族前來伊庫那參觀工坊。為此，在宅邸工作的人都必須學會禮儀。

「沃克，都做好了嗎？」

「是的，基貝．伊庫那。我們成功達到了訂定的目標。」

沃克性格沉穩，但也冷靜又很少表露出情緒，此刻難得露出了開心的笑容，動作恭敬地遞來做好的紙張。

我接過後，清點每種紙張的張數。老實說，我從沒想到他們真的能成功。沃克與伽雅選擇相信羅潔梅茵大人，不顧冬天的水冰得把手都凍紅了，始終認真不懈地製作紙張，如今兩人的努力也成功開花結果。兩人明亮的笑臉上都充滿了成就感，不禁讓我覺得十分耀眼。

「嗯，我確實收下了。接下來我要前往貴族區參加星結儀式，到時我會把這些紙張賣給普朗坦商會，再簽訂沃克的買賣契約。」

「基貝．伊庫那，假使您方便，而且也有機會的話，還請您向神官長詢問羅潔梅茵大人的近況，小的不勝感激。」

「嗯，我會問問。」

我送出奧多南茲，請布麗姬娣代為向斐迪南大人預約會面的時間後，騎著騎獸前往貴族區，準備參加星結儀式。這次出席星結儀式的只有我一人，所以使用騎獸就夠了。從伊庫那到貴族區有一段距離，我不太想要搭乘馬車。

身為貴族，雖然這麼做並不值得表揚，但我還是把裝了紙張的幾個木箱綁在騎獸上，然後動身前往貴族區。常駐在冬之館的首席侍從一臉驚愕地衝出來迎接。

「老爺，您怎麼這麼快就到了。」

「因為這次只有我一個人而已，行囊很輕便。」

「……您帶來的行囊數量，很難用輕便來形容吧。」

侍從瞪著我說，我看向搬運著行李的下人們。

「這些行李麻煩原封不動，直接搬去辦公室吧。裡頭裝有伊庫那重要的商品。」

「遵命。但是老爺，還請您在來到貴族區的時候，多表現出貴族該有的威儀吧。」

「嗯，我會改進。」

到了會面當天，我命人把可說是貴重商品的紙張搬上馬車，出發前往神殿。侍從們單是聽到我要前往神殿談生意，便露出厭惡的表情，但因為沃克和布麗姬娣都告訴過我神殿裡的情況，所以我並不反感。出發前我還心想著這時候開始移動的話，應該能剛好在斐迪南大人指定的時間抵達，不料我卻是最晚到的。普朗坦商會的班諾與達米安、羅潔梅茵大人的首席侍從與吉魯，還有神官長斐迪南大人，都已經在神殿的神官長室裡等著了。

「基貝・伊庫那，歡迎。」

在斐迪南大人的監督下，我報告了伊庫那的造紙成果，與商會買賣紙張。雖然幾乎只是要簽些資料，但因為成立了植物紙協會，預先決定好了紙張的售價，所以商人沒有再試圖壓低價格，紙張的買賣一下子便結束了。快得甚至教人目瞪口呆。

「基貝・伊庫那，能夠買到品質這麼優良的紙張，真是教人高興。往後還請您多多關照。」

「哪裡，我也請你多多幫忙。」

先前班諾提出請求，希望能夠簽訂魔法契約，明確訂定紙張的價格時，我還心想「不過是紙的價格而已，未免太小題大作了，真是浪費錢」。然而，如果能夠這麼輕鬆地結束與商人的交易，確實是事先訂好價格比較妥當。關於商人與做生意的方式，我稍微改變了以往固有的想法。

買賣完紙張，普朗坦商會的人告退離開，接著是簽訂沃克的買賣契約。把紙張賣給普朗坦商會的收入，正好足以用來買下沃克，請斐迪南大人確認過後，在文件上簽名。

「嗯，這樣一來契約便宣告成立……不過，這速度比羅潔梅茵預想的還快。」

「是的，因為沃克認真又腳踏實地……也相信羅潔梅茵大人說的一定能存到這筆錢，所以專心一意地製作紙張。」

「是嗎？沃克能夠適應在伊庫那的生活嗎？」

雖然這麼說很失禮，但我完全沒想過斐迪南大人竟然會在意灰衣神官能否適應新環境，不由得眨了眨眼。大概注意到了我的眼神，斐迪南大人輕哼一聲。

「因為離開伊庫那的時候，羅潔梅茵與她的侍從，乃至當時同行的灰衣神官們，都對於要把沃克一個人留在那裡感到十分擔心。我個人倒是認為，既然沃克自己選擇了這條路，就該任他聽天由命……」

斐迪南大人有些挖苦地勾起嘴角，瞥向站在一旁的羅潔梅茵大人的侍從們。先前曾在伊庫那一同造紙的吉魯也在其中。我想他確實非常擔心沃克吧。紫色眼眸定定凝視著我，渴求著答案。

「對於生活習慣的不同，沃克確實不知所措，但也在努力適應。而且努力習慣伊庫那的風俗之餘，也會把神殿的做法引進宅邸，我認為這對雙方都帶來了良好的影響。」

我對著斐迪南大人說明時，也在眼角餘光中看見吉魯放下心來的表情。知道了沃克的近況後，吉魯露出安心的笑容。對此我也不禁微笑。與此同時，跟著想起了沃克也同樣掛念著神殿這邊的情況。

「……斐迪南大人，我也有一事想要請教，請問羅潔梅茵大人尚未醒來嗎？」

「嗯，還沒。恐怕要再將近一年的時間，怎麼了嗎？」

斐迪南大人把契約書交給侍從，指示他們收起來，然後轉回臉龐。在他銳利的金色雙眸注視下，我急忙解釋是沃克在擔心羅潔梅茵大人。

「而且我在想兩人成親的時候，也許會想得到羅潔梅茵大人的祝福……」

「倘若他們願意等到羅潔梅茵醒來，那也別無不可。由他們自己決定吧。如今沃克不再是灰衣神官，我們無法再強迫他做任何事。」

如果轉告了斐迪南大人這番話，沃克有可能會一直等到羅潔梅茵大人醒來，但伽雅怕是等不下去了。

當時普朗坦商會的人一走，我便把宅邸裡單身下人用的一間房間分配給了沃克。畢竟沃克若一個人繼續住在別館太過浪費空間，而羅潔梅茵大人也吩咐過，要盡可能讓沃克與他人一同生活。只是這樣一來，先前客人還很多的時候，沃克並不顯眼，落單以後卻變得非常醒目。

沃克行事穩重，比起我這個必須在山林眾多的土地上來回奔波的基貝，看起來說不定要更斯文且高貴。同時又因為慣於服侍貴族，所以個性謙虛而內斂。

與伊庫那的男人們相比，沃克明顯與眾不同，所以不出多少時間，四周還單身的女性都開始把目光集中到他身上。看見女性們想方設法要接近沃克，看得出伽雅心急如焚，希望能夠早日成為名副其實的夫妻。

「我想他們應該今年秋天就會結婚了，因為女方看來是無法再等下去。」

「到了秋天我預計前往伊庫那，順便了解製紙業的進展。屆時星結儀式的情況與兩人的結果，我會再告訴羅潔梅茵。」

「感激不盡。」

我在胸前交叉雙手道謝。斐迪南大人僅一瞬間露出了遲疑的神色，似乎在煩惱該不該說，最終開口說道：

「基貝．伊庫那，你也許會覺得我多管閒事，但你為人太老實了。這樣的性格雖能讓人留下好感，在貴族社會卻很容易遭人暗算。縱然不願意，你還是該學學貴族的行事作風吧？」

斐迪南大人蹙著眉頭，雖然表情看似透著不快，語氣卻很溫和。成為基貝以後，如今身邊早已不再有人會給我這方面的忠告。斐迪南大人的忠告無疑彌足珍貴。

「由衷感謝斐迪南大人，我會謹記在心。」

簽完沃克的買賣契約，我帶著所剩不多的賣紙收入與契約書副本，返回冬之館。這下子，沃克便正式成為了伊庫那的居民。從今往後他將一邊經營製紙工坊，一邊在宅邸裡擔任指導員吧。

……說不定也該請他為我提供建言。

待在貴族區的時候自是不用說，但每當回到伊庫那，我總是不由自主鬆懈。也許該請沃克來提醒自己。

「哥哥大人，您回來啦。」

「啊，布麗姬娣，妳回到這裡來了嗎？今天不用訓練？」

回到冬之館後，只見平常總在騎士宿舍生活的布麗姬娣正在屋裡歇息。聽說近來領主一族的護衛騎士，正輪流接受著波尼法狄斯大人的嚴格訓練。波尼法狄斯大人是前任騎士團長，也是領主的伯父，據說他的鍛鍊非常嚴苛，布麗姬娣還曾經這麼抱怨過：「要是在我們訓練後累得筋疲力竭的時候遭遇敵襲，我們鐵定全滅。」

「是啊。但我上午還受邀參加了艾薇拉大人的茶會，所以過得也不是那麼悠閒……先別說我了，結果怎麼樣？」

「正如羅潔梅茵大人所言，他們成功存到了那筆錢。方才沃克的買賣契約也順利結束了。」

「太好了，這樣伽雅就可以和沃克過著幸福的日子了。要送什麼禮物好呢？」

我在布麗姬娣前方的椅子坐下，拿出契約書的副本讓她過目。布麗姬娣很快接過，打從心底為契約成立一事感到高興，開始思考要送什麼禮物。知道從小玩在一塊的伽雅能夠得到幸福，布麗姬娣也由衷獻上自己的祝福，這副模樣讓我不由得微笑。

「伽雅這件事固然值得高興，但我更擔心的，是妳的星結儀式。」

去年布麗姬娣穿著羅潔梅茵大人設計的新衣，出席星結儀式，卻遇上哈斯海特向她示好。他似乎想得到羅潔梅茵大人的後援，糾纏不休地說著：「為了妳的名譽，我們應該重修舊好。」「沒有男人會向曾經毀婚的女人示愛。」也因為確實沒有其他男人上前向布麗姬娣示好，布麗姬娣只能咬著嘴唇，但也不願握住哈斯海特伸來的手，只能在眾人的注視下無助佇立。

當時出面解圍的，就是布麗姬娣的工作同伴達穆爾。他與一群騎士朋友站出來袒護布麗姬娣，更藉由向布麗姬娣求婚，保住了她的名譽。雖然兩人的魔力差距相當大，但達穆爾在去年的星結儀式上宣稱，會在今年的星結儀式之前增加魔力，並且再一次求婚，才讓場面圓滿落幕。

自那之後，已經一年了。今年的星結儀式近在眼前。我就是為了親眼目睹結果，才會來到貴族區。

「布麗姬娣，能告訴我妳有什麼打算嗎？」

「……我沒什麼打算啊。」

布麗姬娣抱緊了手邊的靠墊，垂下臉龐以後，接著抬起眼，用孩子般的眼神看我。

「哥哥大人，您對達穆爾有什麼想法呢？」

看這樣子，布麗姬娣是對達穆爾有好感了。去年在星結儀式上她還不以為意，說：「達穆爾只是為了守住我的名聲。」想必這一年來也發生了不少事情。原本布麗姬娣已經放棄結婚了，如今看到她又變得積極，這是一件好事。

我回想了達穆爾待在伊庫那時的言行。他看起來應該會好好對待布麗姬娣，個性也很溫和，感覺容易吃虧。既不嫌棄伊庫那是窮鄉僻壤，似乎也深得羅潔梅茵大人的信賴，在他面前毫無戒心。

「我想他的人品沒有問題，但是魔力量如何？達穆爾雖說過他會在一年的時間內提升魔力，但有沒有辦法結婚，應該十分難說吧？」

達穆爾是下級貴族，布麗姬娣是中級貴族，去年那時的魔力差距，勉強落在還有辦法生育的範圍內。要結婚並不是不行，但考慮到懷孕生子這個部分，看在親人眼裡，自然都希望布麗姬娣能找到更好的結婚對象；若再考慮到魔力差距與身分差距，看在旁人眼裡，甚至會直接斷言說這不可能。事實上也因為旁人都這樣心想，才只把達穆爾的求婚當作是守住布麗姬娣名聲的障眼法，還成了眾人調侃打趣的對象。畢竟是下級貴族，就算能夠增加魔力量，大概也是不過爾爾。

「達穆爾的魔力在這一年內有變化嗎？」

「是的。他的魔力真的在這一年內成長了不少，雖然現在還是我比他多，但已經增加到足以匹配的程度了。」

布麗姬娣神色有些羞赧地回答。看她的表情，已經完全把達穆爾視作是結婚對象了。真沒想到下級貴族竟能讓魔力量有如此大幅的成長，我有些瞠目。

「難道是他魔力的成長速度原本就比一般人慢嗎？」

由於大多數人都是在貴族院畢業前就開始尋找對象，所以我聽說魔力成長速度緩慢的人，在尋找對象時會非常辛苦。說不定達穆爾的魔力今後還有可能繼續增加。

「這一年來他增加的魔力量非常顯著，所以也有可能成長速度真的比一般人要慢吧。但我想最主要的，還是因為羅潔梅茵大人教給了他效率驚人的魔力壓縮方式……即便已經成年了，仍能讓魔力有所成長。雖然也聽說因人而異。」

「冬季期間一直在謠傳有個能讓魔力增長的新壓縮方式，原來是真的嗎？」

冬季的社交界上，忽然間流傳起這個傳聞。儘管消息來源不明，但貴族自然都對能夠增加魔力的方法感興趣，所以眾人還曾興致勃勃地談論過究竟是怎樣的方法。

「目前接受過指導的，只有領主夫婦、騎士團長一家、斐迪南大人，還有韋菲利特大人以外的領主一族的護衛騎士，以及部分騎士團員與尤修塔斯大人。等羅潔梅茵大人醒來，好像就會從能夠信任的人開始慢慢推廣。而且聽說這件事的開端，還是達穆爾……那個，為了與我結婚，去向羅潔梅茵大人討教。」

羅潔梅茵大人竟然信任達穆爾到了這種地步，最先把魔力的壓縮方式教給他。那達穆爾與布麗姬娣若能成婚，定能為伊庫那帶來助益。再回想了羅潔梅茵大人臨別前對沃克說過的話，她應該是位重情重義的人。既然如此，即便兩人結了婚，布麗姬娣辭去護衛騎士的工作，應該也不會馬上與我們斷絕關係。如今伊庫那正面臨劇烈的轉變，還非常需要有羅潔梅茵大人的援助。

「既然魔力上沒有問題，那就看妳怎麼選擇了。去年那時候我也說過，只要對伊庫那沒有害處，布麗姬娣又能得到幸福，這樣我就心滿意足了。身為哥哥，身為基貝・伊庫那，我都贊成妳與達穆爾成婚。」

聞言，布麗姬娣紫水晶般的雙眼綻放光彩，像朵燦爛盛開的花兒般，露出柔美又充滿喜悅的笑容。

「真高興聽到哥哥大人這麼說……對了，今天在艾薇拉大人舉辦的茶會上，她也問了我一樣的問題。她問我是否會接受達穆爾的求婚。」

即便是小規模的茶會，但連領主夫人也出席了，卻還在茶會上對她打破砂鍋問到底，真教人坐立難安又難為情——布麗姬娣噘著嘴唇發牢騷。但是，看她臉上高興的笑容，想必也不是真的那麼討厭吧。

「那妳怎麼回答？」

「我回答接受了達穆爾的求婚以後，想回到伊庫那。」

布麗姬娣的回答讓我不住眨眼。因為她的答案教我出乎意料。

「布麗姬娣，妳要回到伊庫那嗎？」

「哥哥大人，您這句話是什麼意思？不高興我回伊庫那嗎？一旦結了婚，旁人對女人的期待就只有生兒育女吧？如果要養育孩子，我想回到伊庫那拉拔他們長大。」

由於兩人都不是繼承人，若要在貴族區生活，就得從買棟新房開始。布麗姬娣說她比起住在庭院狹小的侷促住家裡頭，還要在沒有過生活經驗的貴族區裡教養孩子、以下級貴族的身分與人社交，她更想回到只有地幅遼闊這個優點的伊庫那，蓋一間房子，為孩子準備好自己也經歷過的生長環境，讓他們從小就能在山林裡奔跑。

「達穆爾對此有什麼想法？」

「咦？……達穆爾並不是擁有土地的貴族，我想他對於住在哪裡應該沒有執著吧。他也說過伊庫那是個好地方，艾薇拉大人對於我想返回故鄉也表示贊成，還說了可以藉此測試達穆爾對我的愛。」

「是嗎……」

布麗姬娣真是始終如一。知道自己的毀婚害得伊庫那被逼入險境後，她便自願成為羅潔梅茵大人的護衛騎士，即便得在神殿執勤，有時甚至還得前往平民區。為了得到有力人士的後援，她可以說是不顧一切。但是，她的行動是基於對家鄉的愛，並不是騎士該有的舉動。只有擁有土地的貴族才會有這種想法：想要保護家鄉，守護當地居民，希望家鄉能有更好的發展。縱然擔任著領主一族的護衛騎士，布麗姬娣的根本想法還是沒有改變。

……她不是那種一心一意侍奉主人的護衛騎士。

我緩緩吐一口氣。艾薇拉大人雖然認同了布麗姬娣對家鄉的愛，也允許她回到伊庫那，但是我想在她心中，也許已經判定布麗姬娣是失職的護衛騎士。不僅如此，她還打算利用布麗姬娣去試探達穆爾。達穆爾真正要被測試的，多半不是他對布麗姬娣的愛，而是他對羅潔梅茵大人的忠誠。

倘若達穆爾不是領主一族的護衛騎士，想必會入贅到伊庫那吧。能與基貝．伊庫那的妹妹成婚，對下級貴族來說是絕無僅有的好機會。然而，達穆爾是在貴族區出生長大的騎士，犯下過錯後，又是羅潔梅茵大人替他說情，更提拔他為護衛騎士。恐怕他從來沒有想過要在結婚之後搬到伊庫那。我想，這甚至是他不能去想的選擇。

「……布麗姬娣，假使達穆爾說他無法搬來伊庫那，妳打算怎麼辦？妳曾想過成婚後留在貴族區嗎？」

布麗姬娣有些瞠大雙眼，思考了一會兒後，緩緩搖頭。

「我從來沒想過。成婚以後，就算辭去了護衛騎士的工作留在貴族區生活，也對伊庫那沒有任何幫助，況且我也完全想像不出下級貴族的生活。直到羅潔梅茵大人提醒我，我才知道伊庫那有哪些不足，也能以第三者的角度檢視家鄉。我打算把這些新發現，活用在往後的生活上。保留伊庫那的優點，讓伊庫那蓬勃發展。」

只要是為了伊庫那，布麗姬娣甚至願意與不喜歡的人結婚，也願意前往神殿和平民區。為了能夠一直住在伊庫那，她才會選擇身分比自己要低，又不是繼承人，看來也願意入贅的下級貴族達穆爾。做為擁有土地的貴族的妹妹，她可說是完美的典範。

「布麗姬娣，我能明白妳如此重視伊庫那的心情……但是，如果這件事妳無論如何都無法退讓，屆時達穆爾若選擇繼續擔任護衛騎士，而不是與妳攜手共度未來，妳也不能埋怨憎恨他。」

「哥哥大人，您是什麼意思？」

布麗姬娣面露慍色，一把拋開靠墊站起來。我抬頭看著她，盡可能以冷靜的語氣向她諄諄教誨。

「達穆爾和我們這種擁有土地的貴族不同。他是在貴族區出生長大，犯錯後還是羅潔梅茵大人幫他說情，更提拔他為護衛騎士。我在想，他恐怕無法離開領主一族的羅潔梅茵大人身邊……但如果他願意搬來伊庫那，我自然竭誠歡迎。」

布麗姬娣大受衝擊般地重新坐下，再次緊抱住靠墊。看她一臉泫然欲泣地陷入沉思，我站起身來。接下來要怎麼做，得由布麗姬娣去思考。即便我是她的哥哥，也不能多嘴。

然後，到了星結儀式之夜。布麗姬娣穿著與去年相同的禮服，出現在會場裡。今年有些女性參考了布麗姬娣的服裝，也有女性利用與羅潔梅茵大人髮飾相同的花朵裝飾衣裳，更有女性穿著以往從未見過的服裝。往年的星結儀式，女性們總是穿著當下流行的類似衣服，所以今年有種耳目一新的感覺。

由於今年也有好幾個人穿著款式相近的禮服，布麗姬娣不再像去年那樣因服裝而受到矚目。今年眾人對布麗姬娣的好奇心，都放在達穆爾的求婚會有什麼結果上吧。喜歡談論戀愛消息的婦人們明顯非常在意兩人的一舉一動。也有騎士同伴與同齡的友人們拍著達穆爾的肩膀問他：「你到底怎麼增加魔力的？」或是輕戳他說：「你這令人羨慕的傢伙。」

斐迪南大人主持完星結儀式後，未婚的男女便開始尋找對象。為了覓得結婚對象，今年的年輕人們依舊積極地各自展開行動。雖說積極，也只有小部分人會被沒有對象的人包圍。除此之外的年輕人，不是設法與在工作場合上已經看中的對象縮短距離，不然就是向親族介紹自己的對象，為來年做準備。

「布麗姬娣。」

在眾人都好奇著這一年來究竟有什麼進展的情形下，達穆爾神色緊張，一眼便能看出他下定了重大決心，在布麗姬娣身前跪下，獻上品質非常上等的紫色魔石。

「幸得天上最為崇高的夫婦神指引，我才能夠遇見妳。」

求婚臺詞都固定從這一句話開始，達穆爾接著這麼說了：「有妳在我身邊，我好像能夠不間斷地督促自己成長。請妳成為我的光之女神。」在周遭眾人的屏息注視下，布麗姬娣露出開心的笑容後，旋即抿緊了唇。

「達穆爾，我的光芒、似乎只有在伊庫那才能閃耀……你願意隨我一同返回伊庫那嗎？」

布麗姬娣說完，達穆爾睜圓了眼。他的身體困惑搖動，一臉不敢置信地仰頭看著布麗姬娣。

達穆爾捧著魔石，吃驚得渾身僵硬不動，布麗姬娣則靜靜等著他的回答。兩人彷彿遭遇到了時之女神德蕾梵庫亞的惡作劇，一動也不動。

在短短幾瞬間，感覺起來卻非常漫長的沉默過後，達穆爾在布麗姬娣平靜俯視的雙眼中察覺到了她無法退讓的底線，用力閉上灰色眼眸。他痛苦皺眉，嘴唇抿成了直線，表情充滿苦澀地垂著臉龐，最終緩緩搖頭。

「……我無法前往伊庫那。因為我，是羅潔梅茵大人的護衛騎士。」

「這樣啊……」

布麗姬娣輕聲呢喃說道，從她紫水晶般的雙眸滾下的淚珠，落在了同樣也是紫色的魔石上。

「相愛卻未能結為連理的戀情，一樣淒美動人呢。」

背後忽然傳來感慨的嘆息，我不自覺回頭。

「艾薇拉大人……」

眼前的貴婦人面帶微笑，戴著與羅潔梅茵大人款式相同的髮飾，身姿雍容嫻雅。我往後退了一步，正準備跪下時，艾薇拉大人很快地伸手制止。艾薇拉大人接著以手托腮，微微側過臉龐，瞇起烏黑的雙眼，嫣然一笑。察覺到了那是貴族在判別敵人的眼神，我打直背脊。

「基貝．伊庫那，如同羅潔梅茵的希望，我也打從心底希望布麗姬娣能夠得到幸福。聽見她想返回伊庫那，為故鄉的發展盡己之力，這般善良的心地真是教我感動萬分。為了布麗姬娣的幸福著想，我也會竭盡所能，為她覓得對伊庫那有益的良緣。」

比起留在貴族區與達穆爾一同生活，布麗姬娣選擇了回到伊庫那，因此面對上級貴族艾薇拉大人提出的要求，我們根本沒有拒絕這個選項。如今伊庫那仍舊需要羅潔梅茵大人的支持，所以必須與她的母親艾薇拉大人保持友好關係。我身為基貝．伊庫那，只能夠這麼回答：

「這是我們的榮幸。艾薇拉大人竟願意為舍妹尋覓良緣，還請您多多費心了。」

沒得休息的我們

天空開始飄起雪花的某一天，正要從工坊回家時，臉色非常陰沉的吉魯叫住了我，把信遞給我說：「一定要到沒人知道內情的地方才能看。」

不需要吉魯特地說明，我也知道他是指哪方面的內情。只有與梅茵有關的事情，吉魯講話才會這麼含糊。所以每次收到信以後，我在回家前都會先去一趟梅茵家。這天我也一邊小心著裝有信的袋子，一邊跑上樓梯，在梅茵家門前站定。

「晚安！我是路茲，大家在嗎？」

「大家都在喔……啊，難道是？」

我對著走到門口的多莉點點頭，從袋子裡頭拿信給她。多莉的藍色雙眼立刻高興發亮，甩著辮子往屋裡回頭。

「路茲拿信回來了！」

多莉用亢奮的嗓音一說完，昆特叔叔馬上從臥室裡頭衝出來。大概是為了晚班先補眠，才剛剛睡著吧。昆特叔叔穿著睡衣，表情還有些睡眼惺忪。伊娃阿姨也快速擦了擦手，把廚房的工作告一段落。

所有人都湊到廚房的桌子旁邊等著看信，加米爾看了，便喊著：「加米也要上去——」要求家人把他抱起來。伊娃阿姨抱起加米爾後，我攤開梅茵寫的信，放在梅茵一家人圍起來的桌子上。

給我的信上面，用很有梅茵風格的輕鬆語氣寫著：「用了可以恢復健康的藥水以後，我可能要沉睡一個季節的時間。這段期間，工坊和古騰堡他們就拜託路茲了。」另外還詳細列出了給古騰堡們的指示。

至於給家人的信上面則寫著：「等我做好了藥水，就可以擁有健康的身體，變成普通的女孩子了。雖然會沉睡一段時間，但大家不必擔心喔。」還針對每個家人寫了一段話。

「梅茵終於可以擁有健康的身體了嗎？」

「梅茵居然也能和平常人一樣健健康康，我到現在還是不敢相信呢。」

「路茲，這邊還有信呢。上面寫著法藍。字我雖然看得懂，但意思就不太懂了。」

法藍寫的信使用了許多對貴族特有的措辭，所以對多莉來說有些難懂。現在我在店裡也得練習閱讀這一類的信，之前在伊庫那也學習過，所以稍微可以看懂了。我拿起法藍寫的信，開始看起來。

「……不會吧？」

「路茲，怎麼了嗎？」

多莉歪過頭問，在她對面的昆特叔叔注意到我僵硬的表情，立刻氣沖沖地站起來。

「梅茵發生什麼事了嗎?!」

「……信上寫說，梅茵在城堡遭到襲擊，還被人餵了毒藥。神官長診斷過後，說是雖然沒有生命危險，但使用藥水的時間要延長到一年以上……」

上頭還寫著，這件事也請轉告老爺，但這部分與梅茵的家人沒有關係。我沉默下來

後，昆特叔叔一把搶過法藍的信，想要自己親眼確認。但是，他應該和多莉一樣，看不懂信上的內容吧。昆特叔叔用力皺眉，把信丟回桌上，不斷用拳頭抵在自己的額頭上，然後慢慢吐了口氣，像要吐出無處宣洩的怒火。

「只是沉睡的時間變長，並沒有生命危險……這是唯一值得慶幸的消息吧。」

「梅茵她真的沒事嗎？」

「梅茵是個堅強的孩子，她不會有事的……一定不會有事……以前照顧梅茵的時候，我也總在擔心她會不會就這樣離開我們，但她最後都會醒過來。這次一定也一樣……沒錯，我們必須這麼相信，等她醒來。」

伊娃阿姨反覆說著「不會有事的」，但笑容也很僵硬。畢竟他們既不能去探望梅茵，也不能光明正大地去詢問梅茵的情況，這一定讓他們感到非常不安吧。

加米爾雖然不了解情況，但也不安地抬頭看著神色凝重的家人。視線與我對上後，他朝我伸出手來。

「路茲、路茲，玩具……」

「加米爾，暫時不會有新玩具了。因為會為你做玩具的姊姊生了病，要沉睡好一段時間。」

我輕拍了拍加米爾的頭，把寫給自己的信折起來，放進提包裡。這封信明天得拿給老爺看過才行。

「我會再向吉魯問問情況，雖然我也只能幫上這個忙……」

「路茲，你平常已經幫我們很多忙了。天色不早了，快點回去吧。來，這是別人送的，這些你拿回去吧。」

伊娃阿姨給了我一串豬肉香腸當作謝禮，我接過後離開梅茵家。奔下樓梯，穿過水井廣場，再上樓回到自己的家。

「路茲，你回來啦。今天怎麼這麼晚。」

「我回來了。因為我剛才先去梅茵家送東西。這是伊娃阿姨給我們的。」

我交出剛收到的香腸，母親開心地收下後，輕聲笑了起來。

「梅茵去世後都快兩年了，一想到路茲還是習慣稱作梅茵家，感覺真奇妙呢。」

「……沒辦法馬上改過來嘛，不能怪我啊。我肚子餓了。要是家裡沒東西了，幫我燙那串香腸吧。」

「有留給你，快去把東西放好吧。」

我彆扭地走向臥室去放東西，背後傳來了母親的笑聲。因為我到現在還是會下意識地脫口說出「梅茵家」，但這也不能怪我啊。

如今我和三個哥哥越長越大，睡在同一間臥室裡擠得不得了。幸好札薩很早就決定要結婚，冬天過後會開始準備新家，所以在明年的夏天之前，臥室的空間應該會變得寬敞一點。

……但其實我有存錢，如果想現在就搬出去，也不是辦不到。

現在的存款足夠讓我租個房間，還能請個下人幫忙做家事。如果真的受不了這麼狹窄的房間，甚至可以租間更大的房子，全家人一起搬過去。但現在要是這麼做，要送信給多莉他們會變得很不方便，更何況我簽的是都帕里契約，等到年滿十歲，就會搬進老爺的宅邸裡居住。所以直到十歲的夏天之前，我想維持現狀，和家人一起生活。大概也是因為看到梅茵被迫與家人分開，我更是產生了這種想法。

放好袋子，走向擺有晚飯的飯桌，只見拉爾法正一臉不高興地瞪著我。明明已經吃完晚飯了，居然這麼難得還坐在位置上，似乎是想向我抱怨什麼事情。不過，我早就料到他要抱怨什麼了。

「路茲，你又跑去找多莉了嗎？」

「是工坊托我轉交東西給她。」

我用這沒什麼大不了的語氣回答，把裝了湯的盤子拉到自己眼前，開始吃飯。拉爾法最近很常像這樣找我抱怨有關多莉的事情。我不予理會開始吃飯後，拉爾法的表情像在強忍著某些想說的話，心浮氣躁地用指尖敲起桌角。老實說，很妨礙我吃飯。連我也跟著心浮氣躁起來。

「……拉爾法，你要是這麼在意，可以直接去約多莉啊。」

「約得到的話我哪會這麼煩惱！」

多莉十歲過後，就簽約成了奇爾博塔商會的都帕里學徒。出人頭地的程度在這一帶可以說是前所未聞，是將來前途無量的女孩子。換句話說，多莉在這附近是無人能出其右的美人。現在身邊超過十歲的人，都開始慢慢規劃未來了，所以有不少男孩都看中了多莉。拉爾法也是其中一人。

「我早就約過多莉在土之日的時候一起去森林，但幾乎每次都被拒絕。」

如今多莉裁縫的手藝越來越精湛，工作不僅能幹，平常也都打扮得乾乾淨淨，拉爾法完全迷上了她。雖然拉爾法想利用從小一起長大的青梅竹馬這個優勢靠近多莉，但他說因為現在兩人都十歲了，除了土之日外每天都要工作，所以很難見到面。

「……我想也是，她現在應該根本沒時間去森林吧。」

「為什麼啊？」

首先，因為體弱多病的梅茵已經不在了，梅茵家不再需要花錢買藥。再來，多莉現在成了奇爾博塔商會的都帕里學徒，又會為領主的養女特別製作髮飾。如今他們家的經濟狀況，早就不需要再特地跑去森林採集食物。他們只是不想離開梅茵充滿回憶的那個家，又不想改變生活環境，所以才沒有搬家而已，但其實可以搬到比現在更好的房子。不過，這是別人家的經濟狀況，與我們無關。

「多莉為了成為一流的裁縫師，一直心無旁騖地努力學習。就算是沒有工作的日子，她好像也會跑去奇爾博塔商會，向珂琳娜夫人請教很多問題，根本忙得沒有時間。」

「啊啊啊啊，雖然我也知道因為工作的關係，這是沒有辦法，但你居然比我還了解多莉，真教人火大！」

「什麼啊，那我不告訴你多莉的事情比較好嗎？」

「……不，還是把你知道的事情都告訴我吧。」

拉爾法臭著臉，我把最近知道的有關多莉的消息都告訴他。話雖是這麼說，但因為我們工作的地方不一樣，其實能說的也不多。

「啊……拉爾法，如果你真的想約多莉，說不定已經沒剩多少時間了。」

「你什麼意思?!」

「多莉是都帕里學徒吧？夏天的時候，因為老爺他們分成了奇爾博塔商會和普朗坦商會，現在還在搬東西，所以多莉才住在家裡，但等到春天，她也會搬到城北去。」

普朗坦商會在獨立出來的時候，把店遷到了另一個地方，只不過距離奇爾博塔商會還是很近。後來都是一邊處理平常的工作，一邊慢慢把東西搬過去，最近老爺和馬克先生終於可以住在普朗坦商會的二樓生活了，也做好了能夠過冬的準備。

等到連剩下的行李都打包好了，接著換原本住在三樓的珂琳娜夫人他們要搬到二樓。聽說他們預計趁著大雪籠罩的冬季期間，把住處從三樓搬到二樓。等到了春天，奇爾博塔商會東西都搬好了，也會分配房間給身為都帕里學徒的多莉。

「多莉，妳要等等我啊！」

看著連連嘆氣的拉爾法，我繼續吃晚飯。墜入愛河的男人真是麻煩。

……但說是這麼說，拉爾法畢竟是我哥哥，我心裡也想支持他。只不過，多莉的目標是成為領主養女的專屬，我實在不覺得她會跟這一帶的男人結婚。

隔天，我去普朗坦商會工作。

「馬克先生，早安。我有關於神殿長的事情要報告，希望能與老爺會面……」

馬克先生聽了我的要求後點點頭，立刻向老爺稟報，再把我叫進辦公室。馬克先生在工作上迅速又謹慎的態度，總是讓我非常佩服。雖然很想向他看齊，但對我來說難度還是太高了。辦公室裡除了老爺和馬克先生，其他人都被要求迴避，我報告了梅茵要沉睡一年以上時間的消息。

「那麼，她並沒有生命危險吧？」

「是的。法藍在信上寫說，依據神官長的判斷，她大概要沉睡一年以上的時間。這就是法藍寫的信。」

老爺與馬克先生看完信後，低聲說著「原來如此」。

「這樣一來，應該暫時都不會開發新事業了吧。」

「是啊，這樣正好。」

馬克先生說完，老爺也稍微放鬆了肩膀。明明梅茵得沉睡一年以上的時間，他們卻說「這樣正好」，讓我忍不住皺起臉龐。怎麼可以這麼說——正這樣心想的時候，老爺就說：「你想什麼都寫在臉上了。」然後用力按向我的眉心。

「你也知道，羅潔梅茵每次想到什麼事情，都急著要去執行。近來推動了這麼多新事業，要穩固這些事業的基礎也需要時間。等她醒來，肯定又會不受控制，所以趁現在打好這些事業的基礎吧。」

還以為老爺會不斷擴大事業規模，看來並不是。

「接下來要研究伊庫那帶來的材料、開發新墨水、讓手壓式幫浦普及、增加書的種類。也幫我聯絡古騰堡他們，說我們暫時不會再開發新事業，要把心力花在怎麼把之前的工作打好基礎。都盧亞那邊，會由我告訴他們。」

我大力點頭，寫了要寄給古騰堡們的會面邀請函。我請剛進入商會的都盧亞學徒幫忙跑腿，把會面邀請函送去給古騰堡們。

「喂，約翰，普朗坦商會是這裡吧？」

「對，就這裡。不好意思，請向路茲通報。咦？我是誰？我是約翰。啊，呃，就是那個古騰堡……」

召集了古騰堡的當天，聽到熟悉的話聲從屋外傳來，我急忙衝出去迎接。

「約翰、薩克，感謝你們在下雪天特意前來。請進。」

古騰堡們在指定的時間到來後，我請他們走進普朗坦商會的會議室。有鍛造工匠約翰和薩克、木工工坊的師傅英格、墨水工匠海蒂和約瑟夫、羅潔梅茵工坊的代表吉魯和弗利茲，最後是普朗坦商會的我們三個人。所有人一字排開後，想不到古騰堡的人數竟然有這麼多，真讓我感到驚訝。光靠我和梅茵兩個人一起做紙的那段日子感覺已經非常遙遠，令人懷念。

……突然好想吃奶油考夫薯喔。

奶油考夫薯在寒冷的季節吃特別好吃。我一邊回想味道，一邊請薩克和約翰坐下，自己也坐下來。

「今天是有事情要通知各位古騰堡，與羅潔梅茵大人有關。」

老爺先是告訴大家，羅潔梅茵開始長期療養，我接著朗讀梅茵交給我的信。

「……也就是說，羅潔梅茵大人希望印刷如同以往繼續進行，墨水要配合新的紙張開發新配方。還有，要麻煩英格製作以前和你討論過的書架；約翰和薩克則是增加金屬活字的數量，還有讓手壓式幫浦普及。」

我說明了用貴族特有措辭寫得迂迴難懂的信是什麼意思後，海蒂立刻高舉著拳頭站起來。

「要研究新的墨水了！萬歲——！我最愛小姐了！」

「海蒂！妳也看一下別人的臉色和氣氛，快冷靜下來！」

聽到要一手接下研究新紙張和墨水的工作，海蒂的雙眼熠熠生輝，她的丈夫約瑟夫連忙想讓她冷靜下來。只見他一邊制止海蒂，一邊有些顧慮地偷瞄向約翰。約翰正一臉茫然，張大了眼睛動也不動。

「……路茲，不只手壓式幫浦，還要做金屬活字，該不會很忙的人就只有我一個吧？那薩克他要做什麼?!」

雖然約翰這麼抱怨，但精密的商品當然要由他來製作。梅茵訂做的東西，也確實都是約翰在負責。工作量太不公平了嗎？我正這麼心想時，薩克受不了地皺起臉，掏著耳朵看向約翰說：

「約翰，我要設計使用了彈簧的床鋪，還要想辦法減緩馬車的搖晃，得畫不知道多少張設計圖。況且我的資助者又不只羅潔梅茵大人一個人，還有其他委託。既然你只有羅潔梅茵大人這個資助者，就好好完成她交代的工作吧。要是不想就增加客戶啊。」

但是，也只有像梅茵這樣會訂做精密物品的人，才能了解約翰真正的價值，所以約翰八成也只能死心，繼續做那些精密的零件吧。

「你要是這麼討厭一直做一樣的東西，可以栽培後輩，讓他代替你做那些事情啊。否則等羅潔梅茵大人醒來，你又會不停接到新的委託喔。」

薩克這麼說完，約翰的臉色頓時變得慘白，全身還瑟瑟發抖，不停對自己說：「不可能不可能，哪會這麼誇張。」但我贊成薩克的意見。梅茵說過，等她醒來，就會擁有健康的身體了。和以前不一樣，梅茵往後不會再因為身體狀況而停下來，肯定一直是失控狀態。

……嗚哇，只是稍微想像而已，我頭就好痛。

我在為未來的想像畫面扶額嘆氣時，老爺看向英格。

「英格，你要做的書架是什麼？又是某種新發明嗎？」

「對，是種非常奇特的書架，櫃子居然可以移動。其他好像還有什麼密集書庫？我已經收到了好幾個關於書架的基本構思，打算一邊接其他的工作，一邊先把這個書架完成。很多細節都需要金屬零件，所以得委託約翰……呃，那個，就拜託你了。」

英格用同情的眼神看著約翰，但還是把工作委託給他。約翰的臉色變得越來越難看。

「咦？難道、這也就是說……我的工作又增加了嗎？」

「約翰，恭喜你啊。有了金屬活字以外的工作。」

「可以接到新工作，你是不是也很開心？大家一起加油吧！」

薩克和海蒂相繼為約翰加油打氣，但他只是雙眼含淚地大喊：「我不要——！」所有人都看著約翰笑起來，老爺為今天的古騰堡聚會劃下句點。

「總之就是這樣，在羅潔梅茵大人醒來之前，各自做好自己的工作吧。聽說羅潔梅茵大人的經費，是由神官長負責保管。我們也已經作好了代墊的心理準備，所以請大家照常工作吧。」

「是！」

暴風雪持續得比去年要久的冬天總算結束，如今春天也已經過去一半，吉魯跑來找我商量事情。他說梅茵準備好要用來印刷的故事，已經快要印完了。

「我也找法藍商量過了。因為羅潔梅茵大人冬天曾在城堡向貴族的孩子們蒐集過故事，所以神官長就把那些故事拿給我們，可是，內容都是用小孩子的說話方式寫成，很難看得懂。羅潔梅茵大人好像都會把那些故事改寫得適合閱讀，但我根本不知道該怎麼辦……」

沒有可以印刷的故事，就沒辦法印書。聽了吉魯的苦惱，我也「嗯……」地思考起來。能賣給貴族的繪本，是我們商會的主力商品。最近還以在貴族間銷量很好為賣點，也開始有富商願意花錢購買。要是在這時候沒書可印，確實很傷腦筋。

「……我記得多莉曾收到一本手寫書。我去問問看她，能不能借給我們吧。」

「嗯，拜託你了。要是可以印很多書，說不定羅潔梅茵大人會為了看書早點醒來，所以我想努力多印點書。」

「的確。如果堆一疊書放在她旁邊，她搞不好會馬上坐起來。」

與吉魯討論過這件事以後，我跑去找已經搬到奇爾博塔商會生活的多莉，詢問她能不能把那本書借給我們。

「我想吉魯他們應該會小心對待，要借是沒問題……可是，這是梅茵為家人寫的故事集，可能不適合拿來販售喔。」

多莉拿出來的書，是「母親故事集」。從梅茵開始寫黏土板到現在，她把母親說過的故事都寫在了這本書裡。我翻開故事集很快看過一遍，發現有幾篇故事我也曾在去森林的途中聽她講過，突然間好想回到那個時候，眼睛熱熱的想哭。

「妳說得對，這跟之前的繪本風格差太多了，但還是能暫時借給我們嗎？」

「可以啊，但你們也要答應我的要求。」

多莉居然會提出交換條件，真是難得。我眨了眨眼睛，多莉抬起頭來，藍色雙眼裡有著決心。

「我想學習禮儀。路茲去了一趟伊庫那以後，因為接受過灰衣神官的指導，動作變得比以前更好看了，也能看懂措辭難懂的貴族書信吧？珂琳娜夫人雖然對我說過，只要我學會了禮儀，就會帶我一起去貴族的宅邸，可是我根本不知道要怎麼學習。所以，如果你們要借這本書，也要介紹可以教導禮儀的灰衣神官給我。」

之前我和在伊庫那宅邸裡工作的人們，一起接受過灰衣神官們的指導。雖然自己並沒有什麼感覺，但老爺和馬克先生都稱讚過我，現在似乎連多莉也一眼就能看出我有進步。同樣是貧民區出身，我能明白多莉焦急的心情。

在梅茵進入神殿，開始經營工坊之前，灰衣神官和灰衣巫女因為都是孤兒，我和多莉多少都有些瞧不起他們。除了會說「他們光是能夠進入圖書室，就很值得尊敬」的梅茵以外，我想平民區的人大概都是相同的想法。可是深入了解以後，會發現他們其實很有教養，為了活下去，都會學習禮儀，好讓自己在貴族面前能夠表現得體。還擁有我們花錢也買不到的知識。

「知道了，我會問問看吉魯和弗利茲。」

孤兒院的羅潔梅茵工坊專門負責印刷，所以不再是在奇爾博塔商會的管轄下，而是普朗坦商會。如果沒有神殿長梅茵的邀請，多莉無法再出入工坊，因為她是服飾領域的奇爾博塔商會的都帕里學徒。我必須先問過神殿的人才行。

去工坊的時候，我遞出向多莉借來的書，順便拜託吉魯。

「所以啊，教導多莉禮儀這件事你能不能想想辦法？吉魯，拜託你了。」

「嗯……如果多莉想學，比起灰衣神官，由灰衣巫女來教她會更好吧？多莉一直以來也都很照顧我們，我再問問看葳瑪和法藍。」

至今多莉都很熱心幫忙，不只會教孤兒院的孩子們裁縫和煮飯，還會帶大家去森林。再加上她也參加過好幾次冬季的神殿教室，所以和大家都很熟。基於這些原因，法藍和葳瑪都答應了這件事情，表示他們願意教多莉禮儀，也當作是種報答。只不過有個條件，就是必須由能夠出入工坊的我帶多莉過去。

既然要和多莉一起過去，我也打算順便接受指導。雖然在伊庫那學到了不少事情，但我和身為侍從的吉魯還是有很大的差距。我也必須更加努力。

「老爺，事情就是這樣，土之日的時候我會去孤兒院學習禮儀。」

「只有你和多莉嗎？不能再帶其他人嗎？」

老爺似乎想讓普朗坦商會和奇爾博塔商會的都盧亞也一起接受禮儀指導，但既然負責下達許可的梅茵還在沉睡，我無法隨便帶其他人進去。

「我覺得恐怕不行。多莉是因為一直以來幫了孤兒院很多忙，法藍和葳瑪才會答應要教她。」

「只有這種時候，我才希望那個愛失控的丫頭還醒著哪。」

老爺露出苦笑，但表情又變得嚴肅。

「路茲，你要好好學習。雖說隨時都有可能被斷絕關係，但你們與領主的養女仍然保有聯繫。你要盡可能活用這個貴重的聯繫，持續努力不能懈怠。」

「是！」

「還有，這是羅潔梅茵以前對我說過的事情……」

老爺交代了一些注意事項後，又下達了出去採買東西的許可，我便前往珂琳娜夫人的工坊。在工坊出示老爺給的邀請函，請人去叫來多莉。

「多莉，我得到許可了。神殿的人願意教妳禮儀。」

「路茲，謝謝你。我會努力學習的！」

多莉握起拳頭，雙眼燃燒著熊熊的鬥志。多莉只是以前梅茵曾稍微教過她怎麼拿取物品而已，並沒有接受過正式的指導。珂琳娜夫人教給她的禮儀，也都是為了讓她在工坊裡面不會那麼突兀，所以多莉說比起禮儀，大多都是和針線活有關的規矩。

「好，那我們去買東西吧。老爺說舊衣也沒關係，要我們去買些袖子很長的衣服。聽說練習儀態的時候會用到。」

「咦咦?!可是我沒有那麼多錢啦！」

進入奇爾博塔商會以後，如今多莉也有公會證，簽訂都帕里契約以後，又一手攬下了製作領主養女髮飾的工作，所以薪水比同年的人要高很多。但就算是這樣，她好像也沒有那麼多錢可以二話不說就買下那種袖口輕飄飄、貴族千金在穿的衣服。我看向自己的公會證。我身上倒是有錢。因為太忙了沒時間花，錢一直越存越多。

「今天我先買給妳吧。」

「那怎麼好意思！」

「沒關係啦。等梅茵醒來，我再請她從梅茵存款裡面還給我，所以妳別擔心。」

多莉不出所料要堅決拒絕，但我對她擺了擺手。

「……梅茵存款？」

「就跟之前買衣服花的錢一樣。是梅茵在去世之前存的、要留給家人使用的一筆錢。多莉，能夠接受正式的指導，靠自己累積能見到羅潔梅茵大人的實力，這件事才是最重要的吧？所以就算花在這次的教材上，我想梅茵也不會有意見。」

「什麼教材……這又不是紙，袖子很長的衣服很貴吧？這樣太浪費錢了。」

多莉聽了說明後還是搖頭，我瞪著她。這哪是什麼浪費錢。

「沒有袖子就抓不到那種感覺，所以這是必要投資。如果多莉覺得這是在浪費錢，最好從一開始就別學禮儀了。這次是我們運氣好，孤兒院的人願意教我們，但一般人都必須花一大筆錢，才能請到老師來教自己禮儀喔。」

我說了一般富商要花多少錢，才能學到可以面見貴族的禮儀後，多莉垂下腦袋。

「……說得也是呢。那就麻煩路茲了。」

於是我和多莉一起去買了練習用的輕飄飄長袖衣服，順便也買了幾件平常能在工坊穿的衣服。眼看著女生的衣服越疊越高，多莉發出慘叫。

「路茲，我不需要這麼多衣服啦！」

「因為珂琳娜夫人的工坊和普朗坦商會的學徒很多都是有錢人，所以聽說梅茵很擔心我們兩個人會太突兀，每次都會指定要買衣服的時間和件數。現在梅茵不在了，老爺才提醒我，要自己注意時間，自己去買衣服……所以，這些是我的份。」

我自己的衣服也買了一堆。如果老爺沒有提醒我，我也根本不會在意服裝，但其實真的該小心。「這些事我都不知道。」多莉小小聲說，注視著堆成小山的衣服，然後高興得咧開嘴角，眼眶泛淚，伸手摸著衣服。

「……之前還說是因為幫忙買侍從的衣服，讓我們買衣服當作酬勞，原來梅茵是考慮到了我們的情況，才下達那種指示呢。這種事情她不說清楚，我怎麼會知道嘛。我還以為那邊的事情太忙了，梅茵早就忘了我們呢……我真是笨蛋。」

「多莉，你們因為不能直接和她說話，所以才感覺不出來吧。但在我看來啊，你們都太喜歡對方了。我家雖然感情也不錯，但妳們跟我家哥哥們實在差太多了。」

就這樣，每到工作休息的土之日，我和多莉都會前往孤兒院學習禮儀。到了孤兒院，由弗利茲負責教我，葳瑪負責教多莉。由於每週到了休息的日子我都和多莉一起出門，拉爾法開始用充滿怨恨的眼神看著我。感覺不管說什麼都沒用。無可奈何下，為了拉爾法，我稍微試探性地問了多莉。

「多莉，妳現在不會想談戀愛嗎？身邊應該有很多人在討論這個話題吧？」

「身邊的人是這樣沒錯，但是老實說，我現在根本沒有那個心情。我心裡只想著要趕快追上梅茵，所以真的很忙，甚至不想讓談戀愛來妨礙我。」

多莉說她也知道現在是大家開始想談戀愛的年紀，但與其說是覺得和自己無關，她的感覺更像是希望別把她也扯進去。

「啊……我懂妳的心情。就是現在根本沒那個心情……」

之前在伊庫那的時候，女孩子們也曾把我團團包圍，但又不能冷酷無情地拒絕，當時的我也和多莉有一樣的想法。我在心裡向拉爾法道歉。

……拉爾法，抱歉了。現在的多莉好像不可能談戀愛。

就在梅茵沉睡了快要一年的秋季尾聲，老爺突然面無血色地召集了古騰堡的所有人。現在正是忙著準備過冬的時候耶——前來的古騰堡們都一臉不滿，但在看到老爺的臉色以後，馬上挺直了背。

「羅潔梅茵大人的母親艾薇拉大人說了，她想要擁有自己的印刷工坊，預計在老家所在的哈爾登查爾大規模地發展印刷事業。神官長要我們成立植物紙工坊、印刷工坊和專屬的墨水工坊。據說艾薇拉大人表示，代替羅潔梅茵大人擴展印刷事業，是她身為母親應盡的責任。」

「呃，所以說……意思是？」

海蒂一臉不太明白地歪過頭。

「意思是從明年春天到秋天，所有古騰堡都要前往哈爾登查爾。你們要趁著冬季期間各自做好準備，即使長時間不在，工坊和店家仍能維持運作。也記得向各自的協會報告這件事。商業公會那邊由我去處理。」

聽了這意想不到的事業擴張，古騰堡們還得全員出動，所有人臉色大變。

「這也太突然了吧?!」

「這已經是我爭取過的結果了。因為我說就算現在前往哈爾登查爾，如果沒有工坊願意協助，我們也無法開始活動，冬天河水又會結冰無法造紙，才成功延到了春天。」

聽說原本是要求我們馬上啟程，但老爺以羅潔梅茵工坊可以先印製對方想要的東西為交換條件，好不容易才爭取到了緩衝時間。真不愧是老爺。

「艾薇拉大人是純粹的上級貴族，和在神殿長大的羅潔梅茵大人不同，她根本不會考慮平民的情況。如今能阻止她的羅潔梅茵大人又還在療養。所以你們要作好準備，以便春天過後隨時都能出發。」

梅茵沉睡以後，換她的家人開始失控，而且還是我們完全沒辦法阻止的上級貴族。看來古騰堡們根本沒有時間能夠休息。所有人臉色鐵青，動作非常一致地衝出會議室。

在神殿的兩年

此刻，羅潔梅茵大人正靜靜躺在淡藍色的藥液中，身體浮現出一道道的紅線。神官長從藥液中抽出手來，羅潔梅茵大人的長髮隨之搖曳晃動。

神官長擦著手站起身，把髒毛巾交給我，打開房門。由於我自己一人無法出入這間工坊，急忙跟在神官長身後一同離開。神官長先望了眼羅潔梅茵大人沉睡著的箱子後，小心翼翼地關上房門。

「現在就只有我能夠進入這裡，羅潔梅茵很安全。」

即便匪徒來到神殿，也無法進入秘密房間。確認了這點以後，神官長變回平常工作時的表情，往我轉過身來。

「法藍，羅潔梅茵若有留下任何書信和紀錄，全拿來給我吧。我想先了解羅潔梅茵今年冬天預定做哪些事。」

「遵命。」

我立即走向羅潔梅茵大人的辦公桌，拿出她寫給每個人的書信，還有記錄了待辦事項的紙張。為免忘記，羅潔梅茵大人經常把寫在寫字板上的待辦事項，事後再抄寫在紙張上，如此一來就能清楚知道打算先處理哪些事情。雖說是做失敗的紙張，但紙張畢竟價格高昂，居然這麼奢侈地用來做筆記，起初我還非常驚訝，如今已經習以為常。羅潔梅茵大人說她比起木板，更習慣在紙張上寫字。

我把羅潔梅茵大人留下來的書信分作三類，分別是貴族、神殿和平民區。就在這時，奧多南茲飛進房中，通知犯人已經逮捕後，變回黃色魔石。神官長也變出奧多南茲，回答「我稍後就回去」。

「法藍，我要留在城堡處理事情，奉獻儀式之前都不會回來。神殿這邊的事務，就交給我的侍從和你們了。記得向青衣神官們下達指示，作好奉獻儀式的準備。」

我遞出要給貴族的書信和筆記後，神官長立即接過，快步離開神殿長室。

神官長離開後，本已回房的其他侍從們再次走進神殿長室。

「法藍，神官長說了什麼呢？羅潔梅茵大人沒事吧？」

莫妮卡不安地仰頭看向我問。妮可拉與吉魯也靜靜等著我的回答。羅潔梅茵大人這麼突然就進入工坊沉睡，想必令他們感到非常不安。

「神官長說了，羅潔梅茵大人應該會沉睡一年以上的時間。似乎是毒藥對羅潔梅茵大人造成的負擔，比預期還要嚴重。」

「怎麼會這樣……」

眾人一臉泫然欲泣，但羅潔梅茵大人還要很長一段時間才會醒來。

「詳細情形明天再說。今天已經很晚了，你們去休息吧。」

我讓還無法接受事實的見習生們返回各自的房間。這天負責值夜的我，先是整理房間，然後開始寫信給路茲。因為只有他，能向羅潔梅茵大人在平民區的家人和普朗坦商會說明情況。

隔天，是反覆說明的一天。多半是擔心得難以入眠，見習生們早早便起床，我把寫了說明的信交給他們，暫且上床歇息。

第四鐘響後，我一坐下開始用午餐，眾人便異口同聲要求我說明。說實話，神官長並未向我說明過詳細情況，所以任憑大家怎麼追問，我知道的也不多。

「正如羅潔梅茵大人當初說過的，這就和她前往城堡、不在神殿時一樣。往後的生活，也只能當作是羅潔梅茵大人不在神殿的時間延長了。為了讓羅潔梅茵大人在醒來的時候不會感到任何不便，請大家一切照舊吧。」

吃完午餐，我和薩姆一同整理羅潔梅茵大人的工作資料，準備搬到神官長室。神殿長不在的這段期間，將由神官長代為處理這些工作。

「再這樣下去，真擔心會不會連神官長也不支倒地。」

看著驚人的文件數量，我為神官長感到擔心。薩姆思索了一會兒後，回道：

「我想應該是不用擔心。神官長採納了羅潔梅茵大人的意見後，開始教育其他青衣神官，所以多少還應付得來。倘若什麼也沒做，還真不知道會怎麼樣……單憑這點，我就該讚揚羅潔梅茵大人。祈禱獻予諸神！」

薩姆因為以前曾與弗利茲服侍過同一個主人，所以非常欣賞神官長的過人才智，也十分中意能夠專心工作的環境。羅潔梅茵大人的能力也同樣優秀得足以輔佐神官長，所以打從青衣見習巫女時期開始，他便推崇備至。

當初在討論神官長的侍從中，要由誰調動到羅潔梅茵大人身邊時，聽說也是薩姆最先毛遂自薦。他說因為神殿長室的伙食也相當美味，而且每個人分派到的工作量不僅龐大，也都具有挑戰性，再加上如果羅潔梅茵大人能多處理一些工作，從結果來看，一樣可以減輕神官長的負擔。

「那麼就搬過去吧，可能也要向神官長的侍從們說明情況。」

我和薩姆搬著裝有神殿長室資料的木箱，一同前往神官長室。

「法藍、薩姆，你們終於來了。我們已經清好了這邊的櫃子。」

看來神官長也回到這裡下達了指示，侍從們已經騰好空間，可以放置我們帶來的資料。所有人合作無間地整理資料，互相告知昨晚發生的事情。侍從們一致達成共識，也就是要盡可能減輕神官長的工作量，挑選出可以分配給青衣神官們的工作，多多託付出去。

「薩姆，能麻煩你去向坎菲爾大人和法瑞塔克大人說明嗎？我負責去工坊和孤兒院。」

整理完資料後，我交由薩姆和神官長的侍從們，負責去向青衣神官們說明，自己則前往孤兒院。

「法藍，莫妮卡告訴我了，聽說羅潔梅茵大人會沉睡很長一段時間，那孤兒院該怎麼辦呢？」

葳瑪蒼白著臉，請我說明詳情。自從羅潔梅茵大人成為孤兒院長以後，孤兒院裡的人們都能感受到生活產生了劇烈的改變，所以極度害怕羅潔梅茵大人離開神殿。畢竟一想到可能又會回到以往的生活，這也是很正常的反應吧。

「放心吧。羅潔梅茵大人沉睡的這段期間，只是權限會轉移到神官長手中，基本上一切如常，神官長也已經吩咐我要代為管理。至於經費，現在雖然不能使用羅潔梅茵大人的卡片，但不住在城堡的神殿長會有補助金，身為領主的孩子也有生活費，這些經費都由神官長負責保管，所以想必不會有大問題。再者，如今都已經作好了過冬的準備，只要在春天之前不無謂浪費，生活上應該都不成問題。」

「……說得也是呢。」

葳瑪這才安下心來，我再對著她與一臉不安的孩子們說道：「只要一如既往繼續在工坊工作，錢的問題就不用擔心。」此外，雖然這件事沒有告訴過任何人，但其實在羅潔梅茵大人上鎖的書盒裡頭，還存有一筆叫作「私房錢」的存款，所以不至於演變成最糟糕的事態吧。

「葳瑪，妳身為管理員，不該表現得如此手腳無措，應該要堅強一點。羅潔梅茵大人不會有事的。」

「是，真是對不起。」

「那麼，我順便宣布羅潔梅茵大人今年訂下的冬季作業吧。」

羅潔梅茵大人去年出給孤兒院的作業，是「所有人都要學會基本文字和一位數的計算」。所有人都達到目標後，用餐時還提供迷你漢堡排做為獎勵。多半是想起了這件事，孩子們眼中的不安立即消失，變得認真專注。

「今年的作業，是所有人要在十歲之前，學會侍從該有的基本知識。還請具有侍從經驗的灰衣神官們擔任老師。」

在伊庫那經歷了沃克的買賣契約一事後，羅潔梅茵大人似乎是想盡可能提升灰衣神官們的價值。與其被人買回去當作僕從，能力與侍從相當的人更能賣出高價。而且依據個人的工作能力，被買走後的待遇也會有所不同。

「戴莉雅，羅潔梅茵大人也十分擔心戴爾克。若有任何異狀，請盡量提早告知。因為神官長也很忙碌，有可能得晚些時日才能處理。」

「我知道了。」

在孤兒院說明完，我轉往工坊。吉魯正打起精神努力印刷，還說：「我們會努力多印點書，說不定羅潔梅茵大人為了看書，就會提早醒來了。」看來這邊不會有任何問題。交付了要請他轉交給路茲等人的書信後，我便離開工坊。

隔天，羅潔梅茵大人的專屬從城堡返回神殿。不單是為了要防止專屬廚師將食譜外流，也是因為能夠保護他們的主人不在了，若讓他們繼續留在城堡，或許會有貴族藉著權力恃強凌弱，或把專屬拉攏過去。尤其羅吉娜與艾拉是年輕女性，羅潔梅茵大人還叮囑過，絕對不能讓她們留在城堡。專屬們回來以後，我也向他們說明了羅潔梅茵大人一年以上的時間都不會醒來，並告知今後的工作內容。

「艾拉、雨果，你們就和往常一樣，請繼續為侍從和孤兒院準備三餐。還有，妮可拉因為喜歡做菜，羅潔梅茵大人想協助妳成為廚師，所以擔任助手時，還請兩位負責指導。最後，是先前因為太忙而遲遲沒有進展的食譜書，要請各位幫忙製作。羅潔梅茵大人還說了，如果還有多餘的時間，也可以開始試著自己構思新食譜。」

「遵命。」

妮可拉露出開心的笑容，把廚房該做的事情記錄在寫字板上。艾拉與雨果因為看不懂字，所以一律由妮可拉負責作紀錄，但我想這也是食譜集之所以遲遲沒有進展的原因吧。

「羅吉娜，請妳教導孤兒院的孩子們音樂。羅潔梅茵大人說她自己雖然看不出來，但也許妳能看出孩子們在音樂上的天賦。羅潔梅茵大人似乎是認為，若能發掘出孩子的才能，讓他們成為樂師，他們的將來也許會有所不同。」

「所以只要把克莉絲汀妮大人當年教給我們的，也教給孩子們就好了吧？我明白了。我會試試看。」

羅潔梅茵大人說過，她希望能盡量提升孤兒們的價值，往後可以找到待遇比較好的工作。我這麼轉告後，被買下為專屬樂師的羅吉娜點了點頭，揚起溫柔的笑意。

就這樣，羅潔梅茵大人不在神殿的生活正式開始了。妮可拉一邊當著侍從，一邊也會擔任廚房的助手；吉魯與弗利茲如同既往，都在工坊和正在過冬的孤兒院裡活動。我、薩姆和莫妮卡除了用餐與睡覺外，基本上每天都是前往神官長室處理公務。

「儀式廳的準備工作完成了。」

「木柴也準備好了嗎？坎菲爾大人，奉獻儀式的順序是否已經安排妥當？」

「法瑞塔克大人，還請您去通知其他青衣神官。」

和去年一樣，在神官長回來之前，奉獻儀式的準備工作便已完成。坎菲爾大人和法瑞塔克大人今年也已是第二年負責籌備，變得比較駕輕就熟。如今願意伸出援手幫忙的青衣神官也變多了。

「一切都準備好了嗎？」

神官長在奉獻儀式的兩天前回到神殿，四處查看。確認所有準備工作都沒有問題後，他慰勞了辛苦的青衣神官們。

「各位辛苦了。接下來在奉獻儀式之前，都好好休息吧。」

命令青衣神官們退下後，神官長從自己的秘密房間裡拿出裝有魔石的袋子，前往羅潔梅茵大人神殿長室的秘密房間。

「法藍，隨我來。」

和神官長一同進入工坊後，只見羅潔梅茵大人仍在沉睡，狀態與那天毫無二致。但是，藥液的顏色變得比先前更藍，羅潔梅茵大人白皙肌膚上的紅線看似在發光。

「……放著不管太久了嗎？」

神官長蹙眉，用感到疲憊的語氣說道，指示我將魔石放進藥液當中。我將黑色與透明的魔石接連放進藥液中。魔石吸收了魔力後，可以看出藥液的顏色也漸漸變淡。

「這個笨蛋，壓縮得太過度了。魔石根本不夠。幸好這陣子正好是奉獻儀式。」

神官長執起羅潔梅茵大人的手，近乎瞪視地觀察著紅線，然後重重嘆氣。我還聽見神官長低喃說：「看來會比預期花更久的時間。」

神官長記錄著羅潔梅茵大人的變化過程時，我負責拿出盈滿了羅潔梅茵大人魔力的魔石，仔細擦乾淨後，重新裝回袋裡。

「今天就先這樣吧。」

後來奉獻儀式開始後，我又多了一項工作，便是把青衣神官們用完後變空了的魔石，再放回羅潔梅茵大人躺著的藥水當中，補充魔力。幸虧有羅潔梅茵大人的魔力，奉獻儀式才能順利結束。

由於奉獻儀式過後，也要為了祈福儀式儲存魔力，我會陪同神官長進入工坊。能夠親眼看見羅潔梅茵大人，多少能讓人安下心來，然而絲毫看不出變化這一點，卻也讓人感到焦急。

……羅潔梅茵大人，請快點醒來吧。

奉獻儀式結束後，神官長開始著手處理堆積如山的文書工作。儘管工作量暴增，達穆爾大人與艾克哈特大人卻都被叫回騎士團接受訓練，因此神官長似乎又開始了成天喝藥的生活。侍從們還曾無奈說過，近來又常常看見神官長拿出藥瓶喝藥。除了原本的神官長公務、城堡的工作，如今連羅潔梅茵大人負責的神殿長公務、孤兒院和工坊的管理，還有與普朗坦商會的協商，這些事情全落到了神官長身上。儘管已在慢慢栽培青衣神官，但孤兒院的管理以及與普朗坦商會的往來，都還無法交給青衣神官。

「冬季期間，普朗坦商會的人幾乎不會過來，孤兒院也在過冬，所以我想不會發生什麼問題。」

「那就好，工坊和孤兒院又各自有管理員，請他們盡量自己把事情處理好吧。」

然而，時序一進入春天，開始造紙和結算冬天的手工活後，因為會有金錢上的往來，工作量勢必增加，也不能夠延後處理。不單是神殿的工作，神官長好像也要處理來自城堡的工作。他單手拿著藥瓶，垮著臉嘀咕說道：

「雖然我也不想，但只能叫他過來了吧……」

神官長送出奧多南茲後，不一會兒，便有一頭騎獸以極快的速度向著神殿飛來。沒過多久，對平民區並不感到排斥，也熟知羅潔梅茵大人內情的尤修塔斯大人便跪在神官長身前，雙眼燦然灼亮。

「斐迪南大人，奉您之命前來晉見。管理工坊以及與商人交涉這些事情，請儘管交給我吧。」

「弗利茲，你帶尤修塔斯前往工坊，再向他說明與普朗坦商會在財務上有哪些往來。尤修塔斯，我現在很忙，你可別額外惹出麻煩。明白了嗎？」

「遵命。弗利茲，你快點帶路吧。」

「弗利茲，若有任何狀況，隨時向我報告。我會即刻把尤修塔斯趕出去。」

尤修塔斯大人掩藏不住臉上興奮難抑的表情，拖著弗利茲走出神官長室。真是教人感到不安。真的沒問題嗎？

「……神官長。」

「法藍，不必擔心。尤修塔斯只是喜歡蒐集情報，不會隨便對任何人都滔滔不絕。況且別看他那樣，他畢竟是我的近侍，能力十分出眾。」

神官長說得沒錯，尤修塔斯大人似乎很快便融入了工坊。大概也是因為他並不是一位態度高傲的貴族，弗利茲說，他很擅長與人打成一片。

尤修塔斯大人開始前往工坊後，不知第幾次的時候，他表示希望能了解工坊以往的工作進度，我便回到神殿長室尋找資料。為了不使氣氛太過沉悶，我隨口詢問了尤修塔斯大人對工坊的感想。

「尤修塔斯大人，您對工坊有什麼感想呢？」

「太有趣了，真是嶄新的體驗。不愧是羅潔梅茵大小姐，培育的心腹也特別有意思。首次造訪工坊的時候，我請人讓我嘗試抄紙……」

貴族從不會親自動手做事。我腦海中浮現出了尤修塔斯大人表示要抄紙時，工坊裡頭眾人無措的表情。帶他前往的弗利茲肯定也很為難吧。對弗利茲寄予同情以後，尤修塔斯大人更接著說出了令我不敢置信的話。

「還有，我才碰了一下剛貼到木板上的紙張，普朗坦商會的那個都帕里就朝著我怒吼說：『笨蛋，你在幹什麼！』」

……路茲，你在做什麼啊?!還有弗利茲，你當下又在做什麼?!

我覺得自己的臉色開始發白，尤修塔斯大人卻神色非常愉快地接著說了下去。路茲在怒吼後，多半心裡也覺得不妙，工坊內一片死寂。隨後弗利茲站出來袒護路茲，不留情面地對尤修塔斯大人說教了一番。

聽說弗利茲擺出了與斐迪南大人如出一轍的冰冷笑臉，笑吟吟地說：「方才已經向您說明過了做紙需要多少時間與步驟，您居然還不懂得這會造成多大的損失、又會浪費多少時間，真不敢相信神官長竟會介紹如此無能的人給我們。想必是因為太過忙碌，看人的眼光也變得不準確了吧。」「竟然使得商品報銷，這樣的管理員無法代替羅潔梅茵大人，我會即刻向神官長稟報，請他讓您離開。這裡不需要不了解工坊重要性的人。」尤修塔斯大人如此轉述。

「……那、那麼，尤修塔斯大人如何回應呢？」

「畢竟斐迪南大人是因為被工作壓得喘不過來，才叫我過來幫忙，要是第一天就被趕走，還認定我工作無能，那我可就傷腦筋了。最後我和工坊的人達成協議，這次的損失就由我出錢彌補，才讓事情平安落幕。哎呀呀，實在好險好險。所以我現在正在展現自己優秀的一面，想要挽回名譽。不愧是羅潔梅茵大人的心腹，真是教我佩服。因為羅潔梅茵大人以前也曾不管出身，就斥責斐迪南大人說：『喝太多藥水對身體不好！』」

……我想，一般的貴族大概不會產生這種感想吧，但我一句話也沒說。既然當事人都覺得事情已經平安落幕，這樣就好了。這件事已經過去了。

由於沒有必要擾亂神官長的心情，對於在工坊發生的這段插曲，我與弗利茲都有默契地隻字未提。

尤修塔斯大人似乎也很忙碌，出入神殿的日子其實不多。但是，正如神官長所言，他的能力確實十分優秀，經常來過一次以後，便處理完了好幾天份的工作。然後報告了工坊的情況，以及神官長交代的其他工作有何進展以後，便再接下新的任務，返回貴族區。從尤修塔斯大人言談間透露出的訊息，感覺得出他正在蒐集謀害羅潔梅茵大人的犯人的證據。

春季中旬將至，開始為祈福儀式進行準備。聽說今年的祈福儀式會由領主大人的孩子代替羅潔梅茵大人，帶著魔石前往各個直轄地。與羅潔梅茵大人和神官長一樣，表面上都是領主大人指派兩個孩子前來神殿幫忙，再由三人分頭前往直轄地，縮短神官長奔波的時間。若不善用人手，神官長的工作量簡直龐大得教人想要流淚。

羅潔梅茵大人的侍從中，由於我最了解儀式流程，將由我與夏綠蒂大人同行，負責從旁指導。在準備必要物品的過程中，神官長對我說了：

「法藍，你們要創造新的聖女傳說。就說羅潔梅茵為了保護領主的孩子，結果中了毒陷入沉睡，領主的孩子因聖女而獲救後，便自願要代替她獻上祝福。誇大成孩子間的佳話，再向四周廣為流傳。如果知道自己受人讚揚，說他們與羅潔梅茵一樣慈悲為懷、心地善良，明年就能再使喚他們來幫忙。」

神官長邊要我為了明年散布新傳說，邊準備了大量改良過味道的恢復疲勞藥水，就和給羅潔梅茵大人喝的藥水一樣。聽到要利用年歲尚幼的領主孩子，我不禁感到遲疑，但神官長哼了一聲。

「必須讓韋菲利特和夏綠蒂愉快地完成祈福儀式，到了收穫祭那時候，才能請他們再代替羅潔梅茵去取回徵得的農作物，否則孤兒院要怎麼準備過冬？」

經神官長這麼提醒，我於是贊成創造夏綠蒂大人的聖女傳說。經過這些年，我也明白了在生活上，金錢有多麼重要。為了維持神殿與孤兒院的生計，今年的祈福儀式絕對不能失敗。

原本未成年的見習神官不會負責舉行儀式，因此神殿裡頭，只有羅潔梅茵大人才有孩童穿的儀式服。完全不須修改的白色儀式服借給了夏綠蒂大人；比羅潔梅茵大人稍高，又需要修改下襬長度的韋菲利特大人，則借走了藍色儀式服。由於奇爾博塔商會的珂琳娜當初在製作的時候，就已經事先預留布料，以備長大後仍然可以穿，所以沒有花多少時間便修改完畢。

接著向普朗坦商會提出請求，請他們如同既往準備馬車，才能去接回在哈塞冬之館生活的阿希姆與埃貢。然後在神官長的要求下，也指派了負責護衛的士兵。而且這次為了警戒貴族再度偷襲，聽說同行的護衛騎士是往年的兩倍。

尚未進入貴族院就讀的夏綠蒂大人沒有騎獸，因此今年久違地搭乘馬車進行移動。夏綠蒂大人似乎十分仰慕羅潔梅茵大人，總是歡欣雀躍地聽著羅潔梅茵大人在神殿的生活。我也因此聽到了羅潔梅茵大人在城堡生活時的樣子，真是一段非常有意義的時光。

起先看見夏綠蒂大人的時候，利希特還以為是否沒能得到寬恕，我便向他宣揚了夏綠蒂大人的聖女傳說。告訴他夏綠蒂大人是自告奮勇，想代替姊姊給予祝福。利希特聽了感動得熱淚盈眶，更表達了熱切的歡迎。頭一次舉行儀式的夏綠蒂大人看來十分緊張，但她仍是拿著盈滿羅潔梅茵大人魔力的魔石，出色地完成了儀式。

接回阿希姆與埃貢以後，移動至小神殿，確認了這邊在生活上沒有任何不足後，我請夏綠蒂大人將犒賞用的酬勞，交給要返回艾倫菲斯特的士兵們。

「法藍，神殿長的情況現在怎麼樣了？」

收下酬勞後，昆特表情非常複雜地看著我問。

「對身體造成的負擔似乎比神官長預想的要嚴重，所以可能會更久才醒來。」

「是嗎……」

這一路上，夏綠蒂大人與羅潔梅茵大人不同，喝藥的次數極少，帶去的藥水幾乎大半都沒有用掉，祈福儀式便結束了。一想到羅潔梅茵大人卻虛弱得必須喝掉大半以上才能完成這趟旅程，我止不住地一再嘆息。

從祈福儀式回來後，吉魯前來與我商量事情。他說接下來要沒有故事可以印製成書了。我記得去年羅潔梅茵大人在城堡裡頭，曾向孩子們蒐集來了不少故事。找神官長商量此事後，他把在冬季兒童室蒐集到的故事交給我。我再轉交給吉魯，吉魯卻一臉為難地搔搔頭，然後搖頭說：

「現在這樣沒辦法印成書。因為都是用小孩子的說話方式寫成，必須改寫得更適合閱讀才行……有人有辦法修改嗎？」

「現在恐怕沒人有多餘的時間吧。」

……話又說回來，羅潔梅茵大人不只要幫忙神官長處理公務，還要學習諸多儀式的流程，去了城堡後也得盡到貴族千金的本分，竟然還能趁著中間的空檔完成原稿嗎？

羅潔梅茵大人對做書的執著，或者該說對書的喜愛，直到現在仍是教我吃驚。

又過了數天後，多莉透過吉魯提出請求，希望我們能夠教導她禮儀。聽說她會提供羅潔梅茵大人為家人所寫的故事集，當作是接受指導的費用。因為已經改寫得適合閱讀，吉魯說等印完騎士故事集以後，想接著印這本書。

多莉是羅潔梅茵大人的親生姊姊，一直以來又很照顧孤兒院的人們。神官長也下達了許可說，若能藉由教導禮儀回報恩情，這也沒有什麼不好。葳瑪與羅吉娜都曾是克莉絲汀妮大人的侍從，教養極佳，所以沒有比她們兩人更適合的人選，我便拜託兩人指導多莉。路茲似乎也跟著一起學習。

我曾去看過幾眼，因而回想起了羅潔梅茵大人在剛進神殿那時，長長的袖子也經常不小心勾到各種東西，不禁感到有些懷念。

聽葳瑪說，多莉還會傾聽她們在養育幼童上的煩惱，一起討論要怎麼照顧戴爾克。如今孤兒院裡沒有半名有過生產經驗的灰衣巫女，所以也沒有人照顧過年幼孩童。羅潔梅茵大人雖然提供過一些建議，但所有事情葳瑪與戴莉雅仍得從頭摸索，如今有個同齡弟弟的多莉願意提供建言，她們都非常感激。

這年春季尾聲，妮可拉成年了。和羅吉娜那時一樣，大家也稍微為她慶祝了一番，妮可拉卻嘆著氣說：「我本來還想請羅潔梅茵大人告訴我新食譜呢。」話雖是這麼說，但一遞上艾拉做的點心說：「等羅潔梅茵大人醒來，再請她教妳吧。」妮可拉便馬上恢復笑容，顯然也不是真的非常傷心。

幾乎與妮可拉的成年禮同一時期，義大利餐廳差人來問是否有新的食譜。回覆對方，現在因為羅潔梅茵大人還要再一年左右的時間才會醒來，請他們自行構思後，不知為何雨果與尹勒絲卻較量起了彼此的創意料理。廚房裡的人們都鬥志高昂，說要賭上廚師的自尊，絕對不能輸。聽說要做出不辱羅潔梅茵大人專屬之名的料理。

夏季中旬，星結儀式已經結束了一段時間，在羅潔梅茵大人身邊擔任護衛騎士的布麗姬娣大人決定返回故鄉，聽說是為了結婚作準備。達穆爾大人成天意志消沉，想來是兩人之間發展得並不順利。神官長曾說過：「從兩人的階級和現況來看，恐怕很難有結果吧。」所以我想這也是無可奈何。我雖然不太明白結婚是什麼，但我會向諸神祈禱，希望這陣子總是失魂落魄的達穆爾大人不只結婚，別連在工作上也遭逢挫折。

雨果與艾拉從一臉死氣沉沉的達穆爾大人身邊經過，朝我走來。

「你們要報告的重要事情是什麼？」

我開口問道，兩人先是笑著互相對視，接著再轉向我，露出了幸福洋溢的笑容說：

「我們彼此的父母都答應了，我們決定要結婚。」

眼角餘光中我看見達穆爾大人立即摀住耳朵，看來這是他現在不想聽見的話題。

「然後關於結婚後的事情，想要找你商量……」

「但就算要找我商量，這也太突然了，我無法立即處理。我去詢問神官長的意見，請兩位在此稍候。」

……這種情況該怎麼處理才好？

在神殿，日常對話中甚至不會出現結婚這個字眼，所以就算找我商量，我也是茫無頭緒。總之，我先找了神官長詢問此事，神官長露出非常厭煩的表情，揮揮手說：

「他們是羅潔梅茵的專屬廚師，我沒辦法擅自下達許可或調動他們。在羅潔梅茵醒來前，都無法答應他們成婚。還有艾拉成婚後會辭去工作，告訴他們先栽培後輩，並等羅潔梅茵醒來吧。」

我向兩人轉達神官長的回覆後，艾拉卻朝我怒吼說了：「就算結了婚，我也完全不打算辭去專屬的工作喔！」

「咦？妳要繼續工作嗎？但若要生兒育女，應該沒辦法工作吧？」

「只有生產的時候和生完後會休息一陣子。要是一結婚就辭掉工作，我們要怎麼生活啊?!」

「……平民區都是這樣嗎？因為神官長說過，女性一旦結婚都會辭去工作，神官們又不被允許結婚，所以坦白說我不是很清楚。」

艾拉所描述的婚後生活，與神官長告訴我的相差甚多。看來神官長也不了解平民的情況。

「貴族大人和平民又不一樣。等結了婚以後，我也打算繼續工作，但要是沒有前例，確實也只能等羅潔梅茵大人醒來了呢。那我們就等吧。」

艾拉相當爽快地決定等羅潔梅茵大人醒來，倒是雨果似乎還無法馬上轉換心情。

「艾拉，等一下，妳不要這麼輕易就放棄！」

「咦？我沒有放棄啊，我的意思是也只能等了吧。」

「妳說要等，意思不就是接下來的星祭，我又當不成主角了嗎?!」

「目前都還難說，一切端看羅潔梅茵大人如何決定。」

我說完，雨果立即轉頭用兇狠的目光看我。

「唔！難道我注定就算結交到了戀人也無法結婚嗎?!法藍，你說啊！」

雨果抓住我的肩膀大力搖晃，不停長吁短嘆，但這種事情我怎麼會知道呢。

夏季尾聲，因為成功研究出了新墨水，羅潔梅茵工坊開始使用新墨水，在新的紙張上印製撲克牌。新紙張的材質偏硬，而且表面光滑，與至今用木板製作的撲克牌相比之下，像是截然不同的兩樣東西。墨水又有許多顏色，每種圖章所用的顏色都不一樣，看起來多彩又絢麗。

收穫祭將至的某個秋日，艾格蒙大人帶著一名灰衣巫女，無預警地來到神殿長室。眼看被帶來的灰衣巫女臉色蒼白，來者不善的氛圍讓我有些繃緊全身。

「艾格蒙大人，神殿長室並未收到您要過來的會面邀請……」

「如今神殿長不在，神殿長室就只有灰衣神官而已，哪裡還需要預約時間。」

艾格蒙大人滿不在乎地如此說道，我看向薩姆。薩姆立即往廚房的方向消失了蹤影。肯定是從廚房那裡離開，前去通知神官長吧。我得在神官長趕來前拖延時間。

「實在萬分抱歉。因為至今從未接待過沒有事先提出會面邀請的青衣神官。首次遇到這種情況，我好像有些慌了手腳。想來一定是有非常緊急的事情，請問艾格蒙大人究竟有何要事呢？」

「我要把莉莉送回孤兒院，更換新的侍從。快把灰衣巫女帶到這裡來。」

我立即用眼神向莫妮卡示意。莫妮卡隨即轉過身，離開神殿長室，要去孤兒院通知葳瑪吧。

「艾格蒙大人，真的是萬分抱歉，但您沒有預約會面時間，又突然提出這種要求，恐怕無法馬上為您處理。」

「你說什麼？」

「由於孤兒院長是羅潔梅茵大人，灰衣巫女各自都有羅潔梅茵大人指派的工作在身，要集合所有人不僅需要時間，正在打掃神殿的巫女們，儀容也稱不上整潔，無法前來面見青衣神官。」

艾格蒙大人交抱手臂，表情像是難以理解。大概是只看過梳洗乾淨的灰衣巫女吧。

「若能成為艾格蒙大人的侍從，灰衣巫女們自然也需要時間淨身沐浴，讓自己看來體面一些，而不是在工作途中就被叫過來。我想今天先是了解情況，等您預訂了一個時間以後，再前來交換灰衣巫女，艾格蒙大人也能得到更滿意的結果吧？」

青衣神官都無法忍受他人不得體的樣子，因此艾格蒙大人儘管面露不滿，仍是接受了我的說法。

「那麼，想請教艾格蒙大人，為何要把莉莉送回孤兒院呢？請問有什麼地方令您不滿意嗎？」

明知灰衣巫女會被送回孤兒院的理由只有一個，但我還是假裝在做紀錄，開口這麼問道。艾格蒙大人不快地低頭看向莉莉。

「因為她懷了孩子。每天都一直沉著臉說她身體不舒服，還會突然嘔吐。虧她還是侍從，一點也派不上用場。」

「原來如此。明明是侍從，卻沒能做好工作，真是教人頭疼呢。」

我表示同意後，艾格蒙大人的語氣不再那麼咄咄逼人。

「沒錯，所以得馬上換個新的灰衣巫女才行。」

「但是關於侍從的替換，這屬於神官長的管轄範圍，而非是神殿長。請您向神官長提出會面邀請吧。」

「你說什麼?!這跟神殿長說一聲就好了吧?!」

艾格蒙大人是與前任神殿長十分交好的青衣神官，至今所有事情都是找神殿長商量，任他為所欲為吧。但是，現在不同了。神官長一直十分努力，想讓神殿回到被前任神殿長支配前的狀態。

「關於神官與巫女的調動，是神官長的職務範圍。從前這方面的權責劃分可能並不明確，但現今已非如此。」

「你不過是個灰衣神官，也太狂妄了！」

艾格蒙大人才剛抬手，細微的鈴聲便傳進來。聽見代表神官長來訪的鈴聲，我在內心鬆了口氣。薩姆領著神官長走進屋內。

「艾格蒙大人，其實接下來本就預計要與神官長會面。我把這段時間讓給您，請您先與神官長商量如何？」

「唔……」

面對灰衣神官雖然可以不計後果，但換作是神官長，就不能這麼肆無忌憚了。因為神殿內以前屬於前任神殿長派的人，至今仍然不願對神官長表現出合作的態度，所以經費逐漸遭到刪減，不再像以前那麼趾高氣揚。

「法藍，我應該預約了會面時間，為何艾格蒙會在這裡？」

神官長走進來後，不高興地看著艾格蒙大人。我據實以告。

「艾格蒙大人突然來訪，說是想即刻更換灰衣巫女。」

「嗯，神官們的調動是我的管轄範圍。艾格蒙，你不應該來神殿長室，向我提出會面請求吧。還有，今日你先退下。預約了會面時間的人是我。」

艾格蒙大人拖著莉莉離開。最終艾格蒙大人變成要向神官長提出會面邀請。

看見薩姆緊緊閉上房門後，我在神官長身前跪下。

「神官長，勞駕您特意為了此事前來，實在萬分抱歉。」

「無妨。如今羅潔梅茵不在，我早就料到會發生這種情況……只不過，要更換灰衣巫女嗎？若不照著羅潔梅茵的想法去做，事後她肯定會非常囉嗦，真是麻煩……」

神官長一邊這樣說著，一邊告訴了我羅潔梅茵大人的希望。聽說她向神官長主張，除非是自願成為侍從，否則若有灰衣巫女不願意，即便要自己納為侍從，她也絕對不會把人交出去。

……羅潔梅茵大人對孤兒院裡的人真是太好了。

聽了這麼符合羅潔梅茵大人為人的發言，我感到高興的同時，也十分不安。萬一哪天羅潔梅茵大人不再是神殿長了，情況又會變得如何呢？

「法藍，既然艾格蒙需要新的侍從，應該很快就會提出會面邀請吧。我預計三天後的第五鐘與他會面。屆時你要照著羅潔梅茵的指示，從孤兒院帶灰衣巫女過來。」

「遵命。」

恭送神官長離開後，我交由薩姆在神殿長室留守，直接前往孤兒院。將有人要成為艾格蒙大人的新侍從，這已是無庸置疑的事實。必須在這三天內作好準備。

「法藍，情況怎麼樣了？」

我一進入孤兒院，葳瑪便渾身顫抖著走上前來，雙手在胸前緊緊交握。一臉憂心的莫妮卡也跟在她身邊。

「莉莉懷了身孕。所以三天後，艾格蒙大人將要挑選新侍從。」

「三天後嗎……」

「葳瑪，神官長已經吩咐過了，可以照著羅潔梅茵大人的指示行事，所以情況並沒有妳想的那麼嚴重。」

葳瑪因為害怕男性，不想離開孤兒院，如今又已是羅潔梅茵大人的侍從，她應該不會再奢望能有更好的結果了吧。可是，對於留在孤兒院的灰衣神官和灰衣巫女來說，若能被納為青衣神官的侍從，便可說是出人頭地。即便主人是艾格蒙大人，仍會有人想成為他的侍從。

像羅吉娜與妮可拉已經成年了，現在孤兒院裡已經成年的灰衣巫女也增加不少，但此刻在場的灰衣巫女總計不到二十人。成排站開的灰衣巫女中，有人在身前緊緊握著雙手，似乎在表示自己絕對不想成為侍從，也有人露出煩惱的表情；但當然也有人和從前的戴莉雅一樣，雙眼發亮希冀著出頭的機會。

「在場的灰衣巫女當中，有人想成為艾格蒙大人的侍從嗎？」

有四名灰衣巫女想也不想舉手。至於那些左顧右盼，扭扭捏捏遲疑著該不該舉手的灰衣巫女，我直接徹底無視，張口宣布：「那麼三天後，我會帶這四人前往，由艾格蒙大人進行挑選。」

「……法藍，不需要所有人都帶去嗎？」

葳瑪多半以為適齡的灰衣巫女都會被帶過去，驚訝地不住眨眼睛。

「這是羅潔梅茵大人的指示。她希望盡可能讓所有人都走在自己想走的道路上，所以我會優先讓想去的人前往。」
三天後，第五鐘響的同時，我帶著自願成為侍從的四名灰衣巫女前往神官長室。看見一字排開的四名灰衣巫女，艾格蒙大人不悅皺眉。
「怎麼才四個人？」
「……因為前任神殿長曾處分掉不少巫女，這件事艾格蒙大人不知情嗎？」
「不，這我知道……但算了，姿色倒是不錯。」
因為前任神殿長在保留灰衣巫女時，只以外貌做為考量基準，所以留下來的巫女自然都有著堪稱賞心悅目的美貌。艾格蒙大人用卑劣的眼神仔仔細細地端詳了灰衣巫女們後，指著其中一人。
「好，就妳吧。」
只留下艾格蒙大人指定的那名灰衣巫女，我帶著其餘三人與被退回孤兒院的莉莉，立即離開神官長室。隨後將由神官長負責簽約。雖然我不清楚契約上的詳細內容，但成為青衣神官侍從的人都必須簽訂魔法契約，不得洩露羅潔梅茵大人的個人資訊、餐點的做法，還有與工坊有關的事情等等，以防這些消息從青衣神官流向貴族。
「莉莉，歡迎回來。妳現在身體這麼不舒服，還要工作一定很辛苦吧？就待在孤兒院好好休息吧。」
葳瑪一出來迎接，莉莉突然間撲簌簌地掉起眼淚。葳瑪溫柔地輕拍她的後背，莉莉一邊哭著，一邊訴說自己的身體發生了連她自己也不明白的變化，明明害怕得不得了，主人卻還罵她「沒用、廢物」，讓她非常痛苦。

交由葳瑪接手後，我離開孤兒院。總之，一切都照著羅潔梅茵大人的期望，想成為侍從的人當上了侍從，感到痛苦的人也成功卸下了侍從的工作，這樣就好了吧。

就這樣，懷孕的莉莉被送回到孤兒院，但我們絲毫不知道該如何照顧孕婦。莉莉雖然說過，「自己的身體發生了連自己也不明白的變化」，但無論是本人還是在一旁照顧的我們，也都不明白究竟會出現什麼變化。

我請教了神官長後，神官長如此回答：「一段時間過後，自然就會生下來了吧。」神官長都這麼說了，應該就是這樣吧——正當孤兒院的所有人都不以為意地看待此事時，為了接受禮儀的指導，多莉和路茲來到孤兒院。

「放著不管就會自己生出來?!這怎麼可能啊！生孩子是很危險的事情！難道貴族大人生孩子都很簡單又輕鬆嗎?!」

「怎麼可以不作任何準備！必須很多人一起幫忙，才有辦法把小孩子生下來！」

自己母親生產的時候多莉曾在現場，路茲則是鄰居有婦人要生孩子的時候，一定會被叫去幫忙。聽見兩人這麼說，我嚇得面無血色。回想起來，連在結婚這件事上，平民與貴族的認知與習慣便有所不同，那麼在生產上的常識很可能也不一樣。而且孤兒院的人沒有魔力，這裡也沒有魔導具，恐怕生產時的情況與平民更為相近。

既然無法再以神官長的指示為依據，便只能尋求外部的力量。然而，就算我們想齊心協力，孤兒院裡也無人有過生產的經驗，孤兒又受到城裡居民的輕視，不會有正常人願意來孤兒院幫忙生產。

……這種時候要是有羅潔梅茵大人在……

我不由自主如此心想。羅潔梅茵大人既曾在近距離下經歷過弟弟的出生，而且只要她開口向平民區的人求援，很輕易便能召集到人手吧。

「我想我媽媽應該願意過來幫忙，但只有一個人根本不夠。」

「我先回去問問看老爺。珂琳娜夫人也生過孩子，應該知道要準備哪些東西。」

聽說班諾先生在聽完路茲的轉述後，如此表示：「要是孩子自己就會生出來，我們哪需要這麼辛苦！現在神殿完全沒有生產這方面的知識，在孤兒院生孩子太危險了！孕婦說不定會沒命。」眾人都沒想到生孩子是件這麼危險的事情，聽完血色盡失。

多莉兩人似乎找了班諾先生他們，一同商量有沒有更好的辦法。後來路茲說了：「總之趁著收穫祭那時候，先讓莉莉住到哈塞吧。」據班諾先生所言，哈塞的小神殿因為距離居民較近，如果再以神殿長的名義寫封信，由曾經一起過冬的阿希姆與埃貢出面拜託，也許能夠找到幾名願意幫忙的女性。而且在哈塞出生長大的孤兒，應該也比神殿裡的灰衣巫女更具有生產方面的知識。

……不愧是班諾先生。百忙之中還願意提供建言，真是感激不盡。

我們依著班諾先生的建言開始進行準備，好讓莉莉能夠移動到哈塞。生產所需的工具也在問過普朗坦商會的人們以後，慢慢地一件件備齊。

秋天的收穫祭前夕，我寫了封信給利希特，懇請他在莉莉生產的時候提供協助。載著莉莉、阿希姆與埃貢的馬車，也跟著前往收穫祭的馬車一同來到哈塞。

請夏綠蒂大人代為轉交信件後，利希特欣然地答應了在生產的時候提供協助。而小神殿那邊，諾拉果然經歷過女性的生產，這次發揮了很大的作用。她不只幫忙檢查了必要用品，還在察看過莉莉的身體狀況後，推測出了預定生產的日期。

「我猜生產的日子應該是在春季尾聲，所以祈福儀式的時候，請再多派一些巫女過來。至於男士並不需要，因為生產的時候他們不能進入房間。」

……原來如此，如果生產的時候禁止男性進入，那麼多莉與路茲了解的細節，想必也會不太一樣。

就這樣，把莉莉等人安置在哈塞以後，我繼續往下個地方的收穫祭移動。今年的收穫祭因為成功取得了韋菲利特大人與夏綠蒂大人的協助，順利集齊了孤兒院過冬所需的物資。

秋季時分，透過吉魯委託了過冬準備的工作後，我們和去年一樣，與奇爾博塔商會一同進行豬肉加工，神殿方面也逐步作著過冬的準備。就在秋季要進入尾聲的某一天，普朗坦商會的班諾先生接到傳喚，與神官長一同討論了擴展印刷業的事宜。似乎是因為羅潔梅茵大人的母親艾薇拉大人，希望能在老家所在的土地上成立工坊。

「要馬上就成立工坊，太強人所難了。如此貿然前往冬天河川會結凍的土地，就連一張紙也做不出來。更何況在無事可做的情況下，我們還要被困在冰天雪地的哈爾登查爾裡，到時候又有誰能補償我們虛耗的糧食與生活？」

「我想基貝·哈爾登查爾應該會保障你們的生活無虞，但若是什麼事情也做不了，確實是相當麻煩。」

神官長陷入沉思後，班諾先生一臉非常為難，極力主張實在無法馬上進行。倘若這時候羅潔梅茵大人也在，一定能稍微減輕班諾先生的負擔吧。

「每間工坊都需要事前的準備工作，也要和商業公會達成共識，才能夠開始販售。如果仗著貴族的權威強行推動，只會留下禍根，為日後帶來無窮的禍患。貴族有貴族的規矩，商人也有商人的規矩，工匠自然也是。我想神官長自是不用說，艾薇拉大人應該也能明白事前進行接洽與準備的必要性和重要性吧。」

「那在冬季的洗禮儀式之前，你寫份清單交給我，詳細列出需要哪些準備工作吧。我也需要可以出示的證據，用以說服對方得先作完多少準備，才能前往進行指導。」

離開神官長室後，走向正門玄關的班諾先生一路扶額。

然後，在身為印刷工坊負責人的神官長見證下，艾薇拉大人與班諾先生進行了交涉。艾薇拉大人表示，她無論如何都想要印刷商品，好在冬季的社交界上販賣，所以需要成立自己的印刷工坊，並且希望能立即著手實行。

「既然如此，您想販售的商品，就交由羅潔梅茵工坊來印製吧。」

儘管這樣一來得撇下過冬的準備工作，動員所有人力投入工坊，但班諾先生的意見最終獲得採納，也成功爭取到了一些時間，之後再前往哈爾登查爾成立印刷工坊。

「抱歉，能麻煩你們趕出來嗎？」

班諾先生前往工坊，親自拜託灰衣神官。由於我們也經常受到普朗坦商會的關照，大家都點了點頭，表示願意盡力。班諾先生立即遞出艾薇拉大人提供的原稿，吉魯與路茲看到原稿的厚度後，臉色變得凝重。

「這麼多張如果都要用金屬活用排版，太花時間了。而且也沒有整理好字數。」

「我看這次改用謄寫版印刷比較好吧。」

兩人對彼此點一點頭後，抱著蠟紙與工具直奔孤兒院。聽到要採用謄寫版印刷，其他人也開始進行準備。看見工坊裡的人如此合作無間，班諾先生放心地吐了口氣，弗利茲走上前來。

「班諾先生，我們一定盡力而為。但是這樣一來，過冬的準備工作該怎麼辦？既然現在沒有時間去森林，許多東西都會不夠。」

「這次因為是急件，所以我大幅提高了費用，你們過冬要準備的東西，可能有大半都得花錢買了。」

「那麼我們會把需要的物品整理成清單，能再麻煩您嗎？」

「嗯，畢竟是我硬把這些工作塞給了你們，這點小事就由我處理吧。」

班諾先生答應幫忙準備過冬所需的物品後，工坊便能在冬季的社交界開始前趕工到最後一刻。

「感激不盡。班諾先生，那您可以先回商會了。您不只要處理這邊的事情吧？」

「弗利茲，謝了。」班諾先生說完，轉身離開工坊。

「法藍，正如你所見，孤兒院那邊的清單就麻煩神殿長室了。」

弗利茲把工坊方面的過冬所需清單塞給我後，我再前往孤兒院。孤兒院這邊也需要提交清單。

來到孤兒院的食堂，只見吉魯與路茲正把工具擺在桌上。
「文字部分就交給字很漂亮的羅吉娜，圖畫則是葳瑪，能麻煩妳們刻字嗎？」
「如果也有人的字跡很漂亮，請叫她一起來幫忙……每頁的字跡就算稍微有點不一樣，我想應該也沒關係。」
兩人神色急迫地說明原委後，羅吉娜嘆了口氣，拿起原稿。
「原本我來孤兒院是為了教導音樂，但看來也沒辦法呢……哎呀？這些原稿的筆跡真是優美，直接照著刻字應該沒問題吧。」
「好，那就可以增加幫忙刻字的人數了。請大家照著這個筆跡刻字吧！」
路茲與吉魯忙碌地呼喚大家前來幫忙，我在這時叫住葳瑪，請她提交過冬準備用的清單。這些清單是羅潔梅茵大人在第一年就準備好的資料，哪些事情已經處理完了、哪些事情接下來該處理，就能一目了然。
「葳瑪，因為弗利茲拜託我，所以我將一併代為處理孤兒院的過冬準備。請妳全力協助工坊。」
「法藍，謝謝你。」
我和薩姆還有莫妮卡分工合作，整理出了要拜託普朗坦商會代為採買的物品清單。神殿長室、孤兒院、工坊等等，過冬要準備的物品加起來還不少。至於在收穫祭時徵得、需要加工的食品，則是交由廚房的雨果、艾拉和妮可拉負責處理。所有人都因為超過自己負荷的工作量，忙得暈頭轉向。
在忙得甚至沒有餘力協助神官長的情況下，眾人齊心協力埋首趕工，終於趕在冬季的社交界快要開始前完成了艾薇拉大人委託的印刷品。工坊裡的眾人都高興地歡呼著「完成了！」，我拿起印好的書本翻開察看。

「……呃，班諾先生，在我看來，書裡頭似乎印有神官長的畫像，這本書真的得到了神官長的許可嗎？」

因為羅潔梅茵大人曾經嘟嘟囔囔說過：「被神官長罵了，不准我再印畫像。」所以我不由得納悶歪頭。班諾先生憔悴的面容變得有些兇神惡煞，瞪著我說：

「是神官長下令要我們印刷，艾薇拉大人也給了我們原稿，還需要什麼許可嗎？你要是多嘴害得這些書全被沒收，誰要來補償這些損失？啊？」

班諾先生瞪著我的赤褐色雙眼閃著兇光，我噤聲不語。面對因睡眠不足而脾氣火爆的班諾先生，我不敢再多說第二句話。而且也確實如班諾先生所言，一派自暴自棄地說著「艾薇拉愛印多少就讓她印吧」的人，正是神官長。

……今年冬季的社交界究竟會是什麼樣的光景呢？

轉眼一年就要過去，神官長卻說：「羅潔梅茵可能還要更久才醒來。」我雖然不太明白，但似乎是因為魔力壓縮過度，必須花上非常長的時間才能融化。

神官長邊發著牢騷邊命我更換魔石，前去察看羅潔梅茵大人。「明明累積了這麼多魔力，羅潔梅茵到底是怎麼活下來的？」聽見神官長這句低語，我不禁心想，也許羅潔梅茵大人的出現是神的旨意，同時將做好的書本堆放在木箱上。

冬季的社交界開始後，神官長也離開神殿前往城堡，我們再次開始準備奉獻儀式。

如今眾人都已經習慣了指揮者不在，自行進行準備，按部就班地完成工作。但與去年不同，奉獻儀式開始前神官長曾一度回到神殿，察看了羅潔梅茵大人的情況後，再度返回城堡。今年的奉獻儀式，也是藉由盈滿羅潔梅茵大人魔力的魔石順利結束。

至於冬季的印刷工作，在多莉的建議之下，決定把禮儀與貴族的特有用語整理好後印製成書。因為班諾先生判斷，即便無法賣給貴族，也應該會有富商和城鎮的有力人士願意購買。

羅潔梅茵大人依舊沒有什麼明顯的變化，春天便來臨了。由於不知道艾薇拉大人何時會提出要求，普朗坦商會上上下下忙得人仰馬翻，期間班諾先生仍特意來到神殿，討論祈福儀式的事宜。

討論地點在孤兒院長室，為了協助莉莉生產，將從孤兒院前往哈塞的三名灰衣巫女與葳瑪也一同在場聆聽。由於普朗坦商會的人全是男性，討論的時候也請來了多莉陪同出席。這是班諾先生的貼心之舉，他認為若有因為學習禮儀而熟識的多莉在，灰衣巫女們或許會比較敢於發表意見。

「我想祈福儀式那時候，我和路茲應該都已前往哈爾登查爾了。為了讓你們方便聯繫，這次我會讓馬克留下來，所以到了祈福儀式當天，若有任何情況請找馬克處理。奇爾博塔商會這邊還有多莉在，我想妳們也會比較安心。」

班諾先生說完，多莉盈盈笑著點頭。如今學習禮儀已經有了顯著的成果，單看坐姿，多莉就變得以往還要優雅。

「祈福儀式時要過去幫忙生產的巫女，就是在場這四個人吧？」
「不，不是的。我……」
葳瑪忙不迭搖頭，班諾先生輕挑起眉。
「剛才妳不是介紹自己，是孤兒院的管理員，還是羅潔梅茵大人的侍從嗎？我認為妳應該把孤兒院交由其他人管理，自己去幫忙生產才對。因為有很多事情，都要自己親手做過才會了解。」
「話雖如此，可是我……」
葳瑪說話吞吞吐吐，不停搖頭，朝我投來求助的視線。恐怕是連和班諾先生說話，都讓她害怕得不能自已吧。我代為向班諾先生說明葳瑪的情況。
「因為曾險些遭到青衣神官強迫，自那之後就懼怕男人到不敢外出？……妳少天真了。」
班諾先生原先沉穩的表情透出怒氣，嗓音驟然變得低沉。
「咦？」
「妳是孤兒院的管理員吧？以後不知道還會出現多少個孕婦，妳身為管理階層的人，怎麼能夠不具有生產的知識?!妳別以為每次都能仰賴哈塞。給我聽好了，妳們是要去那裡學習，下次才能夠自己想辦法！」
面對勃然大怒的班諾先生，葳瑪的眼淚不停滾落臉頰，一個勁搖頭。
「可是，我……」
「現在是因為羅潔梅茵大人不在，你們完全找不到人幫忙，跑來向我們求助，我們才在忙得要死的時候還提供協助。但是開口請求協助的妳居然說不想過去，要自己躲在孤兒院裡頭嗎?!」

「我、我不是這個意思……」

沒有想到班諾先生會如此疾言厲色，葳瑪吃驚得雙眼圓睜，但班諾先生仍是直視著她，怒聲大吼：

「不然妳是什麼意思?!居然要把事情都丟給別人去做，自己卻逍遙快活地窩在神殿裡嗎？管理孤兒院是妳的工作吧！盡到自己的本分！沒有心工作的人，我們也沒時間幫妳。既然妳不去，我們也不會準備馬車！才半天而已就能走到，你們自己走過去！」

「班諾先生?!」

羅潔梅茵大人因為擔心不諳世事的灰衣神官們遇到危險，才會每次都出錢僱用護衛，準備馬車，但班諾先生說了，如果只有半天的路程，一般平民都是走路過去。

「我不想把時間浪費在沒心工作也沒骨氣的人身上。普朗坦商會還要準備前往哈爾登查爾，恕我失陪。」

「請等一下！我去，我去就是了……請您、請您提供協助。」

葳瑪哭著如此哀求，班諾先生面色凝重地緊皺著眉，重新坐下。一起討論了祈福儀式該準備哪些東西後，眾人原地解散。

班諾先生離開後，葳瑪當場癱軟地伏在桌上哭泣。我用有些冰冷的眼神低頭看她。

「……葳瑪，我明白妳遭到強迫的恐懼心情，但妳最終仍是被平安救出來了吧？也有人未能逃脫，日復一日遭到脅迫。即便如此還是得活下去，只能慢慢克服。」

「法藍？」

「現在將要分娩的莉莉，是自願懷有身孕的嗎？即便不是如此，她也一邊與恐懼對抗，一邊準備著把孩子生下來。」

葳瑪像被突然敲醒般地揚起頭。我依然低頭看著她，平靜說道：

「妳在羅潔梅茵大人的庇護下，已經過去幾年了？當初因為葳瑪一席話，羅吉娜才努力克服了她不擅長的文書工作；羅潔梅茵大人也努力學習教養。曾經給過兩人建言的妳，也該是時候克服自己的恐懼了吧。」

配合基貝．哈爾登查爾返回領地的時間，古騰堡們跟著一道啟程。吉魯與數名灰衣神官也隨著古騰堡們一同前往哈爾登查爾。

隨後沒有經過多久，也到了要出發前往祈福儀式的日子。眼看著葳瑪變得消瘦憔悴，憂心忡忡的多莉特地前來送行，拚命為她加油打氣。

「葳瑪，妳不用擔心。因為要一起前往哈塞的士兵有我們的父親。」

「你們的父親？……啊。」

葳瑪似乎這才想起多莉與羅潔梅茵大人之間的關係，交互看向多莉與擔心地望著她的昆特。

「妳是羅潔梅茵大人重要的侍從，舉止粗魯或可能會調侃妳們的人，我絕不會讓他加入隊伍，所以請妳放心吧。」

「謝謝你們。」

在多莉的鼓舞與昆特體貼的提醒下，葳瑪踏出顫抖的雙腳，坐上馬車。

即將進入夏季的春季尾聲，葳瑪捎來音信，說是莉莉的孩子出生了。我趁著初夏氣候舒爽的時節，向馬克先生提出請求，請他準備馬車前往迎接。

從哈塞小神殿回來的，有葳瑪與過去幫忙的灰衣巫女們，還有成了母親的莉莉與她剛出生的孩子。有了在外生活的經歷，葳瑪的表情變得明亮，眼神也變得堅毅，看起來比以前堅強了許多。

與戴爾克那時一樣，孤兒院又展開了大家一起輪流照顧嬰兒的生活。這陣子來，總會看到葳瑪與莉莉一臉疲憊。

夏季尾聲，莫妮卡都成年了，羅潔梅茵大人依舊沒有醒來。但是，就在收穫祭將至的秋季中旬，探視過羅潔梅茵大人的神官長露出了淡淡笑意。

「嗯，她的指尖開始動了。治療已經完成了七、八成，接下來就只等她醒來了。」

「是嗎？」

得知終於出現了我們翹首期盼的清醒徵兆，我感到如釋重負。雖說好像不會馬上醒來，但因為毫無變化的狀態實在持續得太久了，只是稍微出現了即將醒來的徵兆，便讓人喜不自勝。

「真是的……她到底想讓我操心到什麼時候。」

神官長一如往常用感到厭煩的語氣嘀咕說道。但是，他那雙淡金色的眼眸看來既擔心，也好像總算卸下了重擔。

收穫祭期間，神官長每隔兩、三天都會操控著騎獸在半夜飛回神殿，察看羅潔梅茵大人的情況。

「神官長真的很重視羅潔梅茵大人呢。」

目送神官長騎著騎獸離去後，薩姆略帶著苦笑這麼說道。

「……神官長確實很重視吧。因為就只有羅潔梅茵大人會設法減輕神官長的工作量，還會由衷關心神官長的健康，提醒他成天喝藥對身體不好，甚至會為了神官長直接找領主大人談判，這樣的上司也只有羅潔梅茵大人了。」

我說完，薩姆思及神官長現在的生活與工作量，按著頭大嘆口氣，然後看向羅潔梅茵大人沉睡著的秘密房間。

「為了神官長的健康著想，真希望羅潔梅茵大人能早日醒來呢。」

「……只不過醒來以後，讓神官長感到頭痛的日子又要開始了吧。」

就在收穫祭剛過的幾日後，神官長告訴我羅潔梅茵大人醒了，命我作好沐浴準備。

下級貴族的護衛騎士

「達穆爾，你是我弟弟，所以這件事也攸關到我們家族的進退存亡。這點你也明白吧？那麼我問你，你為何在主動向布麗姬娣求婚後，又擅自拒絕了這門婚事？」

星結之夜，向布麗姬娣求婚後卻未能成功如願的我，被身為一家之主的兄長從會場帶回老家。此刻，在摒退了所有人的安靜辦公室裡，兄長與他的妻子坐在我對面。兄長的妻子茱莉安娜，正用充滿譴責意味的綠色雙眼凝視著我。

「達穆爾大人，您先前明明有長達一年的時間，應該要先與對方溝通，讓身為中級貴族的布麗姬娣大人能夠拒絕您，而非由您拒絕她吧。竟然在大庭廣眾下求婚後，又自己拒絕了這門婚事，想必傷透了布麗姬娣大人的心。您去年究竟是為什麼要幫她趕走哈斯海特大人呢？難道不是為了守住她的名聲嗎？」

我的求婚看似拯救了布麗姬娣，實則將她傷得更深——聽了這樣的責怪，我使力咬牙。我從來沒想過要傷害布麗姬娣。一直以來我都以為，布麗姬娣一定會答應我的求婚，哪裡知道她會在眾目睽睽下突然提出條件。

「因為我們先前曾說好，只要魔力量足以匹配，她便會接受我的求婚……我沒想到布麗姬娣會在求婚的時候突然提出條件。」

我因為布麗姬娣的問題而瞪大雙眼時，在視野中看見了艾薇拉大人。她帶著恬靜的微笑，烏黑的眼睛目不轉睛地觀察著我的反應。瞬間，腦海中響起了這一句話：「達穆爾，你十分了解羅潔梅茵的事情吧？」這是羅潔梅茵大人受洗前，騎士團長夫婦喚我過去，詢問我願不願意成為護衛騎士時所問的一句話。

與此同時，騎士團長與斐迪南大人對我說過的話也掠過腦海——「達穆爾，你熟知羅潔梅茵的秘密，如果你不再是她的護衛騎士，你要想清楚這代表什麼意義。」我是承蒙羅潔梅茵大人的好意才被提拔為護衛騎士，所以絕對無法辭去這份工作。也是因為我知道了許多秘密後，仍然竭誠效忠，身為下級貴族的我才會受到重用。反過來說，羅潔梅茵大人的監護人們不可能讓知道這麼多秘密的我離開。

「聽到她突然要求我前往伊庫那，我才嚇了一跳。」

「啊？……你在說什麼啊？莫非你從沒想過要入贅到伊庫那，而是想請布麗姬娣大人嫁入我們家嗎？」

兄長的話聲中滿是驚訝，我為此感到納悶的同時，慢慢點頭。

「因為我和布麗姬娣都是羅潔梅茵大人的護衛騎士，一般根本不會考慮離開貴族區，搬去伊庫那吧？」

我不可能辭去護衛騎士的工作，離開貴族區。布麗姬娣也是因為無法待在伊庫那，才會在宿舍生活。所以，我一直以為婚後我們會住在貴族區。

「不對，一般人才不會這樣想。儘管羅潔梅茵大人提拔了你，但你只是下級騎士，身邊的人還勸你最好盡早辭去這份工作，布麗姬娣大人則是基貝．伊庫那的妹妹。一般看來，任誰都以為你會入贅到伊庫那吧？好不容易可以從下級貴族變成中級貴族，你竟然白白錯失這唯一的機會，腦子裡到底在想什麼？」

聽了兄長這番話，我才意識到自己的想法與一般下級貴族不同。多數下級貴族都會依據當下情勢改變派系，像我這樣因為特殊內情而無法辭去工作的情況，反而少見。

「……看在旁人眼裡，都以為我的求婚是以入贅到伊庫那為前提嗎？」

「那還用說，怎麼可能讓布麗姬娣大人嫁進我們家。」

兄長說得斬釘截鐵，彷彿除此之外沒有其他可能。茱莉安娜露出了非常難以理解的表情問我：

「達穆爾大人，難道您原本想讓身為中級貴族的布麗姬娣大人，在成婚後降為下級貴族嗎？如果是這樣，那麼成婚以後，兩位究竟打算如何在貴族區生活呢？」

我微微側頭，以一般下級貴族成婚後的生活為參考基準說明。雖然先前的婚約因為討伐陀龍布一事而遭到取消，但在取消之前，有段時間我也籌備過婚事。

「有了家眷以後，就不能再住在宿舍，所以我打算和之前有婚約時一樣，在貴族區租間房子生活。護衛騎士都必須往來於神殿和城堡，所以對工作應該沒有什麼影響。而且好像可以帶著一名侍從，我想對布麗姬娣來說，應該就和宿舍的生活差不多吧。」

我話剛說完，兄長與茱莉安娜一致按著額頭說：「我真不敢相信。」

「那是因為你之前的未婚妻是下級貴族。布麗姬娣大人可是中級貴族，又是基貝的妹妹，你真的想讓她過這種生活嗎？」

「一旦階級改變，即便對婚姻和生產感到不安，布麗姬娣大人也很難開口向老家求助。再說了，到時的生活並不會和住在宿舍時一樣。」

我眨了眨眼睛。大概是因為曾在有婚約的時候籌備過婚事，我沒想到兩人會這麼強烈地否定我的想法。

「達穆爾大人，您擔任護衛騎士的時候，中級貴族與上級貴族可能都待您相當親切吧。但是，對於在結婚後階級要降為下級貴族一事，您是否想得太簡單了呢？」

茱莉安娜輕輕嘆氣，告訴我女性婚後的生活。和結婚前一樣，社交活動是主要生活重心，卻必須以嫁入的家族為基準。

「因為階級會隨著結婚改變，屆時婚後在貴族區，布麗姬娣大人必須以下級貴族的身分生活。面對從前身分對等的朋友，卻不能再和以前一樣來往，返回故鄉的時候，也必須必恭必敬地與家人以及親族相處。」

「達穆爾，這就好比你入贅進了富有的平民人家。身為中級貴族，還是擁有土地的基貝一族，卻要嫁給沒有繼承權的下級貴族為妻，兩者是一樣的。」

兄長舉出具體的例子後，我試著設身處地思考。只要事前聯絡一聲，還是有辦法面見到家人。但是，一旦自己變成了平民，即便是老家，也沒辦法再隨意走動，我也不能夠再表現得自己是個貴族。

至於現在還能輕鬆打鬧的朋友們，在我成婚後會發生什麼轉變，只要想想羅潔梅茵大人如今是怎麼和平民區的人們相處，很輕易就能夠想像到。羅潔梅茵大人是地位變得比家人要高，布麗姬娣則剛好相反。我因為還單身，又不是繼承人，所以至今與親戚的應酬來往都交給兄長去操心，也從未深入思考過布麗姬娣婚後的生活。

「我的思慮確實不夠周詳，可是，布麗姬娣是因為與哈斯海特大人解除了婚約，在伊庫那待得很痛苦，又想要擁有後盾，才成為了護衛騎士。她自己也說過，若能在貴族區加深與羅潔梅茵大人的羈絆，會對伊庫那很有幫助。所以，我才沒想過她結婚後會想搬回伊庫那。」

我一直以為在貴族區生活，透過繼續擔任護衛騎士的我，保有羅潔梅茵大人的支持，便是布麗姬娣的幸福。放在大腿上的拳頭不由得微微顫抖。

「但是布麗姬娣大人在成為護衛騎士以後，就已經得到了羅潔梅茵大人的支持，伊庫那必定能蓬勃發展，如今她早就不會沒有臉面回到伊庫那了。她會想要招贅，增加基貝一族的人數，竭力支持伊庫那，這也是很正常的吧。」

兄長說了，布麗姬娣在解除了與哈斯海特大人的婚約後，原本侍奉基貝．伊庫那的下級貴族都被拉攏走，所以現在伊庫那的貴族人數寥寥無幾。而基貝一族與留下來的少數貴族都團結一心，守護著伊庫那，所以需要有更多的貴族加入他們。也因此，伊庫那那邊是希望能夠藉由成婚，讓布麗姬娣帶著入贅的夫婿一起回來。

「你因為是羅潔梅茵大人的護衛騎士，派系上既沒有問題，也不是繼承人，所以基貝．伊庫那才會准許你這個下級貴族向布麗姬娣大人求婚吧。哈斯海特大人原先好像也是預計入贅，所以他們那邊應該也是以入贅為前提。」

「……哥哥大人對伊庫那的情勢還真了解。」

「這是你要結婚的對象，我們家怎能置身事外。身為一家之主，當然要調查對方家族的情況。倒是你，為什麼都已經求婚了，卻還露出頭一次聽到的表情？從你求婚至今已經一年了，你不可能對伊庫那一無所知吧？」

這些事我都不知道。既不知道哈斯海特大人是以入贅為前提訂下婚約，也不知道布麗姬娣解除婚約後伊庫那的困境，更不知道伊庫那有多麼缺乏貴族……

「與羅潔梅茵大人他們一同造訪伊庫那的時候，我確實覺得貴族人數十分稀少，但我完全不曉得背後原因，也不知道布麗姬娣想回到伊庫那。」

說到這裡，我想起了一件事。還在伊庫那的時候，布麗姬娣曾經問我：「你對伊庫那有什麼想法？」

……難不成那個問題，就是以我要入贅為前提問的嗎？

我對伊庫那給予了肯定的回覆後，布麗姬娣便露出開心不已的笑容，朝我伸出手來，說著「這次不再只是社交辭令」，接受了我的求婚。難道在我以為心意相通、全身正幸福顫抖的那個瞬間，我們就已經錯身而過了？這個猜測讓我不寒而慄，不願相信地搖頭否定。

「我是承蒙羅潔梅茵大人的好意，才能成為護衛騎士的下級貴族。若沒有主人的許可，我不能辭去護衛騎士的工作，也不能離開貴族區。因為一起工作至今，布麗姬娣應該也明白這一點才對。」

我這樣對自己說著，兄長聽了，也驚覺般地張大雙眼。

「是啊……以你的情況來看，想法不可能與一般下級貴族一樣吧。但是，居然說布麗姬娣大人也該明白才對，這種想法就有些太傲慢了。我雖是你的家人，也知道你成為護衛騎士的經過，卻也沒有想到這一點。每個人都是以自己的標準在看事物。」

布麗姬娣有她的考量，我也有我的考量，我們卻沒有互相確認過。兄長定定望著我，一臉無奈地露出苦笑。

「達穆爾，你的努力確實超出眾人的想像。身為下級貴族，魔力量卻成長到了足以向中級貴族求婚。雖然你說是因為羅潔梅茵大人教給了你壓縮魔力的方法，但事實上要增加魔力並不是一件容易的事。即便是我弟弟，我也覺得你的努力令人欽佩……但是，如果你們要結婚，光靠這樣還不夠。」

胸口一陣刺痛。我緊咬著牙，低下頭去。因為曾經深信自己可以觸及，所以我不想承認「光這樣還不夠」。

「魔力是考慮結婚時的最基本條件。就算同樣是下級貴族，也無法只看魔力量和雙方的心意就決定婚事……你明明曾爭取到一年的緩衝時間，卻沒能看清彼此在結婚上是否有無法退讓的底線。」

兄長的每一句話都刺在胸口上。這一年來，我很努力地增加魔力量。相信著只要增加魔力，布麗姬娣就會接受我的求婚，所以把心思都放在這件事上。然而，我只顧著增加魔力量，卻沒有深入思考過結婚後的生活。

「結婚與戀愛不同。如果目標是結婚，重點便在於往後能不能生活下去，而不是戀情能否開花結果。你與布麗姬娣大人，彼此所期望的未來差太多了。單是身分不同，想要美滿地生活在一起就很困難了，如今雙方又缺乏理解，我只能說那又更不可能了。」

結婚之後要住在哪裡、過什麼樣的生活、彼此又有什麼樣的苦衷。連這些最根本的事情，我與布麗姬娣都沒有討論過。

兄長的話聲停下後，房內悄然靜寂。

……究竟該怎麼做才好？

如果早在事前商量出結果，我與布麗姬娣就能結為連理了嗎？那到底又該討論哪些事情？我死命地動著腦筋思索。

要是羅潔梅茵大人醒著的話……

她曾幫了我那麼多忙，或許可以改變這樣的現狀，也一定會和我一起煩惱吧。說不定還會找騎士團長和斐迪南大人商量。

……但是，都已經教了我如何壓縮魔力，我還要再向羅潔梅茵大人求助嗎？

兄長與布麗姬娣雖不知情，但我知道。羅潔梅茵大人是為了保護平民區的家人好友，才從平民成為領主的養女，所以到頭來她終究不能違抗監護人們的決定。我要是這麼不經大腦就去懇求，只會讓年幼的她傷心難過。

……護衛騎士怎麼能夠增添主人的煩惱？

我一而再地反覆自問自答後，最終得出了「不可能」這個結論，深深嘆一口氣。慢吞吞地抬起頭時，不知不覺間茱莉安娜已經離開，只剩下兄長正喝酒看著我。

「達穆爾，你得出自己能夠接受的答案了嗎？」

兄長的目光沉靜，邊說邊拿起酒壺，幫我倒了杯酒。我拿起酒杯，輕輕舉到嘴邊。喝了一口酒後，喉嚨有種辛辣灼燙的感覺。

「看來我未能得到結緣女神的祝福……再怎麼反覆思考，無法辭去護衛騎士工作的我，和想為伊庫那鞠躬盡瘁的布麗姬娣，終究無法產生交集。」

「是嗎……既然如此，你要誠心誠意向布麗姬娣大人道歉。姑且不論你們有自己的苦衷，但畢竟是在眾人面前，下級貴族向中級貴族求婚後，卻又自己拒絕了這門婚事。我身為哥哥，也要為你的失禮向基貝・伊庫那致歉。」

兄長的表情彷彿卸下重擔，長嘆口氣。

「老實說，我很慶幸布麗姬娣大人在接受求婚之前，先確認了你是否願意入贅。倘若沒有察覺到彼此已經擦身而過，就這麼訂下婚約，事後才發現想法上有分歧，屆時將造成更嚴重的傷害。」

婚約一旦成立，就不再只是兩個人的問題，也會深刻影響到雙方家族。兄長身為一家之長，無論如何都想避免與基貝．伊庫那一族起糾紛吧。

……我也一直都沒有仔細觀察過周遭的情況。

結婚不只是兩個人的問題。我光憑著愛慕的心意就魯莽行動，完全沒有注意到這麼理所當然的事情。

隔天，我在神殿與布麗姬娣碰面。雖然尷尬得無以復加，但總比在全是貴族的騎士訓練場裡談話要好得多。

「布麗姬娣，抱歉。我……把妳說的無法回到伊庫那這句話當真，從來沒去了解伊庫那的情勢，也不知道妳其實想回去。」

「哪裡，我也是直到哥哥大人在星結儀式前開口提醒，才意識到達穆爾有可能無法離開貴族區。」

若是能早些發現……布麗姬娣露出寂寥的微笑。我們兩人都是在身邊的人提醒之前，完全沒有注意到這些事情。真的如哥哥大人所言，幸好沒在訂下婚約後才察覺——我說完發出乾笑。

「達穆爾……你真的不能離開這裡嗎？」

布麗姬娣說道，紫水晶般的雙眼中有著一絲還無法放棄的希望。儘管我在心裡很想回應她的情感，大腦卻非常冷靜地下達判斷，告訴自己，你已經思考了無數次，結果都是不可能啊。

「布麗姬娣，妳無論如何都要回去伊庫那嗎？」

用問題回答問題，或許有些卑鄙。但是，我的內心正在吶喊：我還不想放棄！只要布麗姬娣願意留下來，我們就能結為夫妻……

兩人的視線糾纏。

感覺得出雙方都有著不想分開的心意。

沉默了良久後，布麗姬娣慢慢地深呼吸，低下頭去。再次抬頭看向我時，她眼中已經有著堅定的訣別光芒。

「我是基貝．伊庫那一族，之所以成為護衛騎士，也是為了故鄉。我不可能成為下級貴族，留在貴族區生活。我會期盼著對伊庫那有益的良緣。」

這時我終於清楚地意識到，結緣女神手中的絲線已然斷裂。全身有種發軟無力的感覺，我勉強擠出笑容。

「……那麼，雖然我沒資格這麼問……妳有屬意的對象嗎？」

「艾薇拉大人已經主動向我的兄長開口，說她願意幫忙介紹派系裡的人。如果我想趕在二十歲前成婚，就必須加緊腳步，所以她要我也先辭去護衛騎士的工作……所以，往後你不會在神殿和訓練的時候遇到我，感到尷尬了。」

布麗姬娣帶著落寞的微笑，背對我轉過身。

「希望我們都能遇見結緣女神黎蓓思可赫菲以絲線相繫著的對象呢。」

與布麗姬娣道別的隔天，就是領主一族的護衛騎士的訓練日。身為下級貴族的我，卻拒絕了與中級貴族的婚事，不知道周遭的人會把我說得多難聽。想到這裡，胃部一帶就開始抽痛。我按著肚子前往參加訓練，只見騎士團長與波尼法狄斯大人正等著我。騎士團長臉上帶著有些憂心的淺笑，波尼法狄斯大人則是鬥志昂揚。

「達穆爾，你的忠心真教我刮目相看！」

「感、感激不盡……」

我本來還戰戰兢兢，擔心不知道會遭到怎樣的對待，看來上層的人都認為我比起成婚，更選擇了效忠。騎士團長點了點頭，一臉了然於心的表情，波尼法狄斯大人則是心情非常愉快。發現在訓練場不會待得如坐針氈，我有些鬆了口氣。

「我太感動了。為了對得起你的忠心，我必須更認真訓練！達穆爾，走！」

……還請手下留情。

但當然，波尼法狄斯大人的腦海中沒有「手下留情」這四個字。在失戀與訓練帶來的雙重打擊下，我的身與心每天都傷痕累累，一直持續到了羅潔梅茵大人醒來為止。

麻煩男人的調理法

沉重的嘆氣聲再一次響起。

……夠了喔，真教人心煩耶。

我受不了地皺起眉頭，妮可拉壓低音量喊道：「艾拉，那個……」

「妮可拉，妳放心吧。能幫我洗一下這裡的附莎嗎？」

這幾天來廚房的氣氛都非常沉重，讓人待得坐立難安。我向妮可拉下達指示後，看向罪魁禍首。雨果先生正攪拌著鍋子，眼神毫無生氣，好像都能看見他飄散出了陰森的負面氣息。

……雖然我也不是不能明白，他為什麼會整個人像具空殼啦……

會演變成現在這種情況，起因就是渥多摩爾商會前來詢問我們，義大利餐廳的菜單該怎麼辦。由於夏天來自外地的客人會變多，他們希望能增加一樣去年沒有的菜色。之前都是透過班諾先生，找羅潔梅茵大人商量，然而羅潔梅茵大人還要沉睡將近一年的時間。據說法藍冷淡地一口回絕說：「請你們自己想辦法。」

雖然變成得自行構思新菜色，但義大利餐廳的廚師也就是陶德先生，卻想不出什麼好主意。雨果先生回到平民區的老家時，聽說陶德先生找上他哭訴說：「雨果，你應該知道羅潔梅茵大人的其他食譜吧？」

畢竟是以前一起工作過的夥伴，雨果先生拒絕不了他的請求，便幫忙開始構思新的餐點。誰知道同一時間，渥多摩爾商會因為不放心只交給陶德先生一個人，所以也拜託了商業公會的專用廚師尹勒絲女士，所以她也在構思新菜色。

後來為了把新的菜色教給陶德先生，雨果先生去了一趟義大利餐廳，不知道那時候他與尹勒絲女士起了什麼樣的衝突。總之，雨果先生回到神殿廚房的時候，就宣布他要和尹勒絲女士用自創的餐點進行對決。而且誰做的餐點更好吃，就會被採用為菜單。

羅潔梅茵大人因為喜歡奇特的料理，所以除了魔法契約上規定不得外洩的那些食譜以外，身為專屬廚師的雨果先生和我，也另外想出了不少菜色。雨果先生於是選了羅潔梅茵大人讚不絕口的其中一項自創餐點，前去參加對決。

但是，結果雨果先生輸了。

自那之後的這幾天來，雨果先生一直是這種狀態。煮飯煮到一半，卻會突然垮下肩膀，整個人縮起來，眼神毫無生氣。明明還在工作，卻一點也不帥氣。

唉……沉重的嘆氣聲再度從雨果先生口中傳出。這都已經不知道是第幾次嘆氣了。剛輸的第二天，我還會擔心地拚命安慰他，但漸漸地開始覺得不耐煩。

……才輸了一次而已就這麼意志消沉！下次贏回來就好了啊！

我氣呼呼地大力切著附莎，一旁的妮可拉已經洗好了所有附莎，朝雨果先生投去擔心的視線。似乎是注意到她的視線，雨果先生用暗沉的雙眼看向妮可拉，擠出無力的笑容，像是想要她的安慰。

一看到他那無力的笑臉，我瞬間一肚子火，腦袋裡頭有什麼東西斷了線。我放下菜刀，大步走向雨果先生，用力拍向他的手臂。

「雨果先生，我知道你很不甘心輸給了尹勒絲女士，可是也請你不要一直這麼意志消沉。讓人覺得很煩又心浮氣躁。」

「什麼?!妳、妳講話也太過分了吧！」

明明期待著安慰，結果卻被罵，雨果先生瞪大眼睛，不高興地垮下了臉。但是，這幾天來一直被迫看著雨果先生這麼窩囊的樣子，他還對妮可拉露出那種撒嬌討好的表情，不高興的人是我才對。

「如果你願意打起精神，下次一定要贏過尹勒絲女士，那我也會全力為你加油。可是你已經垂頭喪氣了好幾天，害得廚房的氣氛一直很沉重，難得做好的餐點也會變得不好吃。在你重新振作起來之前，請先休息一段時間吧。現在的雨果先生老實說很妨礙我們工作。」

我沒好氣地瞪著雨果先生，直接說出我的想法。雨果先生撇下嘴角瞪著我，然後向妮可拉求助，想讓她站在自己這一邊，說：「妮可拉，妳不覺得艾拉說得太過分了嗎？」但妮可拉看到我這麼兇，正張大了眼睛。

……想利用妮可拉的善良是沒用的。

我咧嘴一笑，走回到妮可拉旁邊，重新拿起菜刀切附莎，丟進裝了水的圓缽裡。

「法藍說了，羅潔梅茵大人還要大概一年才會醒來，那如果要煮飯給孤兒院的人吃，光靠我們兩個人就夠了，雨果先生儘管休息不用擔心。妮可拉，妳不覺得在雨果先生調整好身體狀況之前，讓他休息一陣子比較好嗎？待在這麼死氣沉沉的空間裡頭，好不容易做好的飯菜也會變難吃喔。」

妮可拉用食指抵著下巴，眉頭皺了起來，思考了一會兒。

「嗯……說得也是呢。餐點要是變得不好吃就糟了，那我去拜託法藍，請他讓雨果先生可以回平民區吧。」

「啊，不，妮可拉，妳等一下！我沒事了，現在一點問題也沒有！所以妳不需要去拜託法藍，也不用向他報告。」

「……是嗎？」

妮可拉愣愣反問。雨果先生鐵青著臉，不停點頭說：「好了，我們繼續煮飯吧！來做好吃的餐點吧！」還十分刻意地挽起袖子。看他拚了命想讓妮可拉的注意力轉移到美味的飯菜上，我「噗噗」地笑出來。

妮可拉因為在神殿長大，擁有的常識和我們平民有很大的差異。要是向負責管理神殿長室的法藍提出請求說：「因為餐點會變得不好吃，請讓雨果休息吧。」雨果先生會被判定是不合格的專屬廚師吧。因為無法煮飯的廚師，根本不值得僱用。但是，妮可拉不太會去思考這方面的事情。大概是生長環境不同吧。她似乎不會考慮這些事情，只希望能吃到美味的料理，讓自己感受到幸福。

「妮可拉，鍋子就拜託妳了。艾拉，妳切完附莎後過來幫忙。」

不知道是在強打精神，還是有在生我的氣，雨果先生橫眉豎目，一掃讓人煩躁的感覺，拿起了小刀和考夫薯。看來為了分散妮可拉的注意力，也為了宣告自己已經徹底復活，他打算多做一道菜。

我從水缸汲了水，在清洗區把菜刀洗乾淨，然後和雨果先生一樣拿著小刀，往廚房角落的椅子坐下來。拿起滿滿塞在麻布袋裡的其中一顆考夫薯，迅速開始削皮。

「可惡，艾拉。妳給我記住。」

雨果先生偷瞄著妮可拉，不甘心地小聲說道。我對他大力點頭。

「請交給我吧，我一定記得一清二楚。雨果先生只因為輸給了尹勒絲女士，就成天咳聲嘆氣，還想撒嬌讓妮可拉安慰自己，結果卻失敗。」

「給我慢著！妳還是忘了吧！」

「我才不要～」

……因為是喜歡的人，就算只是一點小事情，我也想記下來啊。

我呵呵笑著，繼續削考夫薯的皮。雨果先生臭著臉，用很快的速度削皮，身上終於不再散發出陰沉的氣息。原本黯淡的雙眼也恢復了光彩，背部也稍微挺直，稍微拿回一點平常的男子氣概了。

……果然煮飯時的雨果先生就得這樣才行。

我一面削皮一面哼著歌，雨果先生沒好氣地咕噥說：「妳心情還真好。」其實不是沒好氣，應該說是一臉難為情比較正確。大概是意識到了自己把氣氛搞得很糟，想要趕快撇開這件事吧。竟然會覺得他這樣子有點可愛，看來我對男人的喜好果然異於常人。

我把削好皮的考夫薯丟進桌上的圓缽裡，接著拿起下一顆考夫薯，笑著對雨果先生說：

「雨果先生，你不用這麼氣餒，夏末到初秋不是還要在義大利餐廳進行餐點對決嗎？只要到時候贏過尹勒絲女士就好了啊。既然要當作秋天的餐點推出，我覺得應該要把蕈菇的美味發揮到極致。可以用奶油細心翻炒，也可以用醋做出清爽的口味……」

「……艾拉，妳覺得我能贏過尹勒絲嗎？」

雨果先生很沒自信地看著我說，我想也不想就回答：「當然啊。」一面繼續動著手上的小刀。雨果先生一臉不敢置信地看著我，睜大了眼睛，但我反而不明白他為什麼這麼沒自信。

「這一次會輸，是因為雨果先生的表現雖然優秀，卻以羅潔梅茵大人的專屬廚師這個身分參加啊。你並不是廚藝不好才輸的，所以我覺得你很有勝算喔。」

「明明尹勒絲女士把我批評得那麼慘，妳居然還能這麼樂天……」

當時尹勒絲女士說了：「這道菜雖然很有新意，但鹽加得有點太多，導致整體的味道失去了平衡。」「如果能再加點苳蘇或皮翠，味道會更溫和更有層次。」大概是想起了連細節也慘遭批評，雨果先生的頭又低了下去。

「好了，停。」

我把削好皮的考夫薯舉到雨果先生面前，阻止他的頭再低下去。雨果先生不高興地板起臉，我也不甘示弱地一樣板起臉。好不容易讓他振作起來了，不能又讓他消沉下去。

「如果這次對決比的是羅潔梅茵大人喜歡的餐點，一定是雨果先生壓倒性勝利喔。可是，這次你和尹勒絲女士比的，是要在義大利餐廳推出的餐點吧？我猜是因為照著羅潔梅茵大人的喜好做出來的口味，大家無法接受……你想嘛，羅潔梅茵大人她喜歡的口味比較鹹。」

這次對決之所以失敗，是因為口味上太過偏向羅潔梅茵大人的喜好。專屬廚師的工作，就是在烹煮料理的時候，要依著雇主的喜好在菜色上做出少許變化，還要避免使用主人不敢吃的食材。不是為了更多的人，而是只為雇主，做出雇主愛吃的食物。

「因為陶德先生拜託了雨果先生提供羅潔梅茵大人的新食譜，你才會選擇那道菜去參加對決吧？所以才輸了的。」

「啊……因為是由大店的老闆們來判定好不好吃，所以他們更能接受尹勒絲那道菜嗎？她那道餐點是以固有的貴族料理為基礎，加了法式清湯增加風味……」

義大利餐廳要推出的餐點，並不需要太過獨特。關鍵在於口味必須稍微別出新裁，但又要讓一般人都能接受，而且使用的食材與調味料是否考慮到了預算和進貨量。

「我不應該照著羅潔梅茵大人的喜好，而是要迎合一般人的口味，而且和神殿還有城堡的廚房不一樣，那邊沒辦法使用冰窖，這點可能也是失敗的原因。夏天的食譜大部分都不能做。」

「是啊。羅潔梅茵大人夏天吃的餐點，很多食材都要用到冰窖。」

羅潔梅茵大人因為身體虛弱，又很怕熱，容易沒有食欲，所以夏天的餐點多是口味清爽，或者冰涼容易入口的食物。但是，在沒有冰窖魔導具的義大利餐廳，怎麼想都不適合製作這些餐點。

「我好像太以貴族大人的想法為主了。我必須優先考慮到，這是要在平民區製作……既然是夏末到初秋要推出的餐點，應該能再加點可以運用的食材吧？」

雨果先生終於開始正視自己失敗的原因，就算沒有我故意刺激他，他也自然而然地抬起了頭。看見他彎著嘴角，似乎是湧起了幹勁，我也露出微笑。

……嗯，這表情真好看！

確認雨果先生變回了我最喜歡的表情後，我也心滿意足，呵呵笑著拿起下一顆考夫薯，繼續削皮。

「啊，雨果先生，你的手停下來了。快點削皮啦，削皮。」

注意到雨果先生拿著小刀出神發呆，我提醒他回神，他才驚醒過來般地重新削起皮。但是，總覺得他的動作帶有著遲疑，和火力全開時不同，現在削皮的速度比我還慢。

而且還一直偷瞄我，讓人很在意。

「雨果先生，你又有什麼煩惱了嗎？關於下次對決要用的菜色，不必急著今天想出來喔。反正還有很多時間。」

「啊、嗯……是啊。菜色我會慢慢想……」

雙眼明明看著我，回應卻很敷衍了事。看來是在想什麼很重要的事情。

……這次又怎麼了？真是教人操心又傷腦筋的人。

雨果先生還有其他該煩惱的事情嗎？完全想不到是什麼。我嘟著嘴巴，「嗯……」地邊思考邊削考夫薯皮。

「那個，艾拉……」

「怎麼了嗎？」

有事要商量嗎？我稍微往前傾身，雨果先生用彷彿在討論晚餐菜單的輕快語氣這麼說了：

「妳要不要和我結婚？」

實在太突然了，我腦筋變成一片空白。該不會是我聽錯了吧？因為毫無徵兆，我不敢相信自己聽到的話，眨著眼睛注視雨果先生。

「啊，呃，那個……我只是在想，如果艾拉能陪在我身邊，一直像這樣鼓勵我……」

雨果先生摀著嘴角，低聲呻吟說：「我又搞砸了。」只見他的眼眶越來越紅，慢慢地連整張臉都變紅了。

「妳如果不願意，可以直說沒關係。反正我也被拒絕慣了。」

雨果先生搶走我手上的考夫薯，火速削完皮後，一把搬起裝了許多考夫薯的圓缽。

眼看雨果先生逃也似的要走向調理檯，我忍不住伸手想抓住他。

「我不會不願意喔，反而很高興。因為我也、喜歡雨果先生嘛……雖然我很高興，但能不能至少挑個妮可拉不在場的時候呢？」

在神殿長大的妮可拉察覺到氣氛有異後，並沒有主動離開，反倒目不轉睛地偷看我們，就像是天真無知的小孩子，在好奇地觀察著身邊大人的一舉一動。要在這種情況下討論那種事情，實在讓我很難為情。

「對、對喔，也是……那，回去的路上再說。嗯。」

於是，雨果在返回平民區住家的半路上再度向我求婚，我的戀情也成功開花結果，但他依然是個教人傷透腦筋的麻煩男人。

「妳說要等羅潔梅茵大人醒來，意思不就是接下來的星祭，我又當不成主角了嗎?!」向法藍徵求結婚的許可後，他卻說必須等羅潔梅茵大人醒來，才能夠處理這件事。一心期盼著星祭的雨果不由得怒聲咆哮。

我挽過雨果的手臂，輕輕拍著安撫他的情緒，邁步開始移動。讓自己與他有著菜刀繭的大手十指相扣後，雨果立刻閉上嘴巴。

「雨果，比起羅潔梅茵大人醒來後的星祭，現在先想想就快到來的餐點對決吧。你這次一定要贏過尹勒絲女士吧？」

「嗯，包在我身上！艾拉，妳就負責甜點吧。用加了洛芬露的那個。」

雨果的褐色眼睛充滿鬥志，開心地低頭朝我看來。看見他的雙眼，我在心裡十分確定，這次贏定了呢。

後記

大家好久不見了，我是香月美夜。

非常感謝各位購買本作，《小書痴的下剋上：為了成為圖書管理員不擇手段！【第三部】領主的養女（V）》。這樣一來第三部便結束了。

這集有了父親大人與神官長的協助，再次挑戰後成功採集到了瑠耶露果實。尤列汾藥水的材料都蒐集齊全了。雖然終於能夠恢復健康，高興的時間卻沒能持續太久。

羅潔梅茵為了收穫祭前往各個直轄地期間，韋菲利特卻在狩獵大賽上落入了貴族們的陷阱。羅潔梅茵拚命動腦思考，想盡辦法為他解圍。好不容易在表面上佯裝一切維持原狀，豈知背地裡卻……

就在這個時候，韋菲利特的妹妹夏綠蒂首次登場。有了生平第一個妹妹，羅潔梅茵為了表現自己優秀的一面卯足了勁，卻也因此遭到襲擊，更陷入長達大約兩年的沉睡。

短篇集是羅潔梅茵沉睡期間發生的大小事。在城堡，在神殿，在平民區，都發生了許許多多的變化。特別加寫的短篇是以達穆爾和艾拉為視角，描寫他們戀情的結果。

隨著第三部完結，官網再度舉行了第二屆人氣角色投票。上一次第三名是相關工作人員都感到意外的達穆爾。這次也會有出人意表的角色進入前幾名嗎？真教人拭目以待。

此外，《小書痴的下剋上》廣播劇ＣＤ也同步在TO BOOKS的網路商城上開始販售了。看完了書，聽了廣播劇ＣＤ，請再重看一次書吧。會覺得聲優們的動人嗓音彷彿在腦海裡重現唷。官網現正開放試聽中。

http://www.tobooks.jp/booklove/

本集封面是被擄的羅潔梅茵與夏綠蒂，還有救出兩人的祖父大人與安潔莉卡。內頁海報也有威風凜凜的祖父大人，這次是祖父大人祭呢。夏綠蒂的可愛更是正中紅心。由衷感謝椎名優老師。

最後，要向購買本書的各位讀者獻上最高等級的謝意。

第四部第一集預計在初冬發行。期待屆時再相會。

二〇一七年七月　香月美夜

尤列汾的所需材料

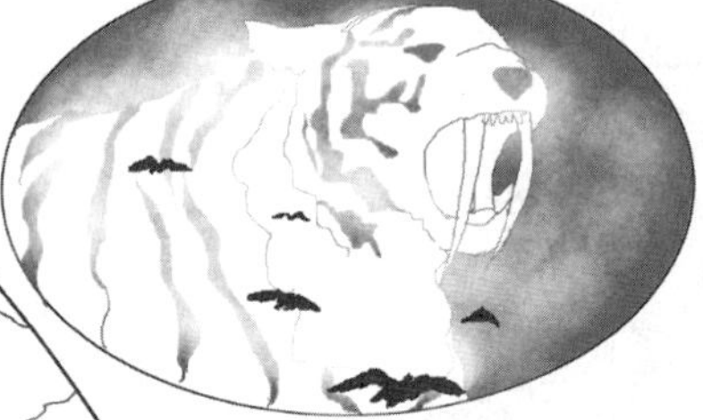

「冬之主的魔石（司涅圖姆）」

艾倫菲斯特北方一到冬天便會出現的魔獸。
今年雖是司涅圖姆，但每年變作冬之主的魔獸都不一樣。
出現地點也不固定。
體型巨大，四周籠罩著暴風雪，會創造出眷屬。
黑點是艾倫菲斯特的騎士們。

「瑠耶露果實」

坐落在杜爾潘附近的森林，枝幹如金屬般光滑。
等形似白木蓮花蕾的花瓣悉數掉落，便會出現紫水晶般的果實。
似乎只會在舒翠莉婭之夜變成紫色。
是許多魔獸的目標。

「萊靈嫩之蜜」

在女神的水浴場盛開的萊靈嫩的花蜜。
芙琉朵蕾妮之夜會急遽成長，隨著旭日東升，變回原來的大小。
是妥庫羅什的目標。
葉子上的黑點是羅潔梅茵。

「拉茨凡庫之卵」

羅岩貝克之山是拉茨凡庫的棲息地。
全身雪白，是猛禽類的大型魔獸。
爪子如勾玉般彎曲銳利。
必須趁著親鳥不在的時候才能取卵。

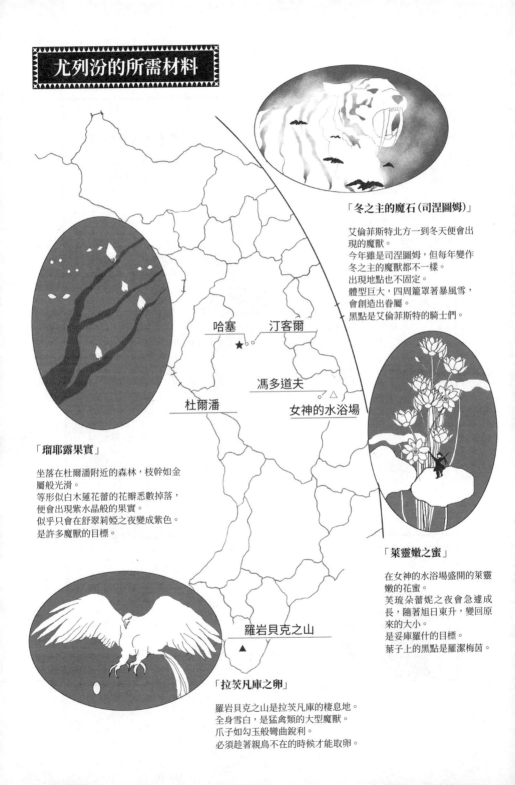

每回都出場的
卷末漫畫
輕鬆悠閒的家族日常
作畫 椎名優
假使波尼法狄斯照著本能行動。
噢噢!!羅潔梅茵!
會死!
劈哩啪哩
ビキ ビキ
嗖嗖嗖嗖
好在意妳
……
尤修塔斯，你就算一直跟在我後面也不會發生任何事情的!!
咦咦～～～?
不准咦咦～～!!

對話

不即不離的對話

保存體力

死亡的預感

國家圖書館出版品預行編目資料

小書痴的下剋上：為了成為圖書管理員不擇手段!. 第三部，領主的養女. V / 香月美夜著；許金玉譯. -- 初版. -- 臺北市：皇冠, 2019.07
面； 公分. -- (皇冠叢書；第 4775 種)(mild；18)
譯自：本好きの下剋上 司書になるためには手段を選んでいられません. 第三部，領主の養女 V
ISBN 978-957-33-3460-6(平裝)

861.57 108009909

皇冠叢書第 4775 種
mild 18

小書痴的下剋上

爲了成爲圖書管理員不擇手段！

第三部 領主的養女V

本好きの下剋上
司書になるためには
手段を選んでいられません
第三部 領主の養女V

作　　者—香月美夜
譯　　者—許金玉
發 行 人—平雲
出版發行—皇冠文化出版有限公司
台北市敦化北路 120 巷 50 號
電話◎ 02-27168888
郵撥帳號◎ 15261516 號
皇冠出版社（香港）有限公司
香港銅鑼灣道 180 號百樂商業中心
19 字樓 1903 室
電話◎ 2529-1778　傳真◎ 2527-0904
總 編 輯—許婷婷
責任編輯—陳怡蓁
美術設計—嚴昱琳
著作完成日期— 2017 年
初版一刷日期— 2019 年 7 月
初版四刷日期— 2022 年 4 月
法律顧問—王惠光律師

讀者服務傳真專線◎ 02-27150507
電腦編號◎ 562018
ISBN ◎ 978-957-33-3460-6
Printed in Taiwan
本書特價◎新台幣 299 元 / 港幣 100 元